跨度小说文库
Kuadu Fiction Series

跨度小说文库
Kuadu Fiction Series

我等到了你

史怡然 ◎著

中国文史出版社

目录

刘叔公和张二爷

/

　　微风细软，熏梅染柳，细燕浅唱低吟，花草芬芳。早春的料峭过后，四月的北京洒满了金灿灿的阳光，几阵大风刮来北京城里美好的春日。这个时候住在附近胡同里的老人们都会到北海公园里去，舒活舒活筋骨，或写写大字，陶冶情操。当然，这是绝大部分的老人的活动，也有些个别的，愿意做些特立独行的事。

　　就比如张二爷。

　　张二爷其人，北京土著，一个高高瘦瘦的小老头，头发留得挺短，两撇眉毛又浓又黑，留着胡楂，现住在二环内的一个大院里，小十间屋子只有张二爷一人住。关于张二爷的传说挺多，有说张二爷年轻时候当过大官，家财万贯，只是不知怎的，一生未娶；又说张二爷从商，出了国，发了笔横财，等回国时遇上大风浪，老婆孩子都被浪卷进了海里。众说纷纭，张二爷也从没表过态。当年张二爷刚搬来的时候，无妻儿无亲戚，有好奇心重的邻居问过，他也只是胡说几句搪塞过去，被问烦了，只道是姓张，在家中排老二。这个人有时候说话刁钻刻薄，有点儿浑不吝的意思。后来街坊邻居相

1

处时间长了，知道他待人真，不玩儿虚的，大家也就愿意尊他一声"张二爷"。

言归正传。说张二爷在这景山公园里做什么呢？老人家一不遛弯，二不写大字，带杯茶在安静的地方寻个长椅，往上一仰，大刺刺地晒太阳，一晒就是两个钟头。那些愿意出门的，大多都是愿意运动运动，想趁着清闲挥洒汗水，而好静的老人，大多是直接在院里支个长椅一躺就齐了，特意出个门晒两小时太阳的，也就张二爷这么一位了。

张二爷这个人，是有点儿小孩心性，就乐意找出点儿新花样来，但只一样，这新花样要让别人学了去，当时就能跟人家翻脸。街坊四邻都知道他这脾气，都半开玩笑地说，不跟他抢这"独一份"的日光浴了。张二爷也乐在其中，一连两周相安无事。

可巧今天就来了这么一位。

这位老先生年龄跟二爷相仿，有些微胖，白衬衣熨熨帖帖地穿在身上，手提着黑布袋，胸前挂一个照相机。看他的样子，应该是头一次到北京，来旅游的。二爷再细瞧，看这位老先生面皮白净，额头很宽，花白的头发梳得整整齐齐，几缕皱纹深深浅浅地横在脸上，鼻梁不高，架着黑框眼镜，和和气气的面相。老先生像是察觉了二爷的目光，转过头来看向二爷，两人一对视，弄得张二爷还挺不好意思，扭过脸去眯起眼睛做晒太阳状。可这位老先生却直盯着二爷看，盯得二爷心里发毛。过了一会儿，张二爷悄悄抬眼，却瞧见老先生有样学样地也找了长椅坐下，舒舒服服眯起眼睛享受阳光，正巧就坐在二爷对面。二爷一瞧，心里就不得劲儿了，好似这阳光被他分走一半。但碍于这一位是生人不好意思发作，二爷也就作罢，冷着脸走了。这一天二爷都不痛快，脸黑得赛锅底。

第二天二爷早早到了公园，没承想他平时坐的长椅已经有人坐了，走近一看，正好就是昨天瞧见的那位。张二爷扭脸就走，一上午都把自己关在家里生闷气。街坊邻居见怪不怪，唉，二爷就是这么个脾气。

第三天仍是如此。这要是在平时，二爷指定就翻脸了，可今天张二爷没工夫跟他置气，二爷还得去操心自家房子出租的事。

说起这事要回到去年秋天。要说张二爷，平常独来独往惯了。有一天躺在沙发上听广播，外面起了阵风，二爷一抬眼，瞧见窗外秋风扫落叶的景象，忽然就觉得挺大的院子空落落的，心里挺不是滋味。可二爷也没有找个老伴儿的意思，就打算找个租客，往后也好有人能聊天说话。本来张二爷犹豫着要不要出租，可隔壁李婶人好心肠热，也不知打哪儿听说二爷想要出租房子的，当即一拍胸脯，说："您放心，我指定给您找一满意的。"后来也不知李婶用什么法子，还真给张二爷找到这么一位租客。说是一位老先生，姓刘，岁数与二爷相仿，从上海来的，人挺和气，要在北京住一段时间，体验体验北京生活。人家说了，就想住胡同小院。这不，约好了今早两位先来见见面，聊一聊。于是，原先八字还没一撇的事就让李婶敲定了音。

胡同口新开了家福来茶馆，三人便约好在茶馆见面。二爷简单回家收拾收拾，便奔茶馆去了。茶馆里人多，店主在茶馆外支了几个凉棚，二爷寻了个空桌坐下，点好一壶茶，静等。不多时，李婶爽朗的说笑声就从远处传来。李婶中气足，一声大笑能传出十米开外。旁边时时说话点头的就是租客了。日头渐足，张二爷眼睛发花，打眼一看，只觉得面熟，直到李婶引那人走到近前，二爷才认出来，一拍桌子，震得桌上的茶杯一抖——

"是你！"

2

茶馆内人声鼎沸，街上车水马龙，唯有茶馆外的茶桌上，格外、特别、尤其的安静。二爷和租客对坐着，李婶在旁边尴尬地搓着手，三人大眼瞪小眼，谁都没有先开口说句话。

寸劲儿，巧了，这位租客，正好就是在公园跟他"抢"阳光的那个老头。

十五分钟前。

"是你！"

"哎，这位先生，您认识我呀。"

二爷又一拍桌子："认识，我太认识了！"

一看这样，李婶心里还挺高兴，以为这二位之前有过交情，就好说话了。当时就乐了："您二位认识啊，嗨，我还说介绍一下呢——行了，两位认识就好办了，咱们坐着聊。"

前文交代过，这位老先生姓刘，李婶就管他叫刘叔公了。三位坐下，可还没聊两句，李婶就觉得不大对劲了。这张二爷一句话一个刺，句句都冲着刘叔公。刘叔公见张二爷这样说话，也觉得奇怪，但坐了这一会儿就认出来，这是每天早上都在公园遇见的那个老头，可自己也没招惹他，那为什……哦对了！刘叔公暗暗一拍大腿，肯定是为这个——刘叔公第一天遇到张二爷时，觉得这个老头晒太阳，晒出一种超然脱俗的境界，自己又爱好摄影，就悄悄地拍了一张。本来也没想怎样，只是拍着玩儿，现在一想，这指定是让人家发现了。刘叔公觉得挺过意不去。

刘叔公想要道个歉，开口道："哎呀，这个，张……"没等刘叔公说完，张二爷一摆手："行了行了，您也别说了。我就纳闷，怎么就您好学我呢？您干点儿什么事不行啊，哦，瞅着我晒太阳您也得晒，还一连就是好几天，还占我位置？您这是要干吗，成心跟我过意不去啊这是？"张二爷正在气头上，赶上春天风干物燥，肝火旺，话越说越重，又越说越气。可刘叔公又听不明白了，什么学不学的？不是为了拍照这事吗？当即就说："您误会啦，我没有学您的意思，我就是给您照了张相片，可……"张二爷"嘿"的一声蹿起来："你还偷拍我？"

眼瞅着两个人就要吵起来，李婶坐不住了，赶忙道："怎么了这是，来来来，喝口茶败败火——张二爷您这什么脾气啊，一说话就急了，先前您还不这样呢……"张二爷又要开口，李婶赶紧递过茶去："喝茶喝茶。"

三个人都不说话了：张二爷喝着茶倒气，一边气一边感叹，真叫一个无巧不成书；刘叔公暗自纳闷，心说我这是什么地方惹他生气了，听半天也没明白；李婶觉得挺过意不去，平白无故让刘叔公挨顿数落。刘叔公是好脾气，也搭上拍照没征得人家同意有点儿不好意思，但刘叔公和李婶不约而同地达成共识：先等张二爷气消了再说事。

片刻张二爷回过味儿来了，自知话说重了，可又碍着面子不好开口，大拇哥来来回回搓着手背。李婶一看就明白了，顺坡下驴："哎呀，什么大不了的事啊，张二爷您瞧，刘叔公是诚心诚意想租您这房子的，要不能特意来一趟吗？都是明白人，什么话咱不能好好说呀。"刘叔公一个劲儿地致歉，反倒让张二爷觉得不好意思了。后来两个人又聊了聊，觉得挺投缘的，租房的事就这么定下来了。

李婶送刘叔公出胡同口时，忍不住跟刘叔公念叨："您说，谁还没个毛病嘛，其实张二爷这人挺好的，又明事理，也不知道今天是

5

怎么回事……"刘叔公笑了笑，示意自己并不介意，李婶才放心。

刘叔公的大儿子刘晟在北京出差，特意请了假来，帮父亲处理相关事项。小伙子办事利落，刘叔公很快就搬进来了。

当然，刘叔公刚搬来的时候，张二爷心里还是在为"学他"的事别扭，直到当天晚上，张二爷吃了一顿刘叔公做的红烧肉，当时就要跟刘叔公拜把兄弟。没办法，张二爷好吃肉，没有什么是一顿红烧肉摆不平的，如果有，那就是两顿。

总而言之，言而总之，刘叔公和张二爷的故事，也就正式开始了。后来他们回忆从前的时候，总是会拿这件事打趣对方。一个说你这倔老头，阳光就归你一个人啊；一个说就凭你，还想要体会我的境界，把你能耐大了。

刘叔公很快就适应了北京的生活——当然也有些小插曲。就比如刘叔公热爱摄影，他瞧着门口早点摊的豆腐脑好，就拽着张二爷进店点了一碗，坐在桌前一个劲儿地给这碗豆腐脑拍照，拍到早点摊的顾客都走了，他才想起来吃。吃了一勺又放下了，张二爷问他怎么了，他说我不吃咸的豆腐脑，最后张二爷只好边数落刘叔公边撇着嘴吃下一碗凉豆腐脑。

又比如上次，张二爷带着刘叔公去听相声。二爷特意挑了第一排的位置。台上是两个小角儿，一高一矮，两个人讲老段子新说，包袱一个接一个地翻，又新又响，观众的笑声挑房盖儿。可大概是因为南北方笑点不大一样，刘叔公怎么也听不出可乐的地方来，全程面带迷茫，可又在两位演员对话的时候忽然发笑，几声笑全砸在演员腮帮子上了，让张二爷挺尴尬，这不是直接砸人家的场吗？于是张二爷就再也没带刘叔公去听过相声。

还有刘叔公在胡同里迷路，走了半天都没找到正路，还有……

好吧，其实刘叔公在北京的生活，也不是那么顺利的。嗨，慢慢来呗，日子且过呢。

§

北京人都说，"春脖子短"。春雨淅沥沥地下，几场大风刮过，刮走了漫天的柳絮，热辣辣的阳光洒下来，整个北京城进入了漫长的夏天。

刘叔公也在胡同里住了两月有余了，街坊四邻都觉得这个上海老头特好玩儿，没过几日就都熟络起来了，依了他的语言习惯，"刘叔公""刘叔公"地叫。

转眼到了六月底，二爷的隔壁搬来一个"新"住户。住户是个小姑娘，叫叶一诺，别人都叫她叶叶。前两年暑假里，叶叶父母工作忙，整日泡在公司，小姑娘嫌待在家里闷，就闹着要搬出去住，父母拗不过她，也只好依了。二爷隔壁的院子是叶叶的姨妈家，平时租给几个大三的学生，学生暑假要回老家，叶叶正好住进来，有姨妈在，还方便照顾，于是叶叶就搬到了二爷隔壁。小姑娘人美心善嘴又甜，街坊邻居都喜欢她。这样住了一个暑假，叶叶觉得和这些邻里街坊待在一起特有意思，于是以后的每年暑假，叶叶都搬来姨妈家住。今年叶叶初三，中考一考完叶叶就迫不及待地收拾行李，准备搬进胡同。

等叶叶的姨妈肖琴开车去接叶叶的时候，看着叶叶和立在她身旁的四个大号行李箱，缓缓吐出几个字："你直接连家一起搬过来吧。"叶叶贴心地挽着姨妈的胳膊："不用了姨妈，我知道您搬不过来，特意少装了好多——我是不是超级贴心？"

四个行李箱，后座和后备厢各塞两个，副驾驶再塞一个叶叶大活宝，空间正好够。姨妈启动汽车，汽车发动机发出不堪重负的叹息，两人驾车绝尘而去。

到了胡同口，叶叶随姨妈把行李箱往屋里搬。叶叶推着行李箱，一边走，一边同人打招呼："李婶儿！我老想您啦！""四叔收摊啦——嗯吃吃吃！我要预订明天的煎饼馃子！""哥你们还没放假吧，可我放假啦哈哈哈哈哈哈！""姐姐！姐姐！我明天去找你玩儿好不好。"……

就这样热热闹闹地走了一路，聊了一路。而在这条胡同里，叶叶家和张二爷家仅一墙之隔，自然是最熟悉的。到了姨妈家，叶叶放下行李，特意跑去和张二爷打招呼。

这时候刘叔公正在院子里专心侍弄一盆小金橘，只听见门外传来一阵急促而欢快的脚步声，还没等他反应，一个小姑娘嗖地蹿进院里，大喊："二爷！你的贴心小棉袄来啦！"

四目相对，空气中弥漫着有点儿尴尬的安静。好在二爷闻声就从屋中出来，冲叶叶一撇嘴："不得了，闹心现世宝来啦。"随后向两人简单地介绍了一下对方，叶叶脆生生地叫了声"刘叔公好"，刘叔公也笑"叶叶小朋友好"。三人聊了几句家常，叶叶就回屋整理东西去了。后来刘叔公与张二爷聊起这个场景的时候，刘叔公总是感叹，说叶叶这个小姑娘，眼睛里面有灵气，又带着一股冲劲儿，让人很容易就记住她，这是非常了不得的。

叶叶小姑娘的到来，给胡同增添了不少活力。岁月沉淀下来的老宅深巷，笼在金灿灿的朝阳里，笼在冰镇汽水的刺激泡泡里，在这个明媚的夏天，张扬着无限生机。

几天后叶叶也接到了高中录取通知书。叶叶中考发挥稳定，考上一个还不错的高中，叶叶放下心来，玩儿得就更肆无忌惮了，一个月的时间转瞬即逝。后来叶叶的姨妈要出差半个月，就把叶叶托付给张二爷和刘叔公照顾。自此叶叶就撒了欢，没事就往二爷家跑。

"二爷！叔公！我来啦！"

"叔公，您这盆小金橘可该浇了啊。"

"刘叔公您做红烧肉啦！好香啊！……洗过手啦……那我帮您端，哎呀馋死我啦——"

"二爷我给您擦地吧。保证干净得能当镜子照。"

"叔公叔公，我花茶买多了，给您送两包来。"

……

叶叶是福来茶庄的常客。每次去福来茶庄，总会帮二爷带茶叶回来。自打叶叶搬来，二爷的茶叶罐永远都是满的。叶叶小姑娘爱喝茶，但没什么讲究，胡喝一气，就为喝个味儿。没事自己倒腾了几个瓶瓶罐罐，大枣、松针、枸杞、白牡丹，接着个地往里扔，水烧开了直接泡，各色茶叶上下翻腾，还挺好看。小姑娘喝茶爱就着冰棍吃，为这张二爷没少数落她："老这么造，往后胃指定得让你自个儿造坏了。"叶叶理直气壮："我这是引领新潮流，勇于创新，紧跟时代步伐。没准哪天这样吃就火了呢。到时候我开一个茶庄，就叫'叶冰叶茶馆'，等开张了我头一个就请您和刘叔公来，您可得来茶庄捧场啊。"二爷一听，知道叶叶没把这话当回事，一翻白眼，扭过头不搭理她了。倒是刘叔公听得起劲，听完还乐呵呵地说："小姑娘的想法蛮好的，等你开了茶庄，叔公就天天去给叶叶捧场。""您放心，您来买茶叶，我给您打个九九艳阳天的折。"

比起倔老头张二爷，叶叶小姑娘更喜欢刘叔公，她觉得刘叔公整天都乐乐呵呵的，性子也温和，像个兔爷儿似的。叶叶特别喜欢捏刘叔公的胳膊，因为刘叔公比二爷要胖一些，胳膊软乎乎的，捏他，他也由着，不急不恼，权当是按摩了。张二爷就不会这样，谁要是敢捏他胳膊，他指定蹿起三米高来："把爪子给我撂下！"

当然，叶叶小姑娘也没少惹祸。碰倒个酱油瓶摔坏个茶碗都是常有的事，还有一次刘叔公正在屋里擦他的宝贝相机，叶叶哈的一下蹦到刘叔公面前，吓得刘叔公把相机扔了出去，机身划了一道印，刘叔公心疼得一整天没吃下饭。为此他苦口婆心地劝："叶叶呀，你以后可不可以稳当一点儿呀？"叶叶也挺愧疚，说："刘叔公，我一定改。"转天不闹刘叔公了，又跑到张二爷面前晃悠。叶叶刚要蹦起来，张二爷马上道："你要敢闹，我就把你所有的茶叶都煮了茶叶蛋。"叶叶当即收住脚："师父您收了神通吧！"

最近几天，天气闷得厉害，叶叶在家也待不住，索性就和同学约着出去玩儿。这一天也如是，叶叶下午出门去看话剧了，可直到晚上九点多才回来。叶叶一进家门，就看到刘叔公张二爷正襟危坐，一副"叶一诺你给我从实招来"的表情，赶紧立正站好："二老，叶叶姗姗来迟，请您原谅！"二爷朝凳子一努嘴，叶叶心领神会，立刻坐好，"坦白从宽"："是这么回事。我和同学一块儿往剧院走的时候，就看见有个老奶奶坐在马路牙子上，等到看完话剧吃完饭，往回走，那老奶奶还坐在那里……阿嚏！……我们就觉得不大对，后来一问，老奶奶什么都不知道，才发觉她痴呆了不记得事了。好在她的手帕上有联系方式，我们就给她的家人打电话……阿、阿嚏！……我们也怕万一要有什么事我们应付不来，我同学就给他父母打电话，我们和叔叔阿姨一起等，一直等到他家人来，确定过，叔叔才送我们回来——对了叔公，您知道我们看的那场话剧……"叶叶还在说，刘叔公听着，心里只觉得不可思议。遇到这种情况，就连成年人也得犹豫一番，可叶叶一个小姑娘，就能毫不犹豫地伸出援手，更难得的是她做事懂得周全，能瞻前顾后。刘叔公觉得，叶叶小姑娘的内心力量，远比他想象中的要强大。

等刘叔公回过神来，叶叶还在兴高采烈地说，只是喷嚏一个接一个。刘叔公转过身给叶叶倒杯热水，却瞥见张二爷抿着嘴一言不发，眉头紧锁，脸色阴沉得吓人，又像是陷入了痛苦。

叶叶只觉得晕晕乎乎，又说了几句就回家睡觉了，刘叔公看着张二爷脸色越发难看，也不好说什么，只是陪二爷坐着。良久，二爷深吸口气，用力揉了把脸。刘叔公欲言又止，二爷一摆手："甭问了，没什么事。"二爷不愿说，刘叔公也只好作罢。

二爷是没事，可隔壁的叶叶就有事了。大约是昨天出了汗，凉丝丝的晚风一吹，着凉了。叶叶裹着长褂，自力更生地挪到诊所，拿了点儿药，回到家一头倒在沙发上，无尽感慨："想我叶一诺，叱咤江湖十余载，没想到小阴沟里翻了船，竟栽在了小小感冒上，这真是……阿嚏！"张二爷端着碗感冒药进了屋，说："叶大侠，咱先把药喝了，养好身体，明日又是一条好汉！"叶叶接过药碗："嗯，言之有理。"刘叔公一看，还能跟张二爷逗贫，说明病得不算严重。

傍晚时分，叶叶"身残志坚"，一步一挪，到张二爷家蹭饭。刘叔公正躺在院子里的摇椅上休息。天空是干干净净的蓝色，立秋时节，天空广袤而少云。秋风就在此时从远方而来，掀动树叶唰啦啦地响。

此时天边只有一朵云，像是漂浮在海面上的孤岛。刘叔公问叶叶："叶叶，你看天边那朵云像什么啊？"

叶叶小姑娘眯起眼睛细瞧，片刻后就没心没肺地笑："像大鸡腿！"一旁的二爷听着一乐："想吃大鸡腿就直说，还跟你二爷叔公玩儿这弯弯绕。"刘叔公笑嘻嘻拿着蒲扇起身，去厨房准备晚饭了，起身的动作牵动摇椅，乘着风儿轻轻地晃。

叶叶盯着那朵云，嘴角仍挂着笑意，可她清澈的眼睛里，分明泛起了层层涟漪。

已然是立秋了。

这个夏天就这样结束了。

叶叶的免疫系统还是很强大的，正如她说，小小感冒而已，没过两天就又生龙活虎的了。感冒好了，也临近开学报到了。叶叶收拾衣物准备开学，脑子里却还是一个半月前刚搬进胡同的场景。她清楚地记得胡同里发生的每一件事：刘叔公和张二爷今天又拌嘴了，胡同口的老猫一顿饭能吃六条小黄鱼，李婶一笑居然把一个小孩儿吓哭了……胡同里的生活多有意思啊，如果可以的话，她想一辈子都待在这里。

可她又知道，回忆是甜美的梦境，梦境是要和现实区分开来的。高中生活是未知的，她还不知道该怎样做，时间就硬生生把她拖向未来。时间真是坏透了。叶叶这样想。

到了要搬走的那天，叶叶特意早早起床，趁着整条胡同都裹在沉沉的睡意里，提着行李悄悄离开。千里送君终有别，叶叶明白这个道理。

就像那首老歌唱的那样："只因人在风中，聚散不由你我。"

于是她包裹着薄云和晨曦上路，前方充满未知，但她可以张开双臂，用力地爱天爱地，爱身边的每一个人。

叶叶说，只有无限的热爱才让我无比快乐。

4

自从搬进小院里，刘叔公就没少倒腾玩意儿。最近刘叔公又眼热了，看着别的老大爷揉核桃挺神气，也想买对儿核桃揉着玩儿。

整日里就研究核桃，饭也不好好做了，炒几个青菜了事。张二爷原本也是会做饭的，无奈退休生活太闲，养了一身懒筋，又吃了几个月刘叔公做的菜，惯坏了他的胃口，猛地一下开始吃斋了，一天两天还行，日子一长，张二爷可受不了了。他知道刘叔公的脾性，认定的东西就一定要拿到手，否则就茶饭不思，于是张二爷就跟着刘叔公一块儿着急：刘叔公着急盘不到好核桃，张二爷着急吃不到红烧肉。

这一天刘叔公出去买早点，二爷把院子扫了三遍，刘叔公才回来，一手提着豆浆油条，一手拎着一个小的蓝布袋，嘴里哼着曲儿，美滋滋的。

二爷一瞧就明白了，这是买到核桃了。

等到吃饭的时候，张二爷咬着油条，问："您这核桃哪儿买的啊？"

"门口的那个小伙子卖给我的呀。"

门口？门口哪有小伙子卖核桃啊？二爷又一想，许是那些走街串巷的小商贩卖的旅游纪念品吧。离胡同不远有个名人故居，有卖纪念品的也不稀奇。二爷低头喝口豆浆，再看这核桃，觉得实在是次了点儿。嗨，管他好赖呢，就图个高兴呗。"瞧着还挺好，这得有一百多块钱？"

刘叔公摇头，左手比一个"二"，右手比一个"七"。

"两百七？不能吧……"

"两千七。"

张二爷手一抖："多少?!"

"两千七啊。"

"您是真拿钱不当玩意儿啊。就这核桃，砸了吃仁儿我都嫌亏，您愣是花两千七买来揉着玩儿？"

"没有那么夸张吧，我看这核桃跟书上说的一样啊。"

"您买核桃还带着参考书哪，您跑这儿考试来了？"

刘叔公这时也泄了气了。二爷说咱再去看看卖你核桃那人走没走，好歹得把钱要回来啊。只不过这两位一个急一个气，都把"有困难找警察"这句话给忘了。等两人再出门找，那人已经无踪无影了。

二爷也知道这两千七指定是打水漂了，这样沿街叫卖的小商贩，一天换一个地方，遇不遇得见还两说呢，更别提把钱要回来了。可尽管这样二爷还是得去碰碰运气，凡事总得有个"万一"嘛。

没想到，这"万一"还真让他们撞上了。

等到第二天两位老先生一出门，胡同拐角处的早点摊前站着一个小伙子，正低头啃着煎饼。小伙子又瘦又高，竹竿似的，灰布的衣裳挂在身上直晃荡。剃着板寸，眼小聚光，旁边还立着一辆自行车，车筐里堆着手串核桃之类的。刘叔公一瞧，这就是昨天卖他核桃的那位大兄弟。后来才知道，卖核桃的这位大兄弟每天都来胡同口吃早点，再去别的地方出摊，昨天顺手忽悠着刘叔公买核桃，是压根也没想到人家就住在胡同里，而且还能找回来。

从某种方面来说，这位大兄弟也是万里挑一的人才。

张二爷一个人走上前去，一踢摊子，打眼瞪着这位大兄弟。"你叫什么啊？"可能张二爷显出来的匪气太重了，把这位一米八几大小伙子吓得一愣："我，我是小钱。"

"小钱是吧，你这核桃怎么卖啊？"小钱觉得奇怪，这人怎么看也不像是买核桃的，又问价钱做什么。小钱心里纳闷，嘴上还得说着："您看上哪对儿了？这对儿狮子头，市面上都好几千的，咱这儿您给999。我再送你两个布袋儿，都是纯缎子的，好料，您……"

"你甭跟我废话，挺敢要价啊，你这核桃是菜市场论斤买的吧？"

小钱一瞪眼："老爷子，您别胡说八道，您懂行吗？"

其实张二爷也算不上精通，可也分得清核桃的好赖，再加上平时贫惯了，左一句"内透血石红颜"，右一句"圆尖洼底厚边连纹"，连吓带蒙的，还真把小钱给唬住了。顿时白毛汗就一层一层往外渗，说话都不大利索了："那，那您是什么意思啊，要不我再给您便宜点儿？"

张二爷呸了一声："谁要你的破核桃。"说罢，把刘叔公拉过来："记得这个老头儿吗？"小钱忙不迭点头。二爷又掏出那个蓝布袋："这里边装的核桃是你卖的吗？"小钱又点头。二爷说："承认就好办了，退钱，核桃给你，要是不退，就报警，告你敲诈。"

这句话把小钱吓得不轻，一米八几大小伙子蹲在马路上号啕大哭："我赔，我赔！您别，别报警，我也是没办法才坑人的呀我……"

小伙子哭得一塌糊涂，张二爷也就听清了什么"早""生活"几个字。

"你，你先别哭。"他这样一哭，街上的人都看着他们，让张二爷挺尴尬。怎么一个大小伙子，胆子小得跟针鼻儿似的。"你先说，你怎么退钱？"小钱满脸愁容："这两千七我放在家里了，我也没带这么多现金，这……别报警，别报警！我，给您回家取钱去成吗？"刘叔公在一边道："那你要是跑掉了怎么办呀？"小钱说："不会不会，您要是不放心，您二老跟着我回去。路也不远，就隔两条街，我把手机身份证压在您这儿还不行吗？您就信我一回。"

张二爷点点头，又叫上了几个胡同里的小伙子跟着，一群人就奔小钱家去了。小钱住在一个大杂院儿里，一个院子住七八户人家。二爷叔公随小钱进去。一进屋，看着屋子有四十多平米，屋里的陈设一览无余。老旧的藤条茶几上堆着一摞一摞的泡面桶，沙发旁边是一摞茶叶筒，许久不用已经落了一层灰，电视机和冰箱都是老款的。二爷和叔公对视一眼，觉得日子过到这份上也是够可以了。小钱径直走到最里边的床边，从枕头里掏出一个布包，布包里仔细包着的就是刘叔公的两千七。昨天刘叔公给他转账过去他就立刻把钱取了出来，好像钱只有攥到手里才能感觉到这是真实的。

刘叔公接过小布包，忍不住要多嘴问几句："小伙子啊，你为什么要卖假核桃呢？找份正经工作也行啊。"

小钱请两位老人坐在沙发上，弯着腰一边忙活着倒水，一边道："我不是北京人，小时候家里穷，父亲染上恶疾又没钱给他看病，最后就病死了。那时候我就想拼命挣大钱，可自己没本事，做什么都做不好。我听一朋友说北京人喜欢揉核桃，去北京卖核桃肯定赚大钱。他说得还挺有理的，于是我就来北京了。"小钱说得倒是挺风轻云淡的，可听的人心里挺不是滋味的。一个孩子，眼睁睁地看着自己的父亲恶疾缠身而无能为力，他的内心终日笼罩着无助和恐惧，以至于长大成人，还是摆脱不了这心理阴影。刘叔公心肠软，揉了揉眼，两手握着水杯不说话了。只可惜二爷的嘴不饶人："从外地拉核桃到北京卖，您是不是还想从东北拉煤去山西大同卖啊？"

小钱眨眨眼睛："我还没那么傻。"

"您能干出这事也精不到哪儿去。"张二爷顿了顿，忍不住道，"小伙子干什么不好非得骗人钱，骗人钱自己好受吗？自己的良心也过不去呀，你这让你父亲该如何？好好找份工作，踏踏实实的比什么都强。"小钱就在旁边规规矩矩坐好，像是挨老师训话的小学生。

二爷和叔公没有久待，只消片刻就走了。只不过刘叔公悄悄把这两千七百块钱塞在了电视机下面。谁都不容易，又何苦难为他，多行善事总是好的。

后来二爷家总发生些奇奇怪怪的事情，就比如放在门口要扔的垃圾总是"不翼而飞"，门把手上时常挂着豆浆油条，甚至有一次大门都被人擦过一遍。一连两个月都如是。二爷心底也有一点儿数，心说，这小钱敢情是属猫的啊。小猫报恩都是成天给别人叼些小鱼干儿，怎么小钱也是这样啊？但单凭这点，二爷和叔公心里还是格外感动。

二爷和叔公早瞧出来了，小钱这人，长了一米八大高个儿，像是个豪爽大气的人，其实厥得不行，骗点儿小钱应该就是他"为非作歹"的最大限度了。这小钱本来也不是什么坏人，两人就想帮着小钱找找工作，要是能成也算是功德一件。

这天刘叔公骑车出门，顺便买水果，看见水果店招聘杂工，就留心询问了一下。走出水果店，刚刚把水果、钱包、钥匙放在车筐里，旁边立刻蹿出一个人影，一下把刘叔公撞了个屁蹲儿，自行车也撞散架了，车筐里的东西撒了一地。那人抓起钱包就跑。刘叔公马上大喊："抓小偷！"可是小偷跑得快，行人来不及反应，小偷已经跑得快没影了。刘叔公急得嗓子眼生疼，眼瞅着就追不回来了。这时候，从街角忽然冲出一个小伙子，迈开腿，三步并作两步就追上了小偷，纵身一跃，就把小偷扑倒在地。行人立马冲上前，三下两下就制住了小偷。不多时，警察赶来，和刘叔公简单了解后，就把小偷带走了。

小伙子坐在墙边低头喘气，膝盖挫伤了一片，一点一点往外渗血珠。刘叔公赶紧上前问："哎，小伙子你……"小伙子一抬头，好嘛，可也不是别人，正是小钱。

小钱解释，说是刚走到街角，就听到街上闹哄哄的，再仔细一听，分辨出来是刘叔公的声音，也没来得及分辨喊的是什么，赶紧冲出来。抢钱这人跑得跟兔子似的，一看就是干亏心事了，就赶紧冲过去把他制住了。

刘叔公拍拍他肩膀，心说小钱总算聪明一回。又问伤势如何，小钱忙不迭摇头，连说"没事没事"。刘叔公挺过意不去的，连拉带哄，把人叫到家里吃了顿饭。

张二爷在屋里听评书，往外一瞧，就看见刘叔公迈步进来，推着丁零当啷要散架的自行车，旁边还跟着一瘸一拐的小钱，赶紧出来迎他们。一低头看见小钱的伤口，哟的一声："老刘你车骑得也太快了，把小钱撞成这样了。"刘叔公一撇嘴："胡说八道。"趁着张二爷找药箱的工夫，刘叔公把事情原原本本地说了一遍，张二爷才明白。好在小钱的膝盖是皮外伤，并不严重。处理好伤口，刘叔公赶紧忙活着买肉买菜，傍晚时分变魔术似的做了一大桌子菜。就着酒菜，三人聊了很久，刘叔公说："小钱啊，你的工作我帮你问了，在水果店做杂工，挣得不多但也是份稳定工作嘛。"又说："你为什么非得叫小钱呢？老是小钱小钱地叫，往后就挣点儿小钱，发不了大财。以后别再往门口挂油条了，谁天天吃油条啊，该换套煎饼了嘛。"张二爷说："怎么你一喝酒话就变得这么密了。"刘叔公一晃脑袋，说："你管不着。"张二爷一翻白眼，说："毛病大了你。"两位老人像小孩子一样，你一句我一句地吵，小钱就在旁边听着，也听得很高兴的样子。

过了两天小钱去水果店里工作了，他干活儿麻利，又勤快，干得也有模有样的。小钱心里满是感激，隔三岔五就跑到二爷家去，帮着扫扫院子做做饭，和二爷叔公也就这样熟悉起来了。

再后来的事刘叔公也不知道了，只知道小钱单独请过张二爷一顿饭。

二爷那天和小钱喝了点儿酒，杯里白酒荡漾，二爷跟小钱一碰杯，酒杯叮当一声响。小钱说，二爷特像他的父亲，尤其是那唠叨劲儿，简直一模一样。二爷一乐，心说我这要是一答应，不就是占你便宜嘛。小钱一胡噜脑袋，欠起身又给二爷满上："这么些年了，除了我爸爸，也就您信我，能唠叨唠叨我了。"说罢一仰脖，又是一杯白酒下肚。那天晚上是小钱絮絮地念叨了好久，倒是二爷，一声不吭，一杯接一杯地喝。

像是想起了很久以前的事。

5

刘叔公最近总是在细枝末节上较劲。今天的猪肉涨了一毛钱，晚饭就不吃猪肉了吧；今天白菜降价，回家得炖点儿大白菜；街南头卖的相机镜头比街北头卖的贵五块……天天都是这些琐事，张二爷被烦得不行。他不止一次有疑问，一个把勤俭持家奉行到骨子里的人，是怎么能一拍大腿就孤身一人直奔北京来了的呢？

不理解，很不理解。

纵是刘叔公每天如此，张二爷也没有因为这事跟他拌过嘴，一是人家远道而来，来的都是客，总没有跟客人吵架的理儿吧；二是刘叔公虽然嘴碎点儿，但人还是不错的，两人也就这样相安无事，总之日子流水过。

这天一大清早，刘叔公又坐在小板凳上，拿着超市打折促销的海报津津有味地读："牛腩……西蓝花……白菜……小橘子……"

"哎呀行了行了，别嘟囔了，躺烦的。"张二爷还没睡醒，一脸不耐烦道。

"怎么了呀？"

"您整天念叨着这点儿鸡毛蒜皮的事，能不能换点儿新鲜的？"张二爷没好气道，"是不是你们上海人都这么斤斤计较，屁大点儿事来回来去琢磨。"

"哎，你说什么啊。上海人怎么啦！"刘叔公忽然涨红了脸，刚蓄起来的小胡子一抖一抖。"嘿，您还不爱听啦，可不就……"没等张二爷说完，刘叔公一甩房门，走了。

"至于不至于啊。怎么老了老了，开始闹猫了。"张二爷一翻白眼，"毛病。"

张二爷没搭理他，挺大个人了，还能走丢了不成，左不过在胡同里晃荡一圈，晌午就回来吃饭了。

可是直到天全黑了，张二爷都没等到刘叔公。

出大事了。

刘叔公离家出走了。

张二爷背着手在屋里团团转，脑门上的汗密密麻麻地沁出一层。李婶遛弯回家，路过二爷门口，见状进屋询问，一听这事，当时就蹦起三米高。"离家出走？这唱的到底是哪出啊！""那还不快找啊！就别渗着啦！""我去找人，帮忙一块儿找！""您在家等着，刘叔公要是回来了您就打电话。"说罢就往外跑。

二爷坐在沙发上，手足无措。时钟叮叮当当地运作，一分一秒过去了，可刘叔公还是没有消息。二爷是真的慌了神。他想起自己早上的几句话，未免重了些，怎样也不能当着刘叔公的面说上海人如何如何啊。

十分钟，二十分钟，一个小时过去了，二爷把所有可能发生的结果都想了一遍，就当他快要绝望的时候，手机铃声终于响起，李婶在电话那头大喊："找到了！"

可是赶到医院，张二爷面前的"手术中"三个字，散发着猩红的光。

张二爷他们谁都没想到，刘叔公三年前得过肿瘤恶化。而这一次，号称复发率只有0.1%的疾病，又将死神的镰刀对准了刘叔公。

刘叔公住院那天，他在上海的亲人都赶来了，刘叔公说，他想去吹吹黄浦江的晚风，说到底，黄浦江的风还是比后海的风要轻些，要柔些。家人围在他床边，让人想起儿时黑夜里点起的温暖的油灯。

张二爷就在这时悄悄退出病房。

夜晚的走廊挺空旷。灯光白晃晃的，晃得张二爷眼睛生疼。

6

张二爷顺着楼梯下楼，走出一楼大厅。北京的初冬，风又冷又硬，吹在人脸上像小刀子似的。二爷被吹得一激灵，双手不自觉地紧了紧棉服。从上衣口袋里摸出一根烟，点燃。烟头顶着点点的火星，在黑夜里显得分外明亮了。二爷吸了一口，缓缓把烟吐出。

四十年，距离那天已经四十年了。如果不是因为那天，张二爷也会拥有一个挺美好的大家庭吧？

年轻时张二爷是个厨子。那个年代，老实人是最受欢迎的。二十岁的张二爷在单位吃得很开，别人都是一口一个小张地叫。小张勤劳老实又爱帮助人，大家都喜欢他。领导也喜欢这样的员工，评先进发奖金，总会有小张的一份。渐渐地，同在食堂工作的厨子为此心生嫉妒。直到听说领导有意要把小张升为管理员，有几个同事就坐不住了，开始背地里给领导吹点儿小凉风。一开始领导也没有当回事，可后来时不时就有人告小张一状，让领导也犯了嘀咕了，以至于一看小张也就越发觉得他鬼鬼祟祟的。实际上，这些都是空穴来风，可是三人成虎，假的事，传来传去就成真的了。领导对他疏远了很多，那几个人趁机煽风点火，把小张贬低得一文不值。有趋炎附势的同事，见状也孤立小张。舌头根子压死人。后来被无缘无故地扣了工资，单位发日用品也总少了他的一份，诸如此类，逼得小张起了辞职的念头。

他看不清这个世道，做好事却被欺负，溜须拍马的小人却得志。他身陷混沌，找不到前进的方向。

后来小张遇见了英子。英子是个好姑娘。她说："我不信外面传的那些，你就是你，我信你。"这是小张身处黑暗之中遇见的第一缕光。就是这缕光，照亮了小张的现在和无限遥远的未来。

小张和英子结婚了，两口子的生活很美好。英子不止一次想着未来。那时有"下海"热，她劝小张下海，凭他的手艺和人品，完全可以经营起一家不错的小饭馆。小张犹豫了。下海，不是不可以，小张能吃苦，只是如果失败了，难道要英子和他一起受苦吗？英子知道他的顾虑，她说："你不用考虑我，我吃得了苦，而且我相信你一定能做好，我就信你。"

小张坚定了信念，辞掉工作，带着积蓄，和英子一起直奔广州。小张在餐厅做跑堂，虚心学习经验，摸爬滚打一年多以后，还真的在深圳开了一家小餐厅。餐厅开业后，几经波折，生意也渐渐有了起色。这时，英子怀孕了。双喜临门，两口子满怀希冀，迎接这个小生命的到来。

只是那一天小张被店里琐事缠住了脚，下班已经是晚上九点多了。路过河边，河面上忽然扑通一声，紧接着传来一阵急促的水声和孩子的呼救声。

有人溺水了！小张脑子里一片空白，当初那几个同事嘲讽的脸又重新浮现在脑海里。行好事却被欺负，他过怕了那样的日子。救还是不救？小张使劲掴了自己一掌，把包甩开，纵身跳下河，奋力向那小孩子游去。

英子说，她信我。这就够了。

小张赶快把孩子送进医院，直到联系到了孩子的家长，小张才悄悄离开。他慢慢踱回家，这一天让他疲惫不堪，可是他回到家看到的，却是英子跌坐在地上，痛苦的脸上已无血色。

英子失足从床上跌下，肚子狠狠地撞到了桌角。小张把英子抱起，安置在三轮车上，疯了一样地骑向医院。小张一遍一遍地说"没事的没事的"，也不知是说给英子听还是说给自己听。英子的脸颊已没了血色，嘴唇微微翕动，气若游丝。如果这时小张转过头来看看，一定会看出嘴形，英子说"我信你"。

小张直接骑着车冲进医院，撕心裂肺地喊着："救救她！来人啊！救救她！"几个小护士见状，七手八脚地把英子抬起来送进手术室。小张一双手不住地抖，心脏怦怦跳，他觉得他将要在今天，失去一个生命里最重要的人。

可他还是晚了一步。医生说如果能早半个小时送来，孕妇还有很大的生还的希望。

再后来医生还说着什么，可小张一句都听不进去了。就在这一瞬间，小张彻底崩溃了。

我为什么要去救那个孩子？我如果下了班立马回家，英子是不是不会出事？我为什么要做好事？为什么受惩罚的是我？是我害的英子？有那么一刻，他甚至恶毒地想，如果他对那个溺水的孩子置之不理，至少英子还能好好地活着。

不对，这样不对。小张使劲捶地，手指骨节生疼，总有事物不

23

断地告诉他，这一切都是真的。他出离愤怒，却发现谁都怨不得，小张觉得他的五脏六腑都像是要被烈火烧成灰烬。

自那以后的很长一段时间里，小张变得刁钻刻薄，对任何事都提不起兴趣。唯有经营餐厅这件事让他格外上心——这个小餐厅里处处都是英子的影子。餐厅越做越大，生意越来越红火，可小张的灵魂越来越空虚。他只觉得行好事是一个天大的笑话，一个欺骗善人的笑话，一个他无时无刻想起，都令他忍不住失声痛哭的笑话。

一直到英子去世的第十个年头。那天晚上英子给他托梦了。十年生死两茫茫，可英子没变，还是小张印象中的那个模样。梦很短，短到英子只跟他说了三个字，可就这三个字，足以填满他悲伤的灵魂，让他重打精神，重拾起对一切的热爱，走向未来，走向阳光灿烂的日子——

"我信你。"

7

刘叔公就要回上海了。大家都明白是怎么回事，可都心照不宣地不说出来。

直到刘叔公临行前一个晚上，张二爷特意去看过他。刘叔公瘦削了不少，可眼睛里还闪着亮晶晶的光。

张二爷主动跟刘叔公谈起了过往。他说："后来我就明白了，无论在什么时候，做点儿好事总是没错的。后来每年我都会给希望工程捐钱，再后来岁数大了，就直接把餐厅交给自己徒弟打理，自己每年拿分红，然后就又回了北京，回到这个曾经和英子一起生活的院子。到最后装在心里放不下的，就只有英子了。"

刘叔公看着张二爷，无声地笑。

"老刘啊，"张二爷侧过头瞧他，"你说你这么大岁数了，千里迢迢来北京，到底是为了什么啊？"

"追梦吧。摄影梦。"刘叔公慢慢抬起手，揉揉眼。

"您可歇了吧。您还追梦呢，就连咱们隔壁骑三轮的老大哥你都追不上。"

"梦想总得有嘛。反正前两年我迷上摄影的时候也是一发不可收拾。"

"那你知道得病……那时候你还想着追梦吗，你就不害怕吗？"

"说不害怕那是假的，哪会有人不觉得害怕的啊。当时觉得天都要塌下来了。"刘叔公深吸了一口气，缓缓地说下去，"可那又能怎么办呢。只能好好调整心态，一切听医生的……后来不到一年，医生说我这种情况再治疗也没什么用了，可我偏不信他的，结果过了两个月，肿瘤就被控制住了……连医生都不敢相信，又疗养了一段时间，我居然就可以出院了。我爱摄影，我总想着，我以后办个摄影展该多好。"

"我其实走过很多个地方，要是说最喜欢的，还得是北京。"

"北京好啊。有的时候，摩登高楼和民家小院，极致的喧嚣和宁静，也就隔了一条街。"

"北京和上海真的很不一样。我喜欢胡同。北京的胡同要显得更加厚重，有一种说不出来的韵味藏在缝隙里，得身处其中才能感受得真切。"

"我还想在北京多住几年呢，唉，也是没什么机会了。这三年啊，是我从阎王的手里抢来的，就算是我占了点儿阎王的便宜吧。"刘叔公一乐，"可是谁都有追梦的权利吧，无论是谁都有，我当然也有——对了，告诉阿晟，给我办摄影展的时候，一定要大，场地要大，要不我在天上可看不清啊。"

张二爷平时话多，到这种时候反而说不出什么话来，倒是刘叔公，一晚上絮絮地说了好多。

等到第二天，刘叔公就被家人接回上海了，北京千好万好，皇家园林恢宏富丽，到头来，也比不上生活了一辈子的小弄堂里灰蒙蒙的古老的墙。

中国人依恋故土，登山渡水，过树穿花，兜兜转转，到最后放在心尖儿上的，还是故乡的山水、故乡的人。

后来刘叔公过世了。那天叶叶、小钱、李婶都赶到上海去了，唯独二爷没去。那天他在家里把头发梳得整整齐齐，白衬衫熨熨帖帖地穿在身上，手提着黑布袋，鼻梁上架着黑色眼镜，做了一碗吃了很多次的红烧肉。他说："老张啊，你这红烧肉做得太差劲了，跟刘叔公做的一比，你可差飞了。"

叶叶在第二天赶回来，千言万语梗在喉口。她一整个下午都待在二爷家的院子里，远远地望向天际。直到太阳西斜，云朵聚拢，金色的阳光透过云层的缝隙洒下来，天空就像是崩裂开来的岩浆。

叶叶一直待到晚上。张二爷给她倒杯热水，递了过去。叶叶愣愣的没有接，她说："二爷，我再也找不到那朵长得像大鸡腿的云了。"

后来听说刘叔公的家人在上海为刘叔公办了场摄影展。叶叶专程赶到上海，录了视频给张二爷看。展厅里的人很少，摄影作品简约地布置在展厅里，干净大方。张二爷看到了胡同口的福来茶馆，看到了刘叔公费心费力盘出来的核桃，看到了坐在大门口的门槛上的叶叶小姑娘——那时叶叶初中刚毕业，满脸稚气，手上比着

"V"，咧开嘴傻乎乎地笑。还有小钱，照片里的他搞怪地做鬼脸，一双眼死死地盯着刘叔公唐装上的铜钱，像是要把铜钱抠下来一样。还有一张，被放在展厅最显眼的地方。照片上正是樱红柳绿的春季，柳梢娇嫩，隐隐约约能看见远处的白塔。一位六十多岁的老大爷斜靠在长椅上，大背心黑布鞋，左手虚扶着保温杯，右手支撑在扶手上，眯着眼，大刺刺地晒太阳。叶叶说，这张照片叫作《友》。

再到后来，叶叶大学毕业了。她跟同学一起创业，真的开了一家"叶冰叶"茶馆。开张那天二爷特意去看过，别说，茶馆开得还挺像那么一回事。叶叶把张二爷引到位置上，就去忙别的事情了。张二爷身边留着一个空的位置，有个工作人员跑去问叶叶："一诺，怎么有位置是空的啊，还有谁没到吗？"

叶叶摇头："他早就到了。"

开业仪式开始。叶叶信步上台，带着一如既往的朝气蓬勃，从容而又坚定。张二爷看着叶叶在台上的样子，有一瞬间晃了神。他想起初中刚毕业的叶叶，时光重合，十五岁的叶叶成为二十岁的叶叶的影子，带着无限的光明和果敢，奔向未来。几年时间一晃就过去了，这几年里发生了很多变化：李婶的嗓门儿不如先前亮了，总在胡同口玩儿的小崽子都上初中了，院子里来了个人又走了，隔壁房间住进个人又空了。

再后来呢，张二爷八十了，叶叶特意搬到张二爷隔壁，帮忙打理二爷的生活起居。现在的叶叶稳当多了，做事干练又细心，不会再打破二爷家的茶碗了。叶叶还学会了做饭。一天叶叶问二爷晚饭吃什么，二爷眨眨眼："红烧肉吧。"叶叶笑了，说："这我可做不了。"二爷说："你叶大侠不是无所不能吗，怎么连红烧肉都学不会。"叶叶说："不是学不会，是没敢学，怕学了又做不出原来的味道，最美的味道应当好好地保存在记忆中。"

后来小钱成家了。对方是个可爱的北京女孩，两个人合开了一家餐厅，日子看似平平淡淡，其中酸甜苦辣只有他们两个人知道。

后来小钱有了个儿子，虎头虎脑的惹人喜欢，刚会跑了就在家里撒欢儿，二爷说这小崽子机灵，以后肯定错不了。

后来张二爷依旧每天出门晒太阳，叶叶用心经营茶庄，小钱和妻子忙活着餐厅和孩子的生活起居。日子照常过，太阳照常升起。

三个人都在各自的生命轨迹上继续前行，只是偶尔他们会不约而同地停下脚步，回忆起或长或短的过往，回忆起值得回忆的人和事，回忆起彼此曾经重叠过的生命轨迹，还有那些给予过自己爱和温暖的人。未来长什么样？格外思念的人会不会在某个平行时空遇到？下一辈子又当如何？谁又知道呢。

我们只热爱当下的我们。

你算哪款小软件

　　早上六点，信信和他的室友们还沉浸在睡梦中，忽然感觉自己轻飘飘地被人举在空中。眼前霍地一亮，信信不满地嘟嘴。今天也是被迫营业的一天。

　　信信，大名微信，手机软件，手机自带的元老级 app 之一。按照主人时玖馨的使用习惯，他和小 Q（QQ）、老博（微博）一起住在"通信"文件夹里。和他拥有同样地位的，还有隔壁"影音图像"文件夹里的小视（视频）、小音（音乐）、小相（相机）。再后来，几个背单词刷题用的软件被下载下来，单住在一个"好好学习"的豪华文件夹——玖馨是个积极进取的高二好少女，这些软件里，使用次数最多的就是那几个学习软件。此外还有一些地图之类的软件，被时玖馨堆在"工具"文件夹里，很少用。这些软件功能各异，性格也各不相同，吵架拌嘴甚至掐架到黑屏也是常有的事。但这并不影响他们和谐愉快地生活在时玖馨的手机里。

　　但是今天早上被迫营业的信信就不怎么开心了，于是故意放慢反应速度，操作界面一卡一卡的。直到玖馨的手指不耐烦地连续敲了几下屏幕，信信才慢慢悠悠地打开操作界面。"让你叫我早起。"信信腹诽。望着玖馨逐渐皱起的眉头，信信顿时神清气爽。

1 早

　　大周末的，玖馨本来可以多睡一下，但万恶的生物钟准时准点地在她脑内丁零咣啷一通乱响。时玖馨翻来覆去睡不着，这才唤醒了信信，翻翻朋友圈，戳戳小游戏，聊以打发清晨一个小时的懒洋洋的时光。

　　只有早晨这一个小时真真正正地属于她。大约再过一个小时，时玖馨就要开始机械地重复前一天的活动。信信看着她在朋友圈下评论了一连串的"哈哈哈哈哈哈哈哈太好笑了吧"，可是那时的时玖馨眼中，没有一点儿笑意。

　　玖馨翻了一会儿朋友圈就去看视频了，又过了一会儿，原本定好的闹钟丁零零地响，玖馨翻身下床，准备洗漱、吃早饭。手机被她放置在床头充电，信信他们也开始了早餐。小Q一大早跑去应用市场更新，顺便把三份充电煎饼带回"通信"文件夹，老博、信信、小Q围坐在一块儿啃煎饼。老博咬了一口煎饼："……煎饼味儿太淡了吧。"小Q在一边搭茬："玖馨那充电器用了多久了，铁定快充不上电了。"信信晃晃头："先对付一口吧你们，玖馨昨天网购了一个新充电器，没准过两天就到货了。"三个软件围在一起吭哧吭哧啃煎饼，还不忘捎带手吐槽时玖馨熬夜玩儿手机让他们三个加夜班的过分行为。

　　小视忽然窜到"通信"文件夹里，大喊一声"哥哥们！"吓得老博一口煎饼没咽下去，捶了半天方好。小Q扔下煎饼撵着小视满屋跑，后脚进门的小相也笑嘻嘻地道："别吃啦，该营业啦。""玖馨唔……唔是吃饭去了吗？"信信嘴里有煎饼，此时含糊不清地问。

小音倚在门框上无奈道："大哥，玖馨都吃了一个小时的早饭了，就算是三斤油条她也该吃完了吧。"

看信信捧着煎饼意犹未尽的样子，小音恰到好处地补了一句："要是咱们迟到，玖馨用的时候没有反应，可是会摇手机的哦。贼疯狂的那种。"

一听这话，文件夹里的所有软件都停下手上的动作，极短的沉默后，所有软件都嗖地向办公区狂奔。

新来的小软件不清楚，为什么这几个老人儿会有这么大反应。后来的某一天，老博对他们深沉地道："所有经历过的软件都不愿回忆那是一种怎样的浩劫。"时玖馨是个温柔的姑娘，牛奶一样的，似乎没有什么能激怒她。非常幸运又非常不幸的，信信他们恰好经历过。某年某月某一天，天气过于炎热，所有软件都懒懒地不想动，手机一卡一卡的。于是时玖馨终于受不了了，开始了维持两分半钟的疯狂摇动。其效果可以参考极速旋转无敌魔鬼过山车。此举在软件心里留下了不可磨灭的痕迹，成为后来谈之色变的"黑色两分半"。

小音提醒得及时，所有人刚刚就位，时玖馨就拿起手机准备使用了。所有软件额手称庆，并自觉忽视了随后小音恬不知耻的邀功行为。今天的他们也在和谐且井然有序地运行着。

2. 日常

玖馨的快乐源泉，有很大一部分是来自帮同学做表情包。"随手拍的表情包才有灵魂。"一位常年出现在时玖馨表情包里的同学如是说。手机随主人，以图库为首的一众小软件都以制作时玖馨的表情

31

包为乐。真应了那句老话："螳螂捕蝉，黄雀在后。"当时玖馨对着同学的表情包笑得不能自已，手机的软件也对着时玖馨的沙雕表情乐得开启振动模式。

果真是报应不爽。

"缺德理发师！"时玖馨在小Q的输入框上愤愤地敲下这行字，"这小蘑菇头剪的，真蘑菇！"

"我告诉他剪到耳垂下面，像剪之前那样，平着剪。他答应得好好的，回头一剪子下去，差点儿给我剪秃了——我现在后脑勺上的头发是跟发际线连着的。"

过了几秒，毒舌网友回复她："耳朵拉稀。"

"……倒也没这么严重。"

"让我看看你的新发型长什么样呗。"

信息处理器上的这条消息，勾起了小Q的熊熊好奇之火。

过了两分钟，一张留着小蘑菇头的时玖馨面无表情直视镜头的照片先在手机的大小软件上传开了。各个软件都沸腾了，顶着照片二十四小时轮流置顶。图库特意翻出了不久前玖馨还是仙气飘飘的长发时的自拍，两张一对比，更显得现在的玖馨乌黑圆润，一点儿都不干干巴巴。信信恰到好处地在图片下方评价"被偏爱得有恃无恐"。小软件们笑成一团。整个手机里充满快活的气氛。

时玖馨拥有广泛的兴趣爱好，除了表情包，时玖馨还爱好码字。时玖馨是个写手，偏爱江湖主题，平时有的没的写两句，聊以抒发自己异常丰富的内心世界。纵使是偏爱文字一往情深，时玖馨还是在手机输入法面前败下阵来。你们是怎么在手机上愉快码字的？坚持"键盘码字王道"并以"手机打字不方便"为由拖更的时玖馨同学如是问。江湖写手群里叽里呱啦地发来消息，大多是"习惯习惯就习惯了"之类的劝慰，只不过每个人都以"咕咕咕"为结尾，时玖馨认定这是这帮老贼映射自己总是"鸽"的事实，一气之下丢下一句"江湖再见"就掀翻手机闷头大睡。群里依旧咕咕咕个不停，小Q贴心地把群消息置顶，以便时玖馨第一眼就能看到满屏嘲讽的"咕咕咕"。

最近时玖馨的兴趣偏好中又新添了一项优秀传统文化——曲艺。歌单从清新小甜歌变成了快板、大鼓、太平歌词。歌单一换，连带着小音的画风都变了，整日里端着大茶缸子揉核桃，老气横秋的。小音走到哪儿，三弦的声就带到哪儿。信信上班时会路过"影音"文件夹，每次见到小音都会问一句"今天的时玖馨听完歌单里的曲儿了没"，小音眯起眼睛掐指一算，沉吟片刻，悠悠道"为时尚早，为时尚早"。

手机随主人，就是这个理儿。

♪ 你们的嘴都是借来的吗

老博是被信信和小Q的说话声吵醒的。

平时老博比信信小Q起得早，他喜欢享受一会儿早晨清净的时光，听听内心宁静的声音。

但今天可不一样了。老博现在正抱着被子，缩在墙角绝望地望着话越来越多的信信和小Q。"咱一会儿吃什么去啊？我不想啃煎饼了，嘎吱吱嘎吱吱的满嘴酱味儿。""把你美得。不吃煎饼你吃什么啊，好不容易给你带来的你还不领情，不领情就算了，你看我以后还给你带早饭不——哎，老博你起床啦！你别缩在角落里啊，快来快来吃早饭！""老博铁定是不爱吃煎饼了，看见直躲，弱小可怜又无助，啧啧啧，你这么狠心还让我们吃煎饼，你看老博都气成什么样了。""老博那是让你气的，叽叽歪歪的。不吃给我，长得跟个煎饼似的还跟这儿嘚儿嘚的。""我去你的吧！"

缩在角落里的老博翻身栽在床上，面无表情。这一定是在做噩梦。

当老博被信信小Q一左一右架来工作区，看见扑面而来的对话框，终于被迫接受了现实。

同事都变成话痨了，我该怎么办，急，在线等。

"今天风挺大，嗷嗷刮风。"

"今天雨挺大，嗷嗷下雨。"

"今天雹子挺大，嗷嗷下雹子。"

老博忍无可忍地抄起一个文件夹砸向碎碎念的小天（天气）。"您的本质也是复读机。"

这是什么情况。怎么一觉醒来大家都开始嘴碎了？大家的嘴都是借来的着急还吗？看着在空中横冲直撞的各种对话框，老博脑浆沸腾。

他决定要开始着手解决这种怪现象。原因不明，老博用了一天的时间暗中观察每一个小软件，譬如一路尾随信信，譬如暗中观察隔壁桌的小天，发现除了越来越密的对话框外，没有任何不对劲的地方。

生活不易，老博叹气。

一天下来一无所获，老博瘫在床上，不想多说一句话。幸亏信信和小Q说累了，躺在床上瞬间睡着。隔壁文件夹还不断传来叽里呱啦的说话声。这都多长时间了啊，玖馨都要期末考试了，他们总这么闹腾该……老博忽然灵光一现，"手机随主人"，想起来最近时玖馨的话真是越来越多。老博心里豁然开朗。都赖时玖馨。时玖馨有个毛病，"只要压力大，玖馨爱说话"。想必最近考试压力大，压力一大话就密，给朋友没完没了地发消息，时不时刷个小题，在网页上留个评论，连查个天气都得多刷新两遍，手机使用频率直线上升。玖馨一这样，这帮小软件肯定就变得话多了。至于自己为什么没有变成话痨，大概是因为时玖馨没怎么用老博这个平台的缘故吧。

老博开心了，每天都掰着手指计算，距离考试结束还有几天。终于，某一天早晨醒来时，屋里是一片久违的宁静。老博老泪纵横，心里汹涌起"守得云开见月明"的巨大幸福感。

当个软件不容易，当时玖馨的软件更不容易。老博揉着耳朵如是想。

◢ 主题风波

"警报警报！一级警报！"信信、小Q、老博揉揉眼睛，半梦半醒间就听见嘈杂声从隔壁文件夹里传来，不明所以。小Q扑腾着起床，推开隔壁"影音图像"文件夹的门，没好气道："大清早的吵什么哪？"几个小软件乱成一团，手机主题脸色惨白："大事不好啦——时玖馨要换主题啦！"

完蛋。

小Q立马就清醒了，想要冲回文件夹向他们报告这个消息，但已经晚了，一束强光笼罩过来，所有软件都条件反射似的停止运行，他们面沉似水，仿佛放弃抵抗准备束手就擒一般。小Q心如死灰。

还是迟了一步。

当小Q垂头丧气地挪回文件夹时，信信和老博已经在床边正襟危坐，脸上严肃沉痛的神情与四周刚被换好的粉嫩少女文件夹格格不入。

"咱们有必要跟时玖馨好好谈谈了。"老博撩开挡在额前的粉红蝴蝶结，正色道。

"奇耻大辱！奇耻大辱！我一个正正经经稳稳当当的 app 怎么一瞬间变得姑娘家家的？简约风多好！"信信拍桌。

小 Q 看着满眼的粉色小心心和蕾丝，登时感觉眼前一黑。"时玖馨毕竟是个女孩子，一时兴起换个少女风格没什么不好吧。"

稍稍冷静下来，他们互相安慰，心说也许就是图个新鲜，没准过两天时玖馨就把主题换回来了。小 Q 没眼力见地提了一句"你们还记得她一时兴起用了半年的黑暗哥特主题吗"，被信信老博揪着暴捶一顿："盼着点儿好事不成吗！"

走进办公区，几乎所有的小软件都在抱怨，几个软件一合计，决定做出一些行动来表明自己的态度。可时玖馨同学平时心思细腻，现在就显得神经大条了很多，丝毫没注意到她的小软件们的不满。小软件们一系列抗议无果，显得异常郁闷。"难道是时玖馨没看出来？"信信抱头苦思冥想，不时撩起挡在眼前的小蝴蝶结。几人都睡不着，眼前粉嘟嘟的风格让他们开始怀疑人生了。趁着夜深，老博、信信、小 Q 偷偷溜到"影音"文件夹。小视他们也没睡，脸上的黑眼圈与墙上的小花相映成趣。几个软件围在一起，咕咕嘎嘎地讨论了一宿。

第二天醒来，时玖馨发现自己的手机内存爆满。一顿清理无果，望着手机内存依旧爆满的红色提示图标，时玖馨只好忍痛删掉了才换了几天的少女主题，重新回归简约风。手机瞬间不卡了，手机内存回归清爽。

时玖馨不知道，此时手机里爆发出了一阵雷鸣般的掌声。

5. "管家"来了

最近"通信"文件夹里搬进一个新住户，是个清理软件，大家叫他管家。据说他搬进来的第一天，手机里的原驻软件无一不感动得热泪盈眶。

事出有因。

软件们正常有序地工作，不可避免地要产生或多或少的垃圾，再加上时玖馨大懒蛋，连亲自动动手指清理垃圾都嫌烦，软件的工作效率直线下降。每天早晨起床，信信、小 Q、老博都望着文件夹门口一堆堆垃圾运气。

工作环境过于恶劣，是可忍孰不可忍，叔可忍婶也不可忍。

就在这样的强烈抗议下，时玖馨半被迫似的请来了管家。由于对自己懒蛋形象的清晰认识，时玖馨特意把管家安排到最常用的"通信"文件夹里。要说管家可真不含糊，刚刚搬来，立马开工。三下五除二，立马清理出 1G 的空间。感动得"通信"三人组热泪盈眶，桌面图标抖了又抖，一致决定要把"通信"第一把交椅让给管家。管家倒是很客气，按先后顺序自觉排老四，深藏功与名。新人报到，第一天就留了个极好的印象。

一开始还不明显，越到后来，管家的稳重就越发凸现出来了。那稳当劲儿，倒是能跟老博媲美。平时信信、小 Q 都是话多能闹的，剩下老博一个人显得怪冷清的，酒逢知己千杯少，老博跟管家没事的时候就赖在一起，互飙对话框，啃啃煎饼，在这个快节奏的世界上，还能有种退居世外的闲适。

每次手机关机，信信和小 Q 结束了一天的忙碌工作，相互搀扶着回到文件夹，推开门一看，老博和管家正摊在各自的床上谈论古今，叽叽不休。信信小小的对话框里充满大大的疑惑："你们俩聊了一天？"

"话到投机处，刹也刹不住。"小Q扑通一下栽在床上："你们俩真是手机泡酒越喝越有。"忽然安静。小Q正纳闷信信怎么没接话，回头一看，信信已经停止运行。头顶的大气泡上一行字："您的舍友信信已下线。"

"好嘞。"

"老博关灯。"

"管家你去。"

"都是软件，干吗让我去。老博你去。"

"快点儿，自己动手丰衣足食。"

"我去吧！费劲死啦！都给我闭了闭了！"

被迫短暂离开床铺去关灯的小Q非常头大。

还好，管家是个非常好相处的软件。没过几天，"通信"文件夹里从三个人围着啃煎饼到四个人围着啃煎饼。管家基本属于后勤部的，不着急办公，所以每天早晨都能心安理得地看着老博他们匆匆忙忙地赶去办公区，自己一个人慢条斯理地啃煎饼。格外痛恨早起的通信三人组对此愤愤不平，连老博都对此心怀不满，哼哼唧唧地嘟囔。后来三个人一合计，决定每天早晨起床先把管家扔下床。看着管家被迫营业的样子，信信才稍感平衡。

6. 令人生疑的朋友圈

最近信信藏着心事，做什么事都是忧心忡忡的样子。隔壁文件夹的小软件问，他也不说，自己每天蹲在墙角冲着墙，冒着悲伤的小泡泡。独自惆怅了几天，信信决定找个倾诉衷肠的对象，想来想去，小Q不靠谱，老博忒唠叨，只有管家最合适。

信信一颠一颠地跑到管家那里，敲敲管家的桌子，不好意思直接开口，东扯西扯："嘿，管家，这些垃圾一拨儿带走哈。"手机管家扯开清理包，把一个一个无用文件往粉碎机里扔，文件哗啦啦被裁成不规则的碎片，慢慢堆积在粉碎机底部的小匣子里。信信盯着小匣子里渐渐冒尖的碎片出神。"小信同学，最近你的垃圾有点儿忒多了。"管家悠悠道。

"怨我吗？"信信叹气，一只手撑在粉碎机上，满面愁容，"你要怨就怨时玖馨。"

"玖馨？她怎么了？"

"好家伙，你没感觉吗？"信信凑近，故作神秘道，"玖馨有小秘密！"

"有就有呗。人家一个活泼阳光正值青春期的小姑娘，有点儿秘密怎么了？"管家不解。

"玖馨老是看一个小男生的朋友圈！还有聊天记录，每天翻个七八遍边看边傻乐。玖馨那小眼神，这家伙，隔着屏幕都挡不住。一天看八遍朋友圈，缓存能不多吗？"

"啊……你最近就为了这事儿发愁吗？"

信信不好意思地点点头。"我是不是管得太宽了啊？可是玖馨……我又忍不住替她担心。"

"没准……那个男生是代购？玖馨等他发货呢？"

"……你蒙二傻子哪，你当我是老博——"

隔壁的老博警示似的嘀嘀响了两声："说谁二傻子呢！文件夹隔音不好，你俩说话我听得见！"

信信为了这个情窦初开的主人操碎了心。每天看玖馨磨磨叽叽地翻聊天记录翻朋友圈，就是不跟那个男生聊天，信信急都急死了，恨不得拨开玖馨的手指，自己跟男生聊。

后来时玖馨仿佛开窍了一般，主动找那个男生聊天。信信收到这条消息时高兴得不行，操着一颗老父亲般关切的心点开消息显示器，屏幕上是玖馨同学刚刚发出去的消息：

"兄弟。"

哈？兄弟？

"你的那个小说快点儿写呀！我还等着看结局呢。快写快写！咕咕咕。"

哦。原来是小说催更。

信信没有话说，都怪自己内心比主人还丰富。

7. 第一面

小 Q 最近非常高兴。高兴就表现在软件的图标一次一次闪过一缕欢快的光。

"信信！咱们没准能见到玖馨了！"

信信一脸茫然。"什么意思？"

小 Q 一脸兴奋："玖馨不是新下载了一款跑酷游戏嘛，听说这款游戏是要让游戏者通过操纵自己来运行的，游戏者需要进入软件。也就是说，咱们可以在手机里见到完整的时玖馨啦！"

新来的跑酷软件拥有一个独立的文件夹，一众软件对此不解。酷酷说自己自带一个虚拟世界，所以需要独立运行。这让四个人挤一间文件夹的信信非常眼红。

时玖馨很快就开始了游戏新体验。小软件们呼啦一下围在世界外围，想要一睹自家主人的真容。信信跑得慢了一步，只能踮着脚站在软件外围，远远地望两眼。时玖馨似乎换上了游戏里的机甲服装，显得英气干练。头发似乎长长了点儿，在脑后梳了一个马尾，一晃一晃的，倒显得挺俏皮。信信忍不住骄傲地笑，瞧咱们时玖馨，人是人个儿是个儿的。玖馨刚一上手就有不错的成绩。第二局开场，时玖馨一个利落的下滑，躲开了迎面而来的导弹攻击，小软件们疯狂叫好，纷纷做崇拜状。

信信想要回头找小Q，却发现原本最兴奋的小Q此时正站在外围，远远地看着信信，神情有些落寞。信信分开人群和小Q并肩站着。"怎么啦你？"

小Q摆摆手，示意自己没事。看着信信探究的眼神，小Q还是开口："玖馨长大了。"

"对啊，现在的她有多好啊。"

"青春期里的孩子，一天变一个样。"

信信乐了："你到底是怎么回事，伤春悲秋的。玖馨多让人省心啊，除了不大爱运动，总忘记清理内存，还拖稿不交，总换奇奇怪怪的主题……"信信说不下去了，"玖馨最棒！"

"那又怎么样呢？"小Q叹气，"我身上承担的东西还是挺多的。"

小Q记得住他们和亲人、朋友、恋人的每一句话，记得他们获得的和失去的，记得他们和朋友分享的每一份快乐每一份悲伤，记得他们或懵懂或慌张或欣喜或愤怒的情感，记得他们每每下定决心删掉和某个人的聊天记录，删掉后又面对着空荡荡的对话框出神。记得他们的所有，那些零零碎碎却又格外让人欣喜的成长点滴——可是他们会变。他们正走在人生的上坡路，越走越高是真的，越走越难也是真的。向上攀登倒还是容易的，可他们能够稳稳当当地下山才是好的。这个时候的他们，回顾"五年前的今天""四年前的今天"，心里大多都升起对当年幼稚行为的嘲讽哂笑。

长大的过程中，总得丢掉些东西。比如记忆，比如感情。小Q不怕玖馨丢掉真心，相反，他怕玖馨一颗真心错付，怕她迷失在冷冰冰的大人世界里，永远也找不到前进的方向。

"杞人忧天。"信信评价小Q，"大人世界里就非得是乏味无趣的吗？玖馨长大后，一定会遇到和她一样真挚善良的人。他们会一直在一起，用勇敢的心，热爱这个大世界，直到繁星老去。"

"聚是一团火，散是满天星。"

说话间玖馨已经退出游戏了，小软件们纷纷回到工作岗位上，埋头忙着自己的事。小音正放着《亲爱的》，歌声游丝似的飘到空间里的每一个角落：

"亲爱的，别悲伤，把眼泪，都擦干。"

"让双眼闪烁光芒，不让眼泪，淹没善良。"

"你是最珍贵美好，每次心跳，传达微笑。"

8. 关于新闻消息

天气系统提醒各位手机软件，时玖馨定位已经离开北京。

玖馨出去游学了。

一收到这个消息，四个不甘寂寞的吃瓜软件就开始猜玖馨发什么内容的说说。老博说："就咱玖馨这个文艺少女，不得发个长篇抒发抒发感情。"信信马上反驳："时玖馨大懒蛋不是白叫的，还长篇？平时更文都困难。"小Q在旁边帮腔："咕咕咕。"管家也表示同意："指不定就拍个高铁票的照片，最多加一句'出发'。"小Q刚要发表高见，消息显示器就嘀的一声响。四个软件赶紧凑过去。刚发的照片里，时玖馨拍出一张仿佛有一平方米的大脸，附上文字："外出游学，学业繁忙，我就不更文了。哈。"

四个软件情不自禁地鼓掌："拖更都能这么理直气壮，我们玖馨是人才。"

玖馨在高铁上补觉，不用手机，几个软件也趁机休息，只有小音不得不伏案工作。管家闲不住，顺手收拾着手机内存。"震惊！××又发生这种事""××与××幽会举止亲密""有一种出糗叫×××，所有人都笑疯了"，管家一边收拾着文件夹，对着一条条试图引人注意的花边新闻，忍不住埋怨："我说你们几个小软件，注意一点儿，别老弄这乱七八糟的小道消息，玖馨还小呢，你们就不怕她受影响？"小 Q 和老博一听这话脸色也不好看。过了一会儿，老博才慢慢地说："当初我们被研发出来的时候，研发者再三强调，'不要干涉使用者'。所以，我们也没办法。"

"有个词叫什么来着？'自媒体时代'。每个人都能发表自己的观点。然后呢？能对自己说的话负责的似乎也没几个。人们愿意把自己见到的东西夸张夸大，加上自己的充沛感情，一顿修饰加工后再发表出来。所以到最后，事件往往会失真。"

"法律是底线。生活在网络上的人不会触犯法律，但法律之上还有道德。好在玖馨不怎么引人注意，这要是被水军恶意攻击，大人都受不了，更何况是她。"

"都是猪油蒙了心窍。"

"我们要坚持适度原则，必须在度的范围内做事情……"

"但研发者的初衷是好的。过分利用……总会偏离航道。"

"我们要用辩证的观点看问题，要一分为二地看问题……"

"时玖馨是不是最近政治学多了。"

"可不嘛，天天背，咔咔整。"

几个小软件东拉西扯地聊别的，管家歪在椅子上想事，不愿说话。他们所言不假。不过都是几个小软件，谁能控制得住呢？

"管家怎么自闭了？"

"别打扰他，管家忙着开花呢。"

"去你的吧！"

9 时玖馨

时玖馨知道，世界上存在着很多个"时玖馨"。有现实生活中面对长辈的时玖馨，面对朋友的时玖馨，在网络上的时玖馨，存在内心里的时玖馨。

网络上面对网友的时玖馨，活泼开朗，拥有一个有趣的灵魂，她是群里的团宠。可现实生活中，她只是个平凡且内向的人。特别是最近一段时间，她对接触新朋友产生了抵触的心理。她极不情愿和不熟悉的人打交道。她知道这样不好，但是否能真正做出改变，这是另一回事。一个热情洋溢，一个孤僻冷傲，她分不清到底哪一个才是真正的"时玖馨"。

"越长大，越孤单。"

这就是为什么她总幻想自己可以拥有几个住在手机里的朋友。除了现实生活中的挚友，他们是最了解自己的。他们不会背叛，可以信赖。她想象着如何和自己的手机相处，他们也许会挨着个儿地调侃自己，或者自己调侃他们，也许是件挺有意思的事。后来她抬头看看四周，很快打消了这个幼稚的念头。自己就是个普通人，这世界上没什么魔幻的事发生，她不会七十二变，也没有胖胖的仙女教主，怎么可能双眼一闭双手一合，许个愿就事事如意一马平川。

她实在看不上那些动不动就要人帮忙的只会"嘤嘤嘤"的姑娘。哪有什么事是不经过努力就能收获的。好好加油。时玖馨这样对自己说。

　　时玖馨又在朋友圈发了张自拍。评论里是清一色的夸赞："太好看了吧!""神仙太太!""又好看又会写文又温柔,这谁顶得住!"信信却把照片放大再放大,目光集中在背景一块千疮百孔的飞镖靶子上。零星的几个四五环,大多都集中在八九环。信信仿佛看到了深夜里,时玖馨捏着飞镖,机械地向靶子上掷去,她像这夜色一样,清冷而孤独。

　　后来时玖馨要备战高考。在那些辛苦的日子里须得苦中作乐,按下不表。且说直到距离高考还有半年的时间,时玖馨一狠心,决定把手机软件删干净,只留下几个刷题软件。小 Q 看到她在江湖写手群里说"退圈半年,相忘江湖,有缘再见";老博看见她在动态里说"卸载半年,勿念";信信看见她在朋友圈里说"有事电话联系"。每个软件都知道自己将要面临什么。那天老博、信信、小 Q 早早收拾好了行李。管家要帮着打理内存,非常重要,所以要好好留着管家。即使日后再下载,他们有相同的名字、相同的功能、相同的图标,可是管家就是清清楚楚地告诉自己:那不是他认识的老博、小 Q 和信信。

　　"没有不散的宴席。"管家向他们挥手,他们三个并肩站着,并无动作。四人相顾无言。平时相处能说能闹的,面临分别都显得手足无措。他们感受到有股力量把自己拖到空中,管家挥着手的身形越来越小,曾睡过的床也越来越小,文件夹越来越小。信信看着隔壁文件夹,几个小软件哭成一团。信信抬眼,发现自己通体泛红,老博也是红的，小 Q 也是。喂，咱们终于红了。信信想要调笑，最终还是没说出口。

后来信信的意识渐渐模糊了，他好像什么都想不起来了，只有和身旁拉着的双手是真实的。意识里存在的最后一秒，是小 Q 和老博的微笑。

然后信信消失了。谁都找不到他。

劳拉的星星

劳拉是个很可爱的小姑娘。她有一头棕黄色的卷发，粗眉毛下面，是一双深棕色的眼睛。眼睛不大，却亮晶晶的，像是把天上的星辰揉进了眼睛里。脸颊上有星星点点的小雀斑，整个人小小的一只，又可爱又聪明，像只小松鼠，长辈朋友都喜欢她。

劳拉有一顶毛线帽子，那是去年生日，爸爸送给她的。帽子是棕黄色的，两边有两股长长的毛线，毛线的尽头各缀着一个毛绒绒的小星星。走路的时候，小星星会随着劳拉的步伐左右摇摆，阳光一照，星星的影子投在地上，像是劳拉身边有两颗真的星星在闪着光。劳拉喜欢这顶帽子，特别是这两个小星星，这不，天气刚变凉，劳拉就迫不及待地戴上了帽子。劳拉也像一颗小星星一样，每天都充满活力。

可是今天劳拉的心情不大好。今天的科学课小测试，全班只有她一个人没有通过。科学老师是温蒂女士，她是个和蔼可亲的老太太，劳拉特别喜欢她。考试没有过，劳拉觉得很愧疚。一放学，她就跑到办公室去找温蒂老师："温蒂老师，我没有通过考试，我很抱歉。"温蒂老师笑着拍拍她的头："哦，亲爱的，别放在心上。"尽管老师这样说，劳拉还是很难过。

劳拉走出教学楼时，天空已经变成了神秘的深蓝色，就像劳拉写字时用的很深很浓的蓝墨水那样蓝。劳拉戴好她的小帽子，不经意间抬头，发现天空中有什么亮晶晶的东西在闪烁，好像劳拉棉裙裙摆上的小水钻。是星星呀！满天的星星洒在深蓝色的天空中，格外神秘动人。劳拉仰起小脸，伸出手，认认真真地数着星星："一颗，两颗，三颗——啊！这颗星星好大好亮——五、六、七、八……十七、十八……有好多星星呀！"劳拉开心得跳脚，因为她从来没有见过这么多星星。

"妈妈说满天的星星会带给人好运，我得赶快许个愿。"劳拉这样想着，立刻双手合十，放在胸前。"下次测试一定要过，不要让温蒂老师失望。"许了愿，劳拉的心情也好了很多。"能看到这么多星星，真是幸运。"劳拉自言自语。帽子上的星星被风吹起，仿佛焦急地碰了碰劳拉的手。"我当然没有忘记你们呀，你们是我最喜欢的两颗星星啦。"

就这样，劳拉一边往校门口走，一边不断抬头看着满天星辰，不知不觉脚步就慢了许多。忽然，劳拉像是想起了什么似的，一拍脑门："哎呀，糟糕！校车！"赶不上校车，劳拉就得走着回家了呀。劳拉赶紧迈开腿跑起来，可风就像跟她作对一样，一会儿急一会儿缓，后来风越来越大，劳拉连忙紧了紧帽子，帽子上的小星星都被吹得七零八落的。离校门口越来越近了，劳拉赶紧加快了脚步。地面的石砖有一块突起，劳拉没注意，结结实实地踢了上去，一下被绊倒在地。劳拉觉得膝盖跌疼了，泪水在眼眶里打转。天色已晚，校园里几乎没有什么人，没人注意到劳拉摔倒了。劳拉只好吸吸鼻子，撑着地面自己站起来。裤子的膝盖处跌脏了，像打了一块棕色的补丁，一点儿也不好看。

"真是倒霉。"劳拉拍了拍膝盖上的土，嘟起嘴巴抱怨。来不及多做整理，劳拉赶快跑向校门口。好不容易赶到了，劳拉双手撑着膝盖，大口喘气。可再抬头张望时，留给劳拉的，是渐行渐远的校车背影。

"今天真是太不走运了！"劳拉皱着眉头，小皮鞋重重地跺了一下地。爸爸妈妈要工作，还要过一会儿才下班，想来想去，劳拉只好自己走回家。好在家离学校不是很远。劳拉一边走，一边气鼓鼓地踢着一颗小石头。大风呼呼地吹，吹得劳拉帽子上的两颗星星都打起架来。劳拉一只手握一只星星，把他们分开。风越来越冷了，劳拉紧了紧身上的衣服。膝盖的痛感一阵一阵地传来，风把手上的温度都带走了，劳拉觉得自己的手指变成了十根大冰棍，这滋味可真不好受。

不是说满天的星星会带给我好运吗？可我今天为什么这么倒霉啊？劳拉不解地眨巴眨巴眼睛，感觉到自己是如此孤立无援。星星，她一抬头，刚刚的满天星斗好像被大风吹散了，一瞬间无影无踪。

"一定是因为风把星星吹走了，星星不见了，就不能带给我好运了。"劳拉暗暗地想。"对，一定是这样。"

劳拉觉得自己走了好久，仿佛有一个世纪那么久——劳拉也不知道一个世纪是多久，总之就是很久很久——终于看到了自己家的灯光。爸爸妈妈回来了！她迫不及待地跑向家的方向，这是她第一次清晰地感受到，家是世界上最最温暖的地方。

劳拉跑到门前，按响门铃。她听到屋里传来脚步声，紧接着，门被打开，妈妈温柔地牵起劳拉的手。"大宝贝回来啦，今天怎么回来得这么晚啊，今天在学校开心吗——你的裤子好脏啊，回自己的房间换下来好吗？妈妈今天给你烤了小蛋糕哦。""我刚刚跌了一跤，没，没有赶上校车，我只，只好自己走回来——"话还没说完，劳拉就忍不住哽咽。不知道为什么，劳拉的眼眶一下子红了，一路上的寒冷都融化在眼泪中。爸爸闻声过来："劳拉别哭，劳拉今天好幸运啊。""为什么?"劳拉不解地望着爸爸。爸爸向她眨眨眼："因为劳拉今天跌了一跤，却能自己一个人从学校走回家，这一路上，你收获了勇敢和坚强。这难道不幸运吗?"爸爸向劳拉笑了笑："好了，幸运的劳拉小朋友不要哭了，妈妈去给你找药膏了，涂上药膏，我们就准备开饭好吗? 今天妈妈做了好多好吃的。"妈妈也冲劳拉温柔地笑着。

劳拉忽然觉得自己的膝盖不痛了，而且她觉得，天空中是否有满天星都不重要了，爸爸和妈妈的眼睛里，仿佛就揉进了满天星辰。

"原来，大风把劳拉的星星吹进了爸爸妈妈的眼睛里呀。"劳拉这样想。

大　寿

在某个村庄里，住着一位石老爷子。石老爷子是个瘦高个儿，长脸，留着寸头。近两年，脸上的皮肤渐渐浮出了星星点点的老人斑，褶子也皱皱巴巴地堆起来了。家里老太婆说他脸上的褶子"能夹死三只蚊子"。安安分分地当了半辈子厨师，村里的大小宴席，都得请石师傅掌勺。后来带的徒弟一个个都成长起来了，石师傅就在家赋了闲。每月有稳定的退休金，生活不算富裕，但也用不着紧巴巴地勒裤腰带，安安稳稳地度过晚年，就成了他最大的心愿。

别的老人大多觉少，醒得早起得早。石老爷子就不一样了，不用工作，老爷子就不大爱早起了。但今天石老爷子早早地起床。不为别的，今天是石老爷子八十大寿。

早上八点。

大闺女离自己住得近，早早就来了。"爸爸，您福如东海，寿比南山，长命百岁！"石老爷子挺高兴，笑得眯起了眼："好！"

大闺女和二闺女都嫁到隔壁村，但凡有事都是她们照应着。今天也如是，到了大约十五分钟，大闺女的手机嗡嗡地响个不停，石老爷子坐在炕沿，看着大闺女忙得团团转。

"哎，大哥！……对，回头我再把地址给您发一遍！"

"瓜子花生？都预备齐了……不够再添，你甭费那劲。"

"你们几点到啊？赶紧吧，得好歹收拾收拾。"

"不用放炮，拧的那种也不用……你再把爸爸吓着！"

过了二十多分钟，二闺女也赶过来了。手里拎着大包小包的，一股脑地都撂到炕上。"来，爸爸您赶紧试试这唐装。给您订制的，您跟妈一人一件，昨儿晚上才到。您穿穿，看合不合适，不合适的话我再好歹改几针——妈！快来试衣服！"闺女捏着唐装一抖，唐装是深红色的，不扎眼，中规中矩的样式，袖口绣着祥云的暗纹，很合老爷子的心意。只是一排排扣叫老爷子犯了难。石老爷子怕麻烦，近几年手指不大灵活了，日常生活尚可，可面前的一排小盘扣，看上去精致大气，实则着实难为人。二闺女被老太婆叫走了，大闺女还在紧张地确认座次表，他不得不自己克服这一排小盘扣。自己还行着呢。这样想着，他捉起一粒扣子，右手的拇指和食指捏着盘扣，左手两指捏着纽襻对准盘扣。怎么手抖得这么厉害。石老爷子越是想对准，手抖得越厉害。石老爷子心急，好不容易对准，又因为纽襻略小，盘扣插不进去，他想用指甲扣下纽襻，手却不受自己控制似的，越穿越费劲。他轻轻垂下手，看着自己胸前的一个个仍没扣上的纽扣，忽然想起当年自己还在做厨师时运刀如飞的时候。

石老爷子一屁股坐在炕上，忽然不想过这个寿了。

上午九点半。

儿子一家也赶来了。孙女得上学，儿子一家就搬到了城里。能现在赶过来也是不易。跟着一起过来的还有自己的侄儿、侄媳。

孙女刚迈进门的时候还打着哈欠。石老爷子见状，立刻埋怨儿子太早过来，孙女还能长大高个儿呢，没睡饱怎么行。全然忘记半个小时前自己还在催儿子早点儿到。这也没办法，谁家老人不偏疼小的。

"爷爷穿这身真好看！"小孙女在一边笑道。

他忽然有点儿不好意思，假装嗔怪着："哪好看了？什么孩子！"小孙女嘻嘻笑，蹦跳着出了屋找奶奶去了。儿子闺女没听见这个小插曲，继续七嘴八舌地核对着琐事。"你把寿桃放在哪儿了？""车上呢，忘不了。""那爸妈坐你的车吧，回头大哥开车跟在你后头。""妈呢？""换新衣服呢，跟爸还是情侣装。""妹夫买的衣服真挺好看，多鲜亮！"

石老爷子悄悄走出厢房，坐在当院的椅子上。这椅子用了快二十年了，椅子面是用铁线编的，有微微的韧性，不至于太软也不至于太硬，坐上去很舒服。记得新买来的时候是鲜亮的绿色，小二十年过去了，椅子挺过了风雨雷电，绿漆渐渐脱落，显露出斑驳的铁锈。后来连铁丝也断了几根，椅子面摇摇欲坠，人坐上去，稍稍动弹，都有被摔个人仰马翻的危险。

他像那椅子一样老。

上午十点。

一家人准时从家里出发。

他坐在儿子车里。儿子开车稳当，在前面带路。石老爷子在副驾驶，老婆子、孙女、儿媳坐在后座。后座的娘仨聊得热火朝天，他和儿子倒是显得很沉默。他和儿子的相处方式大约就是中国传统父子的相处模式。不比他在电视上看到的外国父子，张口闭口就是爱呀爱的，两个人都不擅表达，恨不得说一句"谢谢"都憋得脸红。这种情况，再要求他们时刻表达出自己的情感就有些强人所难了。儿子的感恩和尊敬存在生活的每一处点滴里，一时却又想不起来。

53

这样想起来也真是奇怪。

老婆子又开始念叨家长里短的琐事。人一老，免不了要胡思乱想。他想起脚下的这条路。他小的时候，这条路着实不好走。窄窄的一条土路，弯弯曲曲坑坑洼洼，一条疤似的。刮风攘土，下雨留泥，好不容易赶个晴天，大大小小的石子就硌得脚生疼。儿子小的时候，在路上一玩儿一闹，一身衣裳就得重新洗。总盼着有人能把路修一修，后来农村建设起来了，首要的就是修路。工程并不很大，没过几天就完工了。柏油马路，干净，宽敞，平整，散发着欣欣向荣的气儿。他喜欢这条马路。

这些年农村也整改了不少，小集市上那座二层的百货小楼也被修整了，改建成了四五层的百货商场。内部也干净了很多，亮亮堂堂的，不像以前阴暗，一走进去就觉得逼仄、压抑。

但是有一天，他会想念曾经泥泞的路。他记得那样泥泞的路边，也开出过温柔洁白的小花。还有那个百货小楼。家里还在用的那把椅子就是从百货小楼里买的。一转眼二十年，最小的孙女儿都上高中了。时间过得真是快啊。

可不是快嘛，自己都八十了。

天空忽然飘起雨丝，空气变得潮湿阴凉，石老爷子不由自主地搓了搓膝盖。等红灯的时候，儿子往自己这里瞥了一眼，回手拎出一件外套，盖到老爷子腿上。

中午十一点。

酒席开在村里，有户人家专门办酒席。一来这里办的酒席物美价廉，二来这里离亲戚们都近。过了不到二十分钟，人就要到了。自己坐在大屋里，二闺女在自己身边坐下，嘱咐自己："爸爸，回头人来得多了准得闹，我得招呼着他们，您可千万别嫌吵，啊。"老爷子摆摆手："没事，今儿我高兴，你们闹你们的，我一准儿不嫌。"
"得嘞，那……"门外似是有人来，二闺女赶紧迎出去。石奶奶在一
边笑："你看你闺女多了解你，知道人一多你又得闹心，还嘱咐我拉
着你点儿呢。"老爷子被人说中，仍嘴硬："什么了解不了解的，她
知道什么啊。"石奶奶笑着："真倔！"

　　正说着，亲戚们陆陆续续地来了。老爷子挺高兴，一时间屋里
变得拥挤了起来。光是看着小孩儿们在一起玩闹，老爷子就高兴。
"老哥哥，我们给您祝寿来啦！"石老爷子看见一个烫着满头卷的胖
女人扭进屋里，眯起眼睛想了想。啊，论起来这是自己的远房侄女
儿。自从这个侄女嫁到城里一个好人家里去，就没跟自己再来往过，
二十好几年一个电话都没有。自己的小孙女估计都不认识她。今儿
给我祝寿？不定冲着谁来呢。石老爷子不理会她，扭过脸去，跟闺
女说话，装没听见。她并不恼，客套寒暄几句，就直奔自己的大孙
子过去了。热情洋溢都写在脸上，似乎是有什么事要找大孙子帮忙。
大孙子也不耐烦，强压着恼意跟她客套。好在她也识趣，说完事就
远远地坐下，没再跟老爷子说话。这样最好，谁都省心。老爷子
心想。

　　菜还没上，先灌了自己三杯白酒，心里的烦躁才被压下去。这
哪叫过生日，活受罪嘛。就在说话间，菜一样一样地送上来了。大
伙都举杯，祝石老爷子健康长寿。石老爷子纵是不爱热闹，却是被
热情感染，也渐渐展开笑眉。吃着聊着，又陆陆续续有人敬酒，老
爷子心情不错，笑吟吟地又喝了好几盅白酒。酒味撞上头，老爷子
双眼有些蒙眬了，有些微微的醉意。桌上的菜肴飘着香味，绕着老
爷子的鼻子眼睛，挥也挥不去。

　　大人们一个屋，小辈们都在隔壁屋里吃，就留了几个四五岁的
小小子在大屋，由儿媳侄媳照看。几个小孩儿吵吵闹闹，嚷嚷着要

吃蛋糕。老爷子把几块蛋糕分给他们的时候，他那剩下的一点点耐心也消失殆尽了。自己亲孙女还没吃上蛋糕呢，小破小子，抢什么抢。老爷子疼孙女，看着眼前这几个小小子上蹿下跳，越发眼晕。

小孩先吃完了，嚷嚷着玩闹。吵嚷久了，石老爷子觉得心烦。还是自个儿的孙子孙女儿好，三个孩子有爱说爱笑的有不爱说笑的，但都是极懂事的。想小孙女了。孙子这辈儿的，要么已经成年，要么还是半大小子，现在十五六岁的孩子，倒只有小孙女儿一个人了。小孙女内向，好在跟哥哥姐姐亲，倒也不至于太无聊。这要是让她带着这几个孩子玩儿，得要了她的命了。

五六岁的小小子，正是能闹的时候。刚要闹起来，几个儿媳侄媳就把小孩儿带出屋，到院里玩儿。小孩儿又跑回来，还嚷嚷着吃蛋糕。闺女赶紧起来给他们切。小孩抓起奶油就要抹，闺女又赶紧找纸巾给小孩擦手。酒劲上头，声音忽远忽近听不真切，他仿佛又听见几个老爷们儿大聊天下局势，几个妇女扎在一堆唠叨家长里短。

石老爷子坐在桌上，看着屋里人忙来忙去，忽然想不起来今天到底是谁的生日。

中午十二点半。

酒过三巡，菜过五味，自己的上下眼皮也打架了。也没喝多少啊。这要是在两年前，白酒还能按碗喝呢。不服老不行啊。老爷子喝得微微出汗，想解开几粒盘扣，低头一看一粒粒小巧的盘扣，又看了看自己笨拙的手指，只好懊恼地垂下手。

"这糖醋鱼做得真是味儿！"他忽然听见同桌的哪个人夸道。闺女替自己搛来一块，细细地剔了刺。鱼做得确实地道。酸度甜度都恰到好处，鱼被炸得金黄，卖相也不错，竟让老爷子挑不出一点儿毛病来。不知道为什么，石老爷子心里莫名腾起一股酸溜溜的醋味。

这席吃着确实不错，刚进门来的时候，他似乎看见一个主厨模样的小伙子在忙活，穿得干净利落，切菜颠勺的动作麻利，炒菜的时候给人一种信手拈来的感觉。倒是有几分自己当年的风采。石老爷子那会儿是笑着想的。

可现在他笑不出来了。满桌的美味佳肴好像都变了味儿，每一盘菜都在告诉石老爷子：您老啦，再也来不了这个啦。"老爷子，您给品鉴品鉴呗！这席吃得怎么样啊？"石老爷子心头忽然又涌上一股烦闷感，觉得今天的菜不是味儿，汤也没咸淡。嘿！竟然还没有条儿肉！席上其中一道大菜就是条儿肉，这，这怎么能没有？石老爷子一梗脖子："好什么好，都没有条儿肉！"老爷子的亲侄女儿哈哈地笑："真是，回头您好好跟厨师念叨念叨，教他两招！"

世界上的话有千千万，唯有"想当年"三个字最没用。这是老爷子学徒的时候，师父教给他的一句话。当时年少，不解其意。到现在就着酒咂摸着，也能咂摸出游丝似的绵长的味儿。

果然时光不等人。看着席间说笑的男女，老爷子又笑了。谁还没年轻过，他们老过吗？说到底自己还是羡慕的。羡慕他们生活在一个好时代，羡慕他们还能把命运攥在自己手里，羡慕他们还有很长时间完成自己未完成的，回忆自己已经完成的。石老爷子叹气，自己就剩了回忆了。

闺女忙活着两个小孩，其他亲戚都各自聊着，没有人注意到自己的一声叹息。身边忽然有人拍了拍自己。扭过脸去，他看见石奶奶笑吟吟地望着自己："烦了没?""烦什么，我高兴。"石奶奶笑得更起劲了："倔。"你才倔呢。石老爷子在心里默默还嘴。

席吃到下午三点多，人都陆陆续续散了。儿子闺女照顾着，石老爷子就落得个清净。就是那胖侄女儿没轻没重的，热情洋溢地拥抱小孙女，差点儿没把小孙女撂倒。

"赶紧回去吧，吃饭的时候爸爸就困了。"他听见闺女跟儿子说。他感觉到儿子把自己扶进车里。过了一会儿，车就摇摇晃晃地启动了。这是回哪儿呢？晕晕乎乎的。到哪儿了？几点了？怎么解开盘扣呢？来不及想出答案，石老爷子就坠入梦乡。

石老爷子没睡多久，再睁眼天也才刚擦黑。他揉揉眼，石奶奶正看电视，听见动静，起身给他倒了杯水。

"晚上吃什么啊？"石老爷子问。

"吃剩菜吧。我也懒得弄了。中午席上还剩俩狮子头，还有菠菜粥，够你一顿的。"

孔乙己的黄粱一梦

　　鲁镇的初冬尤其寒冷。太阳高高地挂在天上，阳光却了无温度，照在人们身上，并不温暖，只是应和着冬天的劲风，在人们裸露不多的肌肤上留下几片通红的印记。

　　孔乙己便是在这样的时节里，喝下了他人生中最后一碗酒。许是年岁渐长，一碗温酒下肚让他感觉到了深深的醉意。花白的干枯的胡须颤动着，枯黄的手掌撑住地，支撑身体艰难地挪动。蒲包与土地摩擦沙沙地响，在这格外冷清的鲁镇街头声音就显得尤其大了。

　　酒劲上头，朦胧的酒力让大脑一片混沌。他蜷在店铺的拐角处，眯起浑浊的眼，小憩。

　　他似乎跌进了梦里。

　　在梦里，他是十八岁的模样，年少英俊，意气风发。他背好行囊，回身向家人挥手致意，然后昂首走向考场。手握毛笔，他的心绪已经飘向繁盛的京城。他想起区区一个府考复试又算得上什么。行云流水般答毕，他自信满满，他觉得自己一定金榜题名。他甚至已经想好了一套套的治国之策，只等着高中，当官，一展宏图大志。

　　可是他落榜了。

　　然后就是不断赶考，然后就是接连落榜。

日子流水过。家族中道落魄，一贫如洗，妻离子散，一无是处。人活到中年，最不济的也就这样了吧，还能糟糕到什么地步呢？孔乙己这样想。满腹文章也换不来一顿饱饭。他环视着这个四壁徒空的容身之所，心中一阵凄凉。

在梦里，他遇到废除科举制度。那时的他，还在鲁镇的街头寻找考试的场所，前方有群人吵吵嚷嚷，他蹒跚着上前去，却听说要废除科举，他浑身一僵。没了科举？这，怎么会废除科举？他扑上去拉住一个人要问个究竟，却被人嫌恶地一把推开。一片天旋地转间，只依稀听到"疯子""痴"几个奚落的字眼。心中的愤怒噎得他喘不上气。

他忽然感受到一股强光。强光散尽，他的身前站着一位鹤发童颜的老者。老人伸手将他拉起，引他穿过街头巷尾。孔乙己心中疑惑，正欲开口，老人忽然停下了脚步。孔乙己抬头望去，映入眼帘的却是气派的宅院。老者引他进屋坐好，便开口，称赞他的文章有深度，见解独到，词句精妙。老人道："先生才高八斗，满腹经纶，万不应当沦落至如此境地，特意赠予宅院一间、藏书万卷，供先生一展宏图才学。"孔乙己怔住了，先生？这老人称呼我为"先生"？他不敢相信地望着老者，望向精致的实木桌椅、墙壁上的字画和书房中琳琅满目的书籍，一切都像梦一样。他不知所措地搓着手，花白的胡子抖个不停。"这，我……唉！"老人笑着按了按他的肩头，他顿时感受到老人手上实实在在的温暖。老人提了毛笔，在宣纸上写了几个字，便转身离去。孔乙己欲留不得，只好凑上前去看老人所留，纸上只有七个字：高山流水觅知音。孔乙己笑了，他笑，他狂笑，他放声大笑，他昂首顿足而笑：终于啊，终于啊，混沌活了数十载，终究是遇到了伯乐，自己受过的苦，都值了，值！

第二天，人们发现了蜷缩在角落里的孔乙己。花白的胡须上挂着一层未融化的雪，他的双眼空洞无光，嘴角却仍旧挂着微笑。

孔乙己死了。

咸亨酒店里的顾客来往依旧，没有人注意到孔乙己的死。

春去秋来，又不知过了多少年，有一阵风吹过，吹走了大片大片的阴霾。

只是可惜了，在那个时代枉死的可怜人，到底是没有看到阴霾背后，一片光明的世界。

等　你

1

高二的数学题真的很令人头痛。作为一名不怎么精通数学的高二学生，我只好把四分之一的周末留给数学。出门补课，几个小时的课后，坐地铁回家，几周以来皆是如此。

今天也如是。下课后搭地铁回家。地铁站里的人比往常要少一些。上车，站定。车门关闭了两次，机械的车门咬合，发出铮的响声。于是列车启动，平稳地驶向黑暗的隧道。

我靠在车门边低头摆弄手机，一偏头，就看到他被拦腰夹在车门中间，动弹不得。

"你还好吧?"我问他。

"我还好，就是我今天早上刚刚熨好的小衬衣被压皱了。"他抚了抚心口，随后小心翼翼地低头瞥了一眼他的衬衣，吓得赶紧闭紧眼睛，做不忍直视状。我透过嵌在车门上的玻璃，看到了他被地铁轨道摩擦得更加惨不忍睹的裤腿。

"你是鬼吗?"我看着他惨白的面色和被地铁车门挤压变形的腰部，又问。

他没说话，斜着眼看我，单挑左眉，撇着嘴，仿佛在用整张脸来怀疑我的智商。

"能读出我眼里的字吗?"他问。

"很明显，左眼是一个'废'字，右眼是一个'话'字。"我回答。

"完全正确。"他道。

2

车上的人并没有看到他——事实上，除了他的同类，这节车厢里只有我能看到他。这种情况我已经习惯了。似乎从记事起，我就总能看见一些大人们口中"不干净"的东西。大概是因为很久都没有出现像我这种"特殊体质"的人类，所以我遇见的鬼们都愿意跟我聊天。我曾试图向家人描述我所看到的，可他们吓得不轻，又是带我去医院又是请大神的。自从那位号称"活神仙"的大叔让我连灌三碗炉灰兑水后，我就再也不跟他们说了。"能视鬼神"这种技能，无论是谁听说了都会害怕吧——毕竟不吉利。至于因为这事受到家人的嫌弃和疏远，也就不在话下。习惯就好——从某种程度上来说，"习惯"真是个好东西。

幸而我说话的声音不大，车厢里也没有人注意到我的举动——免得吓到他们。还有一段不短的车程，我决定跟他聊聊天。

我俯下身子，保持视线和他持平。"你好，自我介绍一下，我是……"

他赶紧把我拦住："哎呀，自我介绍这么正式的事情，至少要等我直起腰来再说嘛。这样，"他用手指指还被门夹住的腰，"也太——草率了吧。"

言之有理。我立起身，拨了拨前额的碎发。我的头发虽是又黑又密，但是疏于打理，干枯，分叉，毛糙，暗哑，洗发水广告上列举的头发瑕疵都集中在我头上。为了避免麻烦，我只好把原本很长的头发剪短，在脑后扎成一个小揪揪。一侧头，就看到他用手掌轻轻地拢他的鬓角。他的头发乌黑柔顺，刘海被梳成三七分，头发蓬起，形成一个恰到好处的弧度，显得非常清爽。精心打理的程度，令我一个女生都自叹不如。

精致的猪猪男鬼。

他一直在整理自己的仪容，认认真真一丝不苟，我都情不自禁为他悄悄鼓掌。下一站很快就到了。车门稍稍开启，我赶紧把他拉起来，他的衣服若是被上车的乘客踩到弄脏，恐怕这比让他下油锅还心痛吧。

"多谢多谢。"现实的物体似乎只会阻碍他的行动，无法给他留下伤口，所以被门夹的这一下并无大碍。只是当他看到被地铁轨道摩擦得惨不忍睹的西裤裤腿，小脸唰的一下煞白。

"还好吧?"我问他。

他摆摆手，抚平衬衣，随后立正，向我点头致意，脸上挂着精致的微笑："可爱的小姐姐，你好，我是陆六一。初次见面请多指教。"

其实已经见面五分钟了。我暗暗吐槽，还是回他一个不怎么精致的微笑："我是程衍。请多指教。"

"你是程衍!"陆六一忽然瞪大了眼睛，"我爷爷的爷爷见过你!他还救过你的命呢!"

我眨了眨眼。小小的眼睛里充满大大的疑惑。

"你还不信，你敢不敢让我看看你的脚踝!我爷爷的爷爷在你的脚踝上留下过一个圆形的疤！"

看吧看吧。我把裤腿挽起来，心想着，能看见疤就见了鬼了。

然后他俯下身子。

然后他伸手把我的鞋带解开。

然后他把我的左右脚用鞋带系在一起。

然后他直起腰来，冲我哈哈哈大笑："被我高超的演技折服了吧，今天的陆六一依旧是聪明满分呢！"

我为他鼓掌。从没见过这么智障的鬼。

"你乘地铁是要去……"我问。

"我要上班啊。"

周日还要上班，鬼生不易。"太阳对我们的伤害太大了，所以我们一般都是晚上办公嘛。最近老板催得紧，只好躲着太阳坐地铁出门，令鬼头大。"一说起上班，他就满腹牢骚似的，嘴噘得老高，"本来都好好的，谁知道这个地铁门关了两次呀。关第一次的时候我以为我要赶不上车了，结果门又开了，我一个冲刺，然后，就，卡住了。你看我的小衬衫——"他两手拉着白衬衫的衣角，要我看他衣服上的褶皱，就像小姑娘向大人哭诉被弄脏的小裙子。

我不敢再说小衬衫的事了，赶紧岔开话题："周末还不休息啊？你在做什么工作呢？"

"我是神通广大的寻梦师，我的工作就是帮别人寻找丢失的记忆。"陆六一歪着头想了想，"嗯，就是跟快递小哥差不多，只不过他们送的是炸鸡和奶茶，我送的是记忆，但是我没有嘟嘟嘟响的摩托车，只好坐地铁。"

"所以，你的雇主怎么联系到你？像我这样能视鬼神的人，世界上也没有几个吧？"

"雇主大多是鬼，也有人类。你们人类要是有寻找记忆的强烈需求，公司会自动生成订单，上司再给每个寻梦师分配任务，我就负责寻找记忆，然后送到雇主的梦里——其实你们人类寻找记忆的订单并不多，大多都是透支前世的记忆……"

"等等，你能找到前世的记忆？"我一下子来了兴趣，"我可以拜托你找一找前世的记忆吗？"

"直接找我下订单也可以呀。但是——"他冲我眨眨眼，"就像快递需要快递费一样，我也不是免费接单的。我需要一点儿酬劳才能帮你。"

我眯着眼打量他，看他一副"小财靠赚大财靠骗"的样子，警惕道："我就是一个学生，你要是跟我要大金链子小手表我可没有。"

"我要那些也没什么用呀——不要这个。"

"……要命也不行，我就一条。"

"我又不是劫道的。"他一翻白眼，"哎呀算了算了，等我想好再管你要。"

"好吧，成交。"说实话，我还挺想看看我前世的样子。他还要摇头晃脑地卖弄一番，可我转念一想，赶紧把他拦住："说得这么邪乎，你，别是个骗子吧。"

"啧，我是那种鬼吗？"

"鬼话连篇。"

"爱信不信。"

"那我下周的这个时候还要见到你，你要是不来我就给你差评，差评，差评。"

陆六一向我摊手，无奈道："我是不是骗子，下周六都得来上班呀。订单那么多，看这样子，我要加班的日子还长着呢。"

列车进站。"我要下车了。"我看了看站牌道。车门开启，我回过头去，陆六一还倚在门口，笑着点头致意。

"那下周见。"

我走下地铁回头看，陆六一立在列车门口向我招手。我看见他的口型："我等你哦。"

3

上古。

傍晚时分，嫘祖坐在溪边，扯下一抹晚霞，织成薄纱。桃林就在溪对岸，朵朵桃花倚风开。女孩一袭白衣，头戴柳条编就的花冠。她挎着小篮子，要去林中采几朵可爱的花。女孩沉迷花朵而忘返，不知不觉走进树林深处。树林的深处是一片荆棘林。那荆棘林长得茂盛极了，女孩害怕荆棘林又尖又长的刺，不敢再往前，正欲返回，却听见荆棘林中有嘶哑的鹿鸣。

女孩怯怯地走上前，透过荆棘的缝隙，她看到一只白鹿被困在荆棘间。白鹿卧在荆棘间，腿上、腹部都被尖刺划伤，留下了细细密密的伤口。白鹿的毛发被血水黏在一起，一双眼睛却格外温柔，让她想起夜晚月光下静谧的溪水。可怜的鹿，它一定是迷了路，误闯入这片荆棘里的。

女孩欲折断荆棘，救出白鹿。可荆棘的刺太锋利，一下一下，割伤了她光滑的脸颊，刺破了她的手臂和手指，扯掉了她的花冠，刮破了她的裙摆。女孩紧抿着唇，忍着痛，将白鹿引出了荆棘林。

女孩拎起花篮，小巧的花儿能愈合白鹿的伤口。女孩垂下眼眉，亲吻白鹿的眼睫。而白鹿扬起头，轻轻舔舐女孩脸颊上的伤。白鹭在河岸鸣叫，呼唤着远方，明亮的月光。

67

1

　　星期一，一缕透过窗帘的阳光，一个温暖的早上，一个不想起床的我。手机闹铃急切地响了一遍又一遍，我挣扎着抬起手，顿了顿，又缩回了手。算了，爱响不响吧。

　　奶奶和往常一样把我从床上拉起来。"都高二了，起床还这么费劲。"奶奶脾气急，总是嫌我做事磨蹭。但这个家里，反倒是她更能接受我说的话。奶奶不在意什么"阴阳眼"之类的话，她说："程衍就是程衍，不管她怎么样都是我的好孙女。"所以相比那些对我避之不及的家人，甚至我的亲爸亲妈，我仿佛跟奶奶关系更好。自然而然的，奶奶就被予以"叫我起床"的重任。"快点儿快点儿，起来刷牙洗脸，面包、鸡蛋、牛奶都在厨房呢——哎哟，磨磨叽叽的，要迟到了你不着急啊。校服在你床头呢，大巨婴——我要是回老家了，看你怎么办……"某种程度上来说，奶奶顶得上一百个闹钟。

　　我顶着奶奶的"语音攻击"，完成了洗漱的一系列动作，然后拎起书包，出门，跨上自行车，出发。

　　早秋的早晨，风儿已带着些许凉意，我很快就清醒了。来吧来吧，新的一周又开始了。

　　早自习后，数学老师抱着一摞卷子，早早地走进教室："同学们，今天要讲的内容太多了，咱得提前上一会儿啊。"教室里顿时一阵鬼哭狼嚎。我扑通一下栽在课桌上，不想面对现实。

　　"哈哈哈哈"，不用抬头，这是我的同桌，数学大佬——小白正对我发出惨无人道的嘲笑。小白名叫周然，人如其名，皮肤白得发光。大眼镜后面一双小眼睛发着精光。小白嘴欠话又多，高中开学第一天就成功惹恼了前后左右桌的同学，喜得外号"烦人精"。他偏理科，我偏文科，从高一开始我们就是"狼狈为奸"的好伙伴。后来高二选科，我不出意料地选了全文科，他曾立志要做一名生物工程师，结果他的家里人要求他走金融专业，迫于家人的压力，他含着泪，也选了全文科，成功与我再续同桌孽缘。

小白听数学课巨认真，我不好意思找他聊天，只好硬着头皮抄笔记。唉，数学真的很神奇。你看，老师写的每一个字我都认识，连在一起我就听不懂了。

我偷偷吃一颗山楂凉果提提精神。山楂果肉吃完了，果核就在嘴巴里含着。含久了，果核变得索然无味，嘴巴里都是口水味。总之，这一节数学课伴随着记笔记度过了。下课，我盯着数学笔记发呆。上课，吃饭，休息，上课，放学，作业，睡觉。每周一样的课程，每周一样的食堂菜单，每天都能在固定的时间看到的同学，让我的生活充实而平淡。于是，我就格外盼望与陆六一的相遇。

有人戳我的手臂，把我从神游中拉回现实。我侧过头，看见同桌小白冲我挤眉弄眼："大哥，您注意休息啊，劳逸结合知不知道——下节历史课万一老师要是抽个测默个写的，我还仰仗着您哪。"

我转过头去，面无表情地对着他："哈哈哈哈。"

中午放学，二妍早早地收拾完，不住地催促我："快快快！我听说食堂新推出一道打卤面，中午去试试！"二妍大名叫许妍妍，后桌兼初高中的同窗密友。她心大，也是为数不多能接受我的特异功能的人。此人没有别的爱好，在我认识二妍的这五年里，吃东西占据了她大半的业余时间。二妍喜欢品味吃的艺术，可无论怎么吃也不胖，这令认识她的女生无比羡慕。

食堂。

我慢慢讲述遇到陆六一的事，二妍埋头拌面。面很烫，她一边挑起几根面，气定神闲地等面凉凉，一边问我："你说，那位陆六一同学，既然他能寻找过去，能不能预知未来啊？"

"没问过，也许吧。"

"那如果他要是能预知未来的话，我一定要问问食堂下次推新菜是什么时候。"

"……好想法。"二妍倒是提醒了我，我还挺想知道未来是什么样的。如果可以的话，我想知道将来我高考的数学得多少分。好奇之火熊熊燃烧，我决定再见到陆六一的时候，一定要问问他。

二妍吸了一口面："所以，陆六一，长得好看吗？"

"……这是重点吗？"

二妍放下筷子，双手托住脸，做花痴状，"当然！如果陆六一长得好看，那你们俩就是青春偶像剧，人鬼情未了，啧啧啧——但是！"二妍瞬间切换成惊悚的表情，"如果陆六一长得比较重口的话，你们俩就可以往《××讲故事》那方向发展发展。"

我使劲吞了一大口面，决定不理这只小戏精。

这几天很快就过去了。转眼到了周五。时间过得忽快忽慢的，休息时发呆时，时光悄悄地溜走，一丁点儿响动也无；而有时，时光是如此漫长，每一分，每一秒，都难挨得让人抓狂。

就比如放学回家的这段时间。

推着车慢慢走完这段路程，天色已经很晚了。存好自行车，进单元门。楼道很安静，我觉得奇怪。往常的这个时候，爸妈应该已经为了我的事吵得不可开交了。

刚推开门，妈就迎上来，伸出手，想把我的书包接过去——从记事起，这是她第一次对我这么热情——我默默地躲开她的手。她还有八个月的身孕呢。（她总不能对着我厌恶一辈子吧，所以她把所有希望都寄托在这个未出生的孩子身上。）她讪讪地收回手，满脸堆笑："程衍，快进来，妈……妈妈有话跟你说。"爸爸在阳台站着，背对着我，一言不发。她吞吞吐吐地说着，仿佛自己很无奈的样子："你看，妈这肚子已经八个月了，没多久孩子就出生了，虽说奶奶已经回老家了，可是……咱们家不够住啊。"我抬眼，看了看这个三室二厅的一百四十平米的房子，没说话。"知道你已经……嗯……高二了是吧，课业挺紧的，将来孩子吵闹肯定影响你。所以我和你爸商量着，在外面给你找了间房——这不是想着你住校不方便嘛，所以来问问你的意思……"我叹了口气，也真难为她这么一番话。"我搬出去。"她一点儿都不掩饰脸上的喜悦："那真是太好了！行李已经帮你收拾妥当了，那边的房子也早收拾好了，如果可以的话，你今晚就……"我抬起眼睛看着她，她不说话了。

"知道了。"

初秋晚风的凉意已经开始沁入肌肤。天黑得越来越早，仿佛在水中滴入墨汁，黑色很快扩散开来。自己的东西装了三个大行李箱。我把它们立在墙角，自己站在路边等出租车司机，旁边有一家三口走过，看样子是去遛弯。小女孩在六七岁的样子，一手牵着爸爸，一手牵着妈妈，蹦蹦跳跳的，一家人周围充满温馨的空气。我似乎从未体会过这种亲情的暖意，唯一对亲情的印象都来源于我的奶奶。哦，奶奶已经回老家了。真不知道是奶奶自愿走的还是被她气走的。

出租车缓缓停在我面前。司机帮我把行李放在后备厢里，在打开车门的那一刹那，我看见车边，一只年轻的鬼倚在路灯下，正在打开一听饮料。砰的一声，饮料泡沫喷溅出来，气泡被车灯照得亮晶晶。我向他点头致意，他微笑，向我举杯。

我上车，那只鬼将饮料一饮而尽。鬼是透明的，所以我清楚地看见饮料的名称：孟婆汤。

有的拼命想要抓住过往，有的却拼命把过往遗忘。

新住处离学校不远，老小区。司机师傅说，这里住的都是老头老太太，原本是灰色的楼，最近正重新给楼体刷上明亮的橙色，试图唤醒小区的活力。只不过夜深，我看不清楼的颜色，只有一股油漆味，让整个小区越发显得老态龙钟。

屋子在二楼，不大，一室一厅，但足够我一个人住。好在明天是周六，我有时间收拾我的东西。屋里有新的被褥，还未开封。我简单收拾，将被褥铺好，已经将近十一点了。

躺在床上刚要睡觉，二妍打来微信电话："程衍——明天一起写作业吗？你来找我呗——"

"你来找我吧。我搬出去了，一个人住。"

电话那头沉默了几秒，我能猜到二妍的表情，瞪着大眼，半张着嘴。她的父母对她关切到极致，这就让她格外向往独自生活。"程衍你太帅了吧！一个人住！你爸妈怎么同意的？Woc，自由万岁！Freeeeeeeedom！"高兴得仿佛奔向自由的人是她。"我要去找你！这周六！就这么定了！"

聊了几句，二妍就被她的父母勒令去睡觉。挂断电话，我从床上坐起来，望着窗子外面。卧室的窗户对着隔壁新建的小区，高大的楼房挡住了我的视线。深沉的夜色中，只有四五户人家还亮着灯。慢慢地，一户人家熄灯，两户人家熄灯，三户、四户、五户。于是窗外陷入一片漆黑，只有楼下的路灯仍旧明亮，悄无声息地，照亮了一小片道路。格外孤独，又格外执着地，发光。

一只麻雀落在树梢。

只有一只麻雀落在树梢。

这样安静的夜晚，我想起了陆六一。

5

汉朝。

秋天，广袤无垠的天空，没有一丝白云，蓝得透亮。成群的飞鸟是阳光的影子。田地间，女孩忙着采下红彤彤的石榴。女孩第一次看见石榴，还是在两年前。听在宫里当差的兄长说，多亏一个叫张骞的人，自己才能吃到这石榴。那时候女孩很小，不明白兄长为什么这样说。但是当吃到酸甜可口的石榴，女孩觉得张骞一定是个大好人。

后来家里开始种石榴，向朝廷进贡。兄长嘱咐：所有的石榴必须采摘完。女孩很听兄长的话，认认真真地采摘石榴。只是女孩不够高，踮起脚尖也够不到高处的石榴。那几个石榴又红又大，她踮踮脚，一定要把它摘下来。

她找来一块大石头，垫在脚下，奋力地伸长手臂，指尖距离石榴还有些距离。她想找人帮忙，可四下竟无一人。今天必须把石榴摘完。她索性攀上树枝，想要把石榴摇下来。又大又甜的石榴就在眼前，她伸长手臂用力地够。树枝摇摇晃晃，撒了一地的树叶。就要够到了，就要够到了！她急切地伸手，忽然，耳边响起树枝断裂的声音。

咔嚓。

那一刹那，红红火火的大石榴快速离她远去，风声灌满她的耳

73

朵。她吓得闭紧眼睛，可钝痛并没有从后背传来，相反，她落进一个温暖的怀抱。

她小心翼翼地睁开眼睛，一个大哥哥向她温柔地笑。她回身看去，那块垫脚石离她只有一尺远，石头突出的尖部对准她的头，像极了荆棘的毒刺。就算石榴树不高，尖利的石头就能要了她的命。

大哥哥轻轻把她放下来，转过头去帮她摘石榴。大哥哥比她高多了，一伸手就摘下了长在高处的红石榴。俯下身子，将石榴递给她。她捧着石榴，心想：这个大哥哥一定是个好心人。她把石榴小心翼翼地放进竹筐，再抬头，白衣的大哥哥已经不见踪影。

还没来得及向大哥哥道谢呢，她想。

6

星期六下午。地铁上。

地铁平稳地运行。我看向玻璃上映出的陆六一的脸，玻璃不平整，他的脸看起来又圆又扁。

我开始了我的表演。

"陆六一同学，你看你那——么神通广大，帅气无比，无所不知无所不晓，既能追溯过去又能探知前世的，"我心里一阵阵地恶心，但看着陆六一很受用的样子，趁热打铁，我赶紧入正题，"那你可不可以预知未来呀？"

他偏了偏头，玻璃上，他的脸变得细长，像奶奶洗碗用的干瘪的丝瓜瓢。

"这个嘛——不行。"

白忙活。

"为什么啊？"我追问。

74

"阎王不让。"

"你不是无所不能的陆六一嘛,你就不能……悄悄地预知一下?"

"阎王是公司大股东。我们上司都得听他的。"

"那你的上司是……"

"孟婆。"

"……所以你们公司,既负责让鬼失忆,又可以帮鬼找记忆?"

"可以这样说。"

我没话说了。

"话说回来你想知道些什么啊,未来的职业?未来的薪水?自己的归宿?"

"我就想知道我高考数学多少分。"

"就这样?"他很诧异。

"那不然呢?"我反问。

"我记得上一次别人这样问我,那人想要知道最近一期百万大奖的彩票号码。"他撇撇嘴,"不是我说,你们有的人类真的是贪得无厌,总是不愿意自己努力,又整天想入非非,白日做梦。"

"说得就跟你曾经不是人类似的。"

"我还真不是。"他说完这话,嘴角忽地僵了一下,仿佛说漏了什么秘密。

我没理他。他总是这样故作神秘,就像一个喜欢恶作剧的小孩子。我还记得上一次他说他的爷爷救过我,就是为了把我的鞋带系在一起。所以我装作没听见的样子,打开手机翻微博,强行结束了这段对话。

"独居生活怎么样?"他忽然问我。

我没办法淡定地无视他的话了:"你怎么知道我搬家了?你跟踪我?"

"喂——你既然让我找前世记忆，我就得先了解这个世界里的你嘛。况且跟踪这么低级的手段，我们早就不用了。我们直接在公司的系统里定位就可以了……你还不信，"他看我一直翻白眼，便歪着头回忆，"你叫程衍，高二，你和你父母的关系不好，你一个人住。你的数学成绩不好，偏爱历史，你表面很高冷，但你喜欢粉色的小熊和彩虹小马，你到现在还喜欢看卡通片，你觉得焦虑就会咬手指甲，你……"

我扶额："你再说我就'当场去世'。"我无法反驳他，因为他说的都对。被人看透的感觉真的非常不爽。

他歪头瞧着我："哎，如果有人告诉你，你明天就会去世，那你今天打算做什么？"

"大概，回去看看奶奶，跟二妍、小白说一声，然后就找一个人少的地方，坐等明天的到来。"

"你也太消极了吧，就不打算做些更加刺激的事？比如，在学校里大喊某个老师的外号？"

"这很无聊啊。"我耸耸肩，"那如果你……哦对，你不存在去世不去世的问题。"

"其实，如果犯了极其严重的过错，或者做了不该做的事，我们就会被斩魂官斩掉灵魂，魂飞魄散，跟'去世'是一个道理。"

地铁又前进了几站，车厢里很安静，我听得见车外气流和车身碰撞的声音。

"我要提前两站下车咯，"陆六一忽然开口，"今天总部有大会。"

列车进站。车门叮的一下开启了。

于是我向他挥手，他眯起眼睛，回我一个微笑，然后转身，消失在人群中。

地府。

孟婆的办公室里，孟婆正埋头于一大堆文件和订单中。电脑提示音不断地响，一份又一份的资料飞入她的邮箱。她会定期亲自浏览寻梦师们的订单。员工的订单完成得怎么样，她心里得有数。

不得不说，自从地府配上了高科技设施，工作效率提高了不少，但工作量越来越大，电脑的辐射刺激着她的皮肤。所以在浏览文件时，她得抓紧时间敷张面膜。"这是小张的订单……啊，完成得不错，这是小刘的、小王的、小龄的、小陆的……嗯？"看到陆六一的订单列表，其中一份订单让她眉头一皱。

啧，陆六一这小子，怎么不听劝。

陆六一敲敲门，孟婆懒得抬眼："进来。"

"孟总。"

"别废话，坐下。"

陆六一听话地坐在孟婆对面。

"最近工作怎么样啊？"

一听这话，陆六一心里一沉。完了，领导这样问准没好事。难道是开工的时候偷吃零食被发现了？不能吧，自己吃的时候没有发出声音啊。

心里惴惴不安，表面还是要装作镇定。"嗯……挺好的。"

"订单完成得怎么样？"

"进展得很顺利。"

孟婆看陆六一一副毫不知情的样子，不由得诧异："……你不知道我为什么找你？"

陆六一摇头。

孟婆一翻白眼，把电脑转过来，手指一下下地敲打电脑屏幕："这订单怎么回事，嗯？"

陆六一看了一眼订单，低下头去，不敢看孟婆的眼睛。

"不说话，装蒜，是吧？"孟婆一把将面膜揭下来，啪的一下拍在桌面上，"你说你在天上当神仙当得挺好的，非得来地府干吗？就为了她？那都是几千年前的事了，亏你还记着，你……"

"您不用劝我，我……我心里有数。"

"你有个屁数你有。"孟婆叹气，恨铁不成钢地盯着他，"这次的劫在什么时候，你有没有能力替那个人挡，这些都想好了吗？"

陆六一的头更低了。

"……我一猜就是。你等着吧，有一天你非得落得个魂飞魄散的下场。"孟婆一瞪眼，"出去吧出去吧，还在我这儿愣着？"

陆六一低着头，一声不吭地退出办公室。

事实上，没等到周日，当我刚刚走到小区门口，就收获了一只等我很久的许妍妍小朋友。当二妍得知我一个人住时，向往自由的火焰在她眼中熊熊燃烧。她迫不及待地收拾好东西，只等我下课，要跟我度过一个难忘的"自由之夜"。从小区门口到进家门，不到五分钟的路程，二妍已经热切把她制订的计划分析得头头是道。当我告诉她今晚没有她说的"汉堡派对""炸鸡狂欢"之类的活动，她总算是冷静了下来。

到家。两个人一起做饭，吃完简单的晚饭，我和二妍就盘腿对坐在书桌前，摊开作业，慢慢写着，慢慢聊着。有了困意，两人就洗漱，熄灯。我们两个就窝在厚厚的被子下，开始了今晚真正的"茶话会"。窗外的夜色悄悄渗进来，我们才发觉月已悬挂在正空，亮得如此分明。

抛去能视鬼神的技能不谈，我也就是个普普通通的高二女生嘛。我望着月亮，如是想。

"程衍，"二妍靠在枕头上，望着天花板，"你说我爸妈为什么会把所有精力都放在我身上呢？"

我不解："大约所有父母都会这样吧。"

"我是指，他们完全没有自己的生活。他们把自己对未来的憧憬都砸在我头上。从学习成绩到晚上该几点睡觉，甚至我应该学会什么技能，他们都要替我做主。"二妍翻过身子，正对着我，"我当然知道他们爱我，我也爱他们，可这种关切，让我无法接受——这样说显得我挺没良心的，但我真的是这样想的。"

我晃晃头："要是说别的我还能跟你聊几句，关于亲情我真的没法聊下去。"

"对了，你为什么从家里搬出来呀？"一说到这儿，二妍的双眼直放光，"快说！是不是你自己争取的！……啊，不会是你和叔叔阿姨吵架了吧。那也不至于搬出来呀。"

"我妈让我搬出来的。因为……"我指了指我的眼睛，二妍吃惊得瞪圆了眼睛："就因为你能看见鬼，叔叔阿姨就把你赶出来了？"我忍不住笑了："你说得倒是轻描淡写的。自己闺女是'怪物'，这种事谁都会害怕的，也就是你，心大得能补天。"

二妍捶我："咱俩好不容易聊点儿走心的话题，你还 diss 我。心大怎么啦？占你地方啦？"

"不过，都会好起来的。"二妍忽然严肃，倒是让我有点儿想笑。

"你这话要是为了安慰我，就不必再说了。我没事，真的没事。我早就习惯了。"

二妍望着我，无语。"有时候我真的怀疑你到底是不是个十六岁的小女孩。你像是个机器人，对什么都无所谓。"

"机器人程衍提醒您，熬夜不适宜养生。请您少说话，尽快进入睡眠，感谢您的配合。"

她伸手戳我的头："傻玩意儿。"

二妍已经睡了，我侧躺着，睡不着。耳朵里断断续续地出现一段尖锐的声音，那声音仿佛要刺破我的耳朵，刺穿我的大脑。

叮——

我开始耳鸣。每一次耳鸣都伴随着或轻或重的头痛和失眠。后来的一段日子里，每当我悲伤、愤怒、喜悦、沉默的时候，那声音就会出现。耳鸣的频率越来越高，尖锐却单调的声音充斥我的耳朵，仿佛一只小兽，尖叫着要扯破我的耳膜。这让我无比焦虑。

第二天早晨起床，二妍还没醒，抱着枕头睡得正香。终于找到个比我还赖床的。忽然想起奶奶，我知道这个时候奶奶肯定清闲。我打算给奶奶打个电话。电话通了，我向奶奶汇报这一个星期的学习和生活，奶奶还是急脾气，只是嗓门不如先前亮了，说话时常带着低沉的咳嗽。我说："奶奶您要注意身体啊，记得早晚冷，多穿些衣服。"她倒是满不在乎，说我瞎操心，身体硬朗着呢。

二妍也起床了。穿着睡衣，在屋子里游荡，睡眼惺忪的。我怕她不留神撞到绊倒，只好把她拎到卫生间，盯着她洗漱完毕，恢复了一点儿精神，才转身去厨房准备早餐。

我们静静地吃着面包和鸡蛋，享受着早晨的清闲时光。我觉得如果能够平平稳稳地度过一生，爱的人从不远离，也是一种天大的幸福。

星期一。雷打不动的数学课。我糟心地望了望打了鸡血似的同桌小白，不由得暗暗叹了口气。该面对的还是要面对的。经过一个多月的不懈努力，我的数学似乎有了点儿起色。我们要正视困难，面对问题要解决问题，小白说得对，兵来番茄酱挡，水来土豆泥掩，现在我就要好好学习、天天向上了。

课程过半，我正听得入神，忽然感觉身边有动静，偏过头去，小白默默地推过来一张字条。

我惊了。小白，周然，数学大佬，在数学课上，传字条？

我诧异地望着他，他却继续认真听讲，没什么反应。故作神秘，我心想，跟陆六一一个德行。我翻开字条，发现那是一行小字。字太小了，几个字紧巴巴地凑在一起，还夹杂着奇奇怪怪的字符，我辨别不出。

这是什么意思？我想问他，无奈老师正瞪着我，使劲敲黑板画重点。怕他把黑板敲漏了，我只好先低头记笔记。

下课铃一响，小白急着去吃饭，刚要往外窜，我赶紧把他拦住。"这字条上写的什么字啊，我看不清。"

"你看不清是因为你视力下降了，再仔细瞅瞅就看清了。"

"别费事了，你有话就直说。"

"哎呀，写的是'祝你几个月后的生日快乐'。"小白缠不过我，开始胡说八道。

"……你骗傻子哪，字条上写得这么长，能就这么几个字？"我拉着小白的校服袖子，不让他走。又抽出字条仔细看看，依稀能辨别出"上古""白""生"几个字。

"认不出来，那你就留着呗。留到我们高考考完，我就告诉你。"

"不是吧你……这谁留得住啊。"

他撂下一句"爱留不留"，不等我反应，一个金蝉脱壳，把校服外套脱下，抄起羽绒服，扭头跑出教室，迈着幸福的步伐奔向食堂。

莫名其妙。最近他怎么神神道道的。二妍催我催得直跳脚："程衍你怎么吃饭也这么不积极啊！磨磨叽叽，你看我明天吃饭还等不等你。"我一边答应着，将字条随便夹在一个笔记本里，扔在书桌上，起身跟二妍走了。

课桌靠着窗户，窗子开着小半扇，冷风吹进教室，轻轻掀起笔记本，纸张翻过唰啦啦地响。一直翻到那张字条，不知何时，字条上的字已经清清楚楚地印在笔记本上——

"上古有白鹿，困于荆棘林，不得出。有女救之。念其恩情，因化为人形，入轮回，生生世世，报女救命之恩。"

7

宋朝。

繁华的街市中，人来人往，香车宝马，街道两边的商贩生意不错，高高兴兴地忙个不停。酒楼旗帜招展，高楼上有佳人，静坐画楼绣牡丹。这条熙攘的街市，无处不在彰显宋朝的繁盛与活力。

她是当地有名富商的女儿。富商的买卖越做越大，渐渐地挤占了其他商人的利益。富商爱酒，有的商人拿出名贵的酒，想要拉拢富商，自己讨一杯羹吃，富商并不理睬，甚至有人要暗下杀手，杀掉富商全家，扫除阻挡自己发财的障碍。富商便雇了打手，随时保护自己和女儿。富商宠爱这个女儿，女儿出行，必须有打手保护。

可她不爱出门，只爱坐在闺中描龙绣凤，写字吟诗，或是坐在院子里，小酌一杯——她也是个爱酒的。一天夜晚，她闷坐亭中，整日里，自己被那么多打手暗中保护着，让她不自在。她唤丫鬟小红去取酒，小红去了很久才回，把酒壶酒盅放在桌上，退到一边，低着头不再说话。

　　唉，她越发烦闷，自己斟一杯酒，刚要饮下，一名男子伸手拦下。她皱眉："你是何人？"男子微躬着身子："我是老爷的手下，特意与小姐送酒来的。"看那男子的打扮与平时的打手无异，她只好叫小红接过男子手中的酒。小红伸过手去接，男子却不动声色地躲开小红的手，兀自斟一杯酒，道："几日后老爷要宴请宾客，宴席上想用桂花酒，又有些拿捏不定，特意来问问小姐的意思。"随后端起酒盅，换掉了她手中的酒。"请姑娘尝尝这桂花酒，老爷尝过也称妙。味道清香酒却不烈，滋味怕是要比你杯中的佳酿还好。"她不信，接过酒来细细地品。男子不动声色地把女孩的酒倒在桌边的小盆栽中。只消片刻，盆栽中的叶片渐渐蜷缩，干枯。晚风轻轻一吹，就化为齑粉。就像中了剧毒。

8

　　自从我第一次见到陆六一之后，每个星期日我都会遇到他。无论我在什么时候走进地铁，地铁开门，陆六一总能准确地站在我的正对面，向我挥手。

　　就好像他在等我。

　　后来他忽然道："喂——你不是要我去找你前世的记忆嘛，那么我就得去你前世的那个世界出差。得有那么几个星期吧。"

　　然后他就消失了。几个星期后，秋天过去了，转眼间迎来漫长的冬季。在干燥寒冷的空气中，我度过了一天又一天。每天学习，生活，周而复始。小白说我总是望着窗外走神，连带着他也感受了很多次来自老师凌厉的目光。这个冬天一定酝酿着一场磅礴的大雪。果真，几天后就下了场雪，洋洋洒洒。我抬头，找不到天空的尽头。

83

雪断断续续地下了几天，当阳光重新照耀在我身上的时候，最后一场期末考试也结束了。寒假生活开始了。值得一提的是，在陆六一离开的这几个星期里，我耳鸣的症状缓和了很多。我跟二妍聊这件事，二妍叼着棒棒糖，想了想，正色道："你耳鸣准是陆六一妨的。"

嗯，言之有理。

一连几天，天都阴沉沉的。

这天课外班下课后，我骑着车回家，路过一个十字路口，信号灯正好变成绿灯，我就蹬着车前行，忽然一个声音从我身后传来——

"看车！"

我猛地刹车，一辆大货车从我面前呼啸而过。我吓得一身冷汗，环顾四周，想找到声音的来源。于是我发现街角的咖啡厅门口，陆六一正对我招手。我推着车上前去。

"你怎么在这儿？出差回来啦？你不是不能见阳光的吗？"

"啊……其实是可以见一点点阳光的啦，只不过……哎哟头晕！"他碰瓷似的倒在路边，浑身上下都散发着戏精的气息。

"我就知道你是一骗子。"

忽然起了一阵狂风，他赶快戴上帽子，保护好他的精致的发型。风太大，骑车不安全，我决定先到咖啡馆坐坐，避避风再出发。"你喝什么？""美式。多谢啦。"我喝不惯咖啡，当年第一次喝的咖啡就是美式，那股咖啡味直冲天灵盖，以至于到现在，别人提到美式我还头皮发麻。

"一杯美式一杯热巧，外带。谢谢。"

我找了个并不起眼的角落，坐下。陆六一坐在对面。"你出差回来啦？找到我前世的回忆了没。"陆六一慢条斯理地低头把玩着吸管，并不着急。半晌他才道："我刚刚出差回来，还没有整理资料呢。其实我只需要一张桌子，就可以整理完，然后完完整整地送进你的梦里。"

"那你就在这儿整理呗。"

"不行不行，必须是你用过的桌子。"

"不能用别的东西替代？"

"不能。"陆六一的语气很坚定。

"你的意思是……去我家？"我想了想，答应了。我怕他撒泼打滚，一要赖就没完没了。最主要的，我还急着了解我的前世呢。

风来得奇怪，只是虚张声势地刮了几分钟，很快就停了。我们走出咖啡厅，我指了指他手里的咖啡："我帮你拿着吧——我看得见你，别人可未必。"

他递给我："那你可不许偷喝。"

"……得令。"

我骑车走，陆六一飘在空中跟着我。当我得知陆六一可以毫不费力地飘浮出行，着实羡慕。

到家后，我正想听他讲讲我的前世，可是眼前忽然一片漆黑，四肢无力，头痛欲裂，熟悉的耳鸣再一次钻透头颅。陆六一在我房间里上蹿下跳，一点儿也没有要工作的意思。顾不得他，我需要在沙发上歇一歇。"你怎么啦？"他问我。"头痛，耳鸣。"陆六一明显愣了一下："耳鸣？你之前有过吗？"

"大概是有过吧。"

"什么是'大概'，到底有没有，你回答我。"陆六一眉头紧锁，嘴角肌肉紧绷，与平时的他判若两人。我看着他的眼睛，他的眼底沉淀着我从未见过的阴郁。

"有过。"

陆六一抿着嘴，沉默半晌，道："你先休息吧，没大碍的。"

耳鸣越来越严重，我已经听不清他在说什么了，只得依言躺好。他帮我抱来被子，轻轻盖在身上。叠好我的大衣放在枕边。做好这一切之后，陆六一就坐在窗户的边缘，两条长腿晃啊晃。"你睡吧，睡一觉就好了。"我的头很痛，皱着眉，辗转反侧，睡不踏实。在半梦半醒的时候，我似乎感觉到陆六一在我的额头上按了按，一阵暖流从额头传遍全身，我一下子陷入深深的睡眠。

我没有做梦，是完全的深度睡眠。这一觉睡得很安稳，再醒来，天已经全黑了。我习惯性地望向窗口，陆六一还坐在那里，垂着头，两条腿不安分地晃动着。目光扫到桌角，一碗米粥正冒着热气。似乎察觉到些许响动，陆六一立刻跳下窗："醒啦？感觉好些了没?"我点点头，他松口气，随后转了转有些僵硬的脖颈。屋子里很安静，我能听见他的关节发出咯啦啦的响声。

"你，你一直等到现在啊?"

"对呀。不过如果你觉得好点儿了，那我就放心啦。——记得喝粥，我好不容易熬的。"他伸伸懒腰。

"不吃，不想吃。"

"你吃点儿！我亲手做的!"

"那就更不想吃了。"

"你要是不吃，你晚上都馋得睡不着觉。"

"我要是吃了我就一觉不醒了。"

"我看你是好多了。"陆六一扔下这句话，转身欲走。

"谢谢你。"

他闻言一顿。我继续道："事实上，我只是你的雇主，照顾我也不是你分内的事，可你为我跑来跑去的，我真的要谢谢你。"

陆六一背对着我，摆摆手，然后走出屋子。我听见房门被轻轻关上，发出嘎啦一声响。

陆六一走出小区，敛了笑意，皱起眉头。程衍耳鸣的症状越来越严重了，刚刚自己试着探了探，原本应该出现的印记却没有出现。陆六一当然不相信这仅仅是普通的耳鸣。难道是自己的感应出了差错？绝不可能。该来的还没来，他也只能耐下心，等待。

已经是最后一次了。等渡过这一次劫难，她就可以拥有美满的人生了。而陆六一自己也……陆六一抓抓头发，不知怎的，程衍的话忽然在耳边浮现——

"你不必做这么多。""我只是你的雇主。"

陆六一叹气。果真是什么都不记得了。沿着小道慢慢走，离开的这几个星期他并没有去出差，而是深入地府，去找阎王。记得那阎王端坐在宝座上，陆六一近前跪拜。

"阎王，陆六一前来讨一人阳寿，一人魂灵。"

阎王微微一挑眉："陆六一，之前你为了能够救她，在我的座下跪了一万年。你化作人形，助她渡过之前的劫难，便已经消耗掉你一半灵力。可这一世，劫难很凶险。你须耗尽所有灵力……"

"陆六一明白。"

"可你逃不过天道轮回。这一劫她必须承受，你若执意替她渡劫，就是违抗天命。你知道是什么后果吗？"

"魂飞魄散。"陆六一记得自己说这句话的时候，轻描淡写的，仿佛是什么不值一提的事。

"魂飞魄散。"陆六一兀自重复着这四个字。他其实是怕的。不是哪只鬼面对那根销魂柱都能泰然自若的，就像不是每个人都能坦然面对死亡。可当他想起那个女孩，她的灵魂是那样干净。都是因为自己。如果不是为了救自己而破坏了神赐的荆棘林，被神惩罚，受四世劫难，她也许能过上更加美好的生活。想到这里，陆六一不由得撇嘴。那些神仙，一个个都道貌岸然的，为了几根破荆棘条，竟要罚得她四世不得安宁。陆六一腹诽。这是最后一世了。自己也只能陪她到这里了。说不上遗憾，但陆六一心里总是有种失落感。没了自己，程衍也会过得很好吧。

记得阎王命鬼差从众生架上取下一个红色的匣子，交到陆六一手中。匣子里面装着的，是那人清澈的魂灵。陆六一再拜谢。

"这次劫难之后，斩魂官会去找你。销魂柱，魂飞魄散，记住了。"

"是。"

从阎王那里出来，孟婆看到陆六一手中的匣子，心里已然明了。

"都想好了？"她问。

陆六一点点头。孟婆一言不发，当从她身边走过，陆六一听见一声深深的叹息。陆六一猛然转过头去，孟婆佝着身子，一点儿也不像她在地府叱咤风云的样子。

"姐。"

后来我仍旧能在每周六下午，准时看到陆六一那张精致的小脸，只不过无论我怎样追问，他也不向我讲述关于前世的事情，总是找说辞搪塞过去。虽是不谈前世的事，但陆六一跟我跟得愈来愈紧，他仿佛也不怎么躲着阳光了，正午时分，还飘到教室的窗户外，一个劲儿地往里瞄，实在是令我坐立不安。

年关将至，妈妈顺利生产，是个健康的男孩，一家人都忙活着弟弟，我就拎着大包小包，回老家住。

爷爷很久之前就去世了，奶奶一个人住在乡下。家里添了个大胖小子，奶奶自然是高兴的，而更多的，奶奶倒是为我担心。谁都知道爸妈是为什么坚决生了这个孩子。反倒是我常劝奶奶，让她放宽心，招来奶奶的一顿数落："挺大个人了，没心没肺的。"

过年那天爸爸妈妈回老家了，我例行公事般地问候几句，便再无话可说了。我找个由头躲出去，四处逛逛，再回家时爸妈已经走了。奶奶一句话都没说，照常和馅，包饺子。三十晚上我们家没有鞭炮没有礼花，早早就睡下了。我和奶奶并排躺在床上，奶奶一下一下地拍着我的手臂，就像我还没长大，要奶奶哄着才能睡觉。窗外的鞭炮声此起彼伏，嘭——各色的礼花照亮了整个天空。热闹的气氛一直延续到凌晨，鞭炮声才渐渐平息。奶奶已经睡熟，我悄悄起身，从橱柜里捡出两个饺子，轻轻放在屋外的窗沿上。人们都渐渐睡熟，别忘了给被爆竹吓坏的年兽留一只团圆的饺子。

9

清朝。

她缩在街市的角落里，双眼怯生生地望着来往的人群。自她记事起，她就依靠乞讨维生，饱受别人的冷眼。风餐露宿，身上只有捡来的破衣烂衫，勉强蔽体。挨饿已是常事，偶尔得到别人的残羹冷炙已是天大的幸福。她就这样跟跟跄跄地度过了四年光景，还能苟且活着，实属万幸。而今天，她只喝了几口冷水，忽地害了病。她只觉得额头滚烫，肚子里刀绞一般，疼痛难忍。秋风肃杀，她头上却渗出层层汗珠，身上忽冷忽热，一片天旋地转，她昏了过去。这，就是他们说的"死"吧。她心想。

在她昏过去的最后一眼，她似乎看到一个风流倜傥的公子哥立在她面前。而等她再睁开眼睛，眼前是宽敞明亮的房间，身上还有厚实的棉被。她惊讶地环顾这一切，这是死后的世界吗？直到看到那个公子哥正笑着看着她，她条件反射似的，腾地一下坐起身缩到床角，警惕地盯着他。公子哥倒是不介意，摇着折扇出门去了。她渐渐放松下来，床头的中药还有余温，她一口灌下，苦得让她噎出了眼泪。中药碗边有蜜饯。她含着一只雪花梅子，觉得这个公子哥不像是个坏人。

后来她的病渐渐好了，少年就带她去学纺织裁衣，有时还会教她读书认字。她很聪明，一点就透，不过四五年，她的裁衣技巧已经非常成熟了。少年带她到一家有名的服装店做工，待她在店里混出样了，少年就消失不见了。后来她在当地小有名气，嫁人生子，日子也过得很好。

10

年很快就过完了，我在一个乍暖还寒的时候回到校园。高二下学期重新分班，小白被调到隔壁班去了。我和小白的同桌孽缘也就告一段落。两天后我在教学楼的楼道里遇到他，他哭天喊地地说"我想死你了"。据说，小白的新同桌是个比他话还多的碎嘴男生，每天都要跟他即兴 solo 一段，小白哭着说"快换回来吧，我要被烦死了"，我笑嘻嘻地丢下一句"该"，然后留小白在原地哀号，自己扬长而去。而我的同桌，就被换成了二妍。自此之后，生活似乎已经步入正轨，平稳地奔向未来。

春天到了，万物复苏。

那天正在上自习，班主任忽然在门外叫我，我出门，班主任皱着眉，一脸凝重："程衍，你先别着急啊，听老师跟你说完——"我不明所以，但还是点点头，"刚刚你的爸爸来电话了，说你的奶奶车祸……"

嗡——脑子里一片混沌。班主任还在说些什么，我听见班主任的声音忽大忽小，只能麻木地点头。脑子里只剩下两个字。

车祸，车祸。

我要做什么？奶奶在哪儿呢？伤势如何？奶奶前几天还跟我通过电话呢，她说要看我长大的样子，怎么会有车祸？

眼前一片漆黑。一脚踩空，我就在那一刻失去了意识。

周围一片混沌，周遭浮动着微小的尘埃和不知名物体，我找不到前进的方向，只好摸索着前行。不知走了多久，面前出现一道小门。躬身进去，眼前竟是炼狱一样的场景，喷涌赤色的岩浆，火焰在小道边熊熊燃烧，四处都是火焰，却让人感到无比寒冷。

我不知要做些什么，只好试探着前行，满脑子全是奶奶的身影。

销魂柱旁，斩魂官立在陆六一身边，话语从他口中传出，显得格外冷漠："我要先用九十五遭鞭刑，责罚你误闯荆棘林的罪过，再用万箭穿心，罚你逾权干预生死轮回之事，最后销魂柱，撕裂你的魂魄。"

"这么麻烦，不是你的风格啊。"陆六一冷笑，"你倒是听那些神仙的话。"

"这只是我的工作。"

"准备好了吗？"斩魂官披上宽大的袍子，声音冷淡。

"来吧。"陆六一双膝跪在地上，尘土染上他干净的衣服。

"不等等她？毕竟你是为了她才——"

"她不会来，我也没让她来。"陆六一冲斩魂官一挑眉，"你什么时候这么婆婆妈妈的？快点儿动手，你也好交差。"

斩魂官用绳子绑起陆六一的肩胛和手腕，周遭的火焰在燃烧，陆六一的手指关节却隐隐泛白。

路的尽头是一个悬崖，悬崖的对岸是一个漂浮的岛，岛上十分平旷，小岛底部是无边无际的沸腾的岩浆。一条吊桥连接着悬崖和小岛，我小心翼翼地走过吊桥，登上小岛。

小岛上，一众护卫打扮的鬼，簇在高台周围。高台上，一个身影身披黑色斗篷，手握长杖。他发现了我，纵身跃下高台，一步一步，向我走来。我听见周围的鬼叫他"斩魂官"。

斩魂官在我面前立住，他的脸被宽大的斗篷遮住，我却能准确地感受到他的目光，冰冷而又威仪，要洞察我的一切。

"程衍——"他低声唤我的名字，"这里是斩魂殿。你无须知道自己是怎样前来，而我只负责传达信息。首先，你的奶奶已经无恙，陆六一向阎王讨来她剩下的阳寿，她会健健康康地生活。"说着，斩魂官伸开右手，掌心腾起一束火焰。透过火焰，我看到病床上，奶奶已经醒来，慢慢地喝着清水。我瘫坐在地上，心脏后知后觉地扑通扑通地跳动起来。真是万幸。

"那，陆六一呢？"他为我做了这么多，我一定要谢谢他。

斩魂官无言，指了指他的身后。

我慢慢走近，步子却越来越缓。面前只有一个伏在地上扭曲得不辨身形的躯体。陆六一，在我印象中那个自信阳光、常常微笑的少年，如今跪在地上，满身血污，支离破碎的皮囊中，只有眼神中透着一丝光亮，像黑暗里隐隐跳动的火苗。

我轻轻唤他，他抬起头望着我，不可置信的样子。随后，我清楚地看到陆六一的眼神中的火焰剧烈地跳动。"谁让你来的？"他声嘶力竭地吼，"滚蛋！"他口中咒骂着，眼睛愤怒地扫视四周。"斩魂官！是你带她来的！"他疯魔一样地支撑起身子，朝斩魂官猛地扑去。斩魂官抬腿狠狠踢向陆六一的胸膛，他一下子摔倒在地，只剩胸膛猛烈地起伏。

　　"你今生遭遇的一切，父母的冷淡、奶奶的车祸、同龄人的远离，都是你的劫难。"陆六一一次次地扑向他，想要阻止他，斩魂官就用长杖一次次地击倒他。我听见骨头断裂的声音。

　　"你前世折断了神赐的荆条，犯下大错，神罚你经受四世劫难。

　　"陆六一就是你救下的白鹿。他在阎王殿下跪了一万年，请求让他入轮回，化作人形，好帮你渡过劫难。

　　"第一世你本将失足摔下，尖石穿骨而过，陆六一救了你。

　　"第二世你本应喝下嫉妒的毒酒，五脏俱焚，陆六一救了你，换下你酒盅里的酒。"

　　"你别说了。"

　　"第三世你本应受贫困饥饿，恶疾而亡，陆六一救了你。"

　　"别说了。"

　　"这一世你的父母远离你，你的奶奶离开你，你本应在孤独中心灰意冷，跌下楼梯而亡，陆六一求阎王改写生死簿，又讨到你的魂灵，悉心保护。救了你，救了你的奶奶。

　　"生死有命，陆六一为了救你，自废修为，公然反抗天庭。他自己，将受到应有的惩罚。而这一切，都因你而起，程衍。"

　　"别，说……"

　　陆六一伏在地上喘息，肮脏的尘土裹挟着他的灵魂。我一步一步地走向他，跪在地上，千言万语都堵在胸口，竟说不出一句话。

那一瞬间，时光从我耳边呼啸而过——被困在荆棘林中的白鹿，石榴树下一身白衣的大哥哥，亭中弯下腰斟酒的男子，街市上把玩折扇的少年，前世，今生，陆六一……一个个剪影在我脑中闪现，嗡的一下，我全都记起来了。

"你们说说话吧，再过一会儿，我会来斩断他的魂魄。"斩魂使说着，静静地摘下斗篷，一张我怎么也想不到的脸出现在我眼前。

"小白？"

"所以这一切都是周然安排的？这都是他做的？"陆六一冷静下来了，静静地伏在地上，可我再也无法冷静。陆六一的眼神忽明忽暗，我读不懂。

"别恨他，这只是他的工作。他也很为难，"我抬起眼看着小白，小白面无表情，目视前方，眼神中没有一丝波澜，"若不是他冒险，在每次劫难时都会给我留下线索，我也没办法救你啊。"

"所以那张字条……"

"字条让我找到劫难发生的大致时间，耳鸣是劫难发生的迹象。"

我还想再说些什么，陆六一摇摇头："让你看到我这么狼狈的样子，真是抱歉。"

"你，自废修为，会怎么样？"

"魂飞魄散。"立在一旁的周然冷言。

我一下子愣在原地，说不出一句话。

"别听周然胡说，没……那么严重，不过是我们分开的时间要长一点儿嘛，"陆六一努力地向我扬起嘴角，"其实我们还会再见的……等我在阎王跟前，再跪一万年，他一定会答应我的。"

"你放屁！魂飞魄散，魂飞魄散你懂不懂！搓成堆儿都难，你还想怎么求情？"

"好了，别喊了，你太吵了……"陆六一皱皱眉，"这是你要承受的最后一劫，我已经替你挡过了。你会过得比我好。

"记得一开始我要向你索取的报酬吗？我想好了，我要——我要你等着我。如果可以，我还去找你，你可不许烦我。

"过一会儿你就会醒过来的，一切都会好的。"我的手控制不住地发抖，他用力地攥着我的手，在这一刻我真真切切地感受到，陆六一就在我身边。"别怕，别怕。"

四面响起沉闷的钟声。周然挥手，几个护卫硬生生地架起陆六一，将他捆到销魂柱上，我听见陆六一在说些什么，只是声音虚无缥缈，听不真切，可是他冲我微笑——他居然还在朝我微笑。几个护卫拦着我，我动弹不得，只能无谓地咆哮，就像一只崩溃的困兽。周然戴上斗篷，他又变成了那个冷酷的斩魂官。

我看到他手中的长杖化作一把利刃，用力向前掷去。那把利刃穿过无数火焰，穿过世间千千万万物，穿过时间轮转更迭，直刺穿陆六一的躯体。那一瞬间，我看清了陆六一的口型。他说"等我"。

然后陆六一眼中的光芒渐渐黯淡，黯淡，熄灭。

"不——"

我惊醒，冷汗浸透了睡衣。我正躺在病床上，周围空无一人。我再也无法冷静下来，跃下床，向地铁站狂奔。我曾天真而不可一世地认为，眼泪是世界上最无用的东西，我再不会流一滴泪。可现在眼泪像洪水一样决堤而出，我甚至无法控制。

地铁站里的冷气迎面扑来，我一个趔趄，跪倒在地。眼前一片漆黑，我顾不得膝盖上的伤口，踉跄着跑进地铁站，跑到那熟悉的站台上。一趟趟地铁靠站又走远，我一直站在地铁门前，数个小时转瞬即逝，直到最后一班列车进站，靠站，又走远，车尾消失在黑洞洞的隧道里。

可我依旧没有等到你，陆六一。

你这个骗子。

我自认是个乏味的人，一本正经，不爱玩笑，沉闷无趣。可从那场梦之后，我忽然变得开朗起来，同学老师对我的改变都非常惊讶，反应最大的是二妍，每次课间她来捣乱的时候，我都"人来疯"似的跟她闹，倒是二妍招架不住我，冲我瞪眼："嘿——我都降不住你了是不！"但他们很喜欢这个活泼爱笑的我。周然转学了，自此杳无音信——也好，我不知该怎样面对周然。和爸妈的关系也有所缓和，有一天我回爸妈那里取点儿东西，发现这个在我印象中无比张扬跋扈的女人，如今眼角也添了深深的皱纹。五十出头的人，窝在沙发上，矮矮小小的样子，称她小老太太也不为过。弟弟也长大了，没有奇奇怪怪的特异功能，开朗而阳光。

后来，经过努力，我考入一个不错的大学，获得一份不错的工作，工作中认识了我的丈夫。结婚，生子，我过着让很多人都羡慕的美满生活。在别人眼中，这样的我似乎没有什么遗憾了。

本应如此，可自那场梦之后，我再没见过一只鬼。也许是那只多管闲事的鬼替我挡过一劫，这一生已无劫难，也就无须"视鬼神"了吧。

后来有一天，二妍找我吃饭。毕业后她投入美食的怀抱，现在成为一名美食品鉴师，飞到各个地方品味美食。最近她刚从非洲回来，整个人晒成黑黢黢的一坨，又引得我一阵吐槽。菜过五味，二妍撑着黑里透红的脸，问我："你还会想起陆六一吗？"我没心没肺地笑："早忘啦——他就是一骗子，成天胡说八道。烦死我了。"二妍盯着我的眼睛，良久，叹了口气："你丫也是一骗子。"我一翻白眼："胡说八道什么呢，我这么可爱的人怎么会是骗子。"二妍说：

"你不觉得，你越来越像陆六一了吗？"

"他已经魂飞魄散，那就让自己变成他的样子，代替他在这个世上走过一遭——所以你还记得陆六一，记得很深吧？"

我笑了笑，不置可否。窗外花红柳绿，细燕啁啾。

又是一年好光景。

把自己变成你的样子，这样，算不算等到你了？

可你呢？你还在等我吗？

2118 年。

我背着背包走出咖啡厅。阳光真好，久违的晴天。我在阳光里伸个懒腰，望着头顶的槐树茂盛的枝丫，满脑子都是文艺的小诗句，只不过嘀嘀嘀响个不停的手机搅了我的好兴致。一条条看过，无非是同事二妍催着要我交调查数据。大周六的都要加班，令人头大。我走进街边的公共连线亭，打开视频连线，几秒钟后，二妍的大脸在亭里形成数字化图像。"程衍！"她咬牙切齿，伸手戳我的头，数字化的手指戳在头上并不疼。"你不是出去采集数据了吗？采集回来了？那数据呢？怎么，心灵世界的大门又关闭了？""您别急呀——"我道，"魂魄也不是那么好找的，数据再等两天行不行？"二妍脸色不是很好看，"你又去找了。你……唉，你怎么就这么轴啊，你不可能找全的好吗？""我总得试试吧。""就算你把全世界翻漏了，你那个'灵魂修补'项目也不可能开展的！"

断掉视频连线，我走出连线亭。沿着街慢慢走，十字路口的红灯静静地亮着，电动的汽车川流不息。二妍的脾气越来越急了。真是的，都 2118 年了，凡事都可以尝试一下嘛。我喝了一口咖啡，慢慢盘算着"灵魂修补"项目。昨天我的装置已经完成研发，如果我能找到他的魂魄，哪怕一丝一缕，我都有可能修补好他的整个灵魂。

到时候，到时候。我已经按捺不住我雀跃的心情，我几乎要尖叫出来。

无论山川大海，如你言约。

我看见绿灯亮了，穿过马路，一个男生走在我前面。他迎着光行走，阳光把他的影子投在地面。男生仿佛察觉到我的视线，他回过头来，向我微笑。透过他的眼睛，我看到了一个无比熟悉的灵魂。这个名字脱口而出——

"陆六一！"

我等到了你。

花 为 媒

大众会场。

"亲爱的来宾大家好！今天是相声大师陆云起先生的八十大寿。首先，让我们掌声有请老寿星！"

一片掌声雷动中，陆云起走上舞台。年纪大了，一双眼睛却是无比的清澈。这么些年，耳不聋眼不花，腰板挺得直，对于这个岁数的老人，已经非常不易了。

陆云起站在舞台上，目光投向台下。台下坐满了人，有他认识的，但大多是他不认识的。几个人扛着大摄像机，黑洞洞的镜头对准他。怪正式的，让他觉得有点儿不自在。

他本不爱热闹的，可自己家徒弟还是瞒着他布置了这一场热热闹闹的演出。也算是孩子的一片心意。陆云起这样想，也微笑着，恰到好处地表现自己的惊喜和欣慰。

大众会场原先叫庆德茶馆，大约是在清末建成，这么多年，掌柜的换了不少，宾客换了一拨又一拨，修修补补拆了又盖，这会场还能留到现在实属不易。陆云起太熟悉这里了。庆德茶馆见证了他一生中很多重要的时刻。

如今，大变样了。

"大师，您看这么多人都给您贺寿来了。"

"感谢大伙。感谢大伙。"

"请问您是从什么时候开始从艺的呢?"

"正式从艺得六十多年了。断断续续的，好在一直在坚持着。"

但陆云起记不得自己具体是从什么时候跟着师父学相声的了。大约是从记事起，就一直是师父收留他，教他本事。师父姓邵，五十多岁，精瘦的老头。在天桥一带颇有名气。师父好交朋友，为人爽快，又有能耐。"陆云起"这个名字，是师父起的。师父极疼他，只不过师父很严厉，整天脸拉得老长，一双大而有神的眼睛一瞪，能让陆云起浑身一颤。陆云起既敬他又怕他。

"您还记得年轻学艺时，有什么让您印象深刻的事吗?"

"每一件事都给我留下很深刻的印象。"虽是这样说着，陆云起还是细眯着眼睛，陷入了深远的回忆。

他记得那是一个美好的春日。

/

"春季里风吹万物生，花红叶绿草青青，桃花艳，梨花浓，杏花茂盛，扑人面的杨花飞满城。"

三月份的北京城里，桃树枝冒出了尖尖的嫩芽，春风吹不尽桃李芬芳。细燕啁啾，杨柳随风扬起，日头渐足，在屋子里闷了一冬的人终于可以出门活泛活泛。桃李争奇斗艳。一朵朵花儿，装点起一个春意盎然的北京城。天气越发暖和，京城里的爷大多都提笼架鸟，相约泡茶楼逛戏园子去了。而小工做完活计，都乐意逛天桥。说书的、说相声的、打把式卖艺的、变戏法要猴的，热闹极了。有真能耐的，围着的人里三层外三层的；要是没什么能耐的，耍破了天，也没什么人愿意驻足。陆云起他们属于前者。

当年的庆德茶馆就坐落在天桥一带。茶馆向东几百米，有一片小广场。广场上大多是卖艺人。众多人围着一小块空地，小空地中间站着两个少年：一个瘦高个儿，面皮白净，眉眼清秀，眉宇之间透出一股沉稳的气场；另一个比他略矮些，稚气未脱，圆乎乎的脸，笑起来弯弯的眼睛，新月似的。

高个儿的少年抱拳拱手："师弟，您看老少爷们儿这么捧咱们，咱今天得好好卖卖力气！"

高个儿的少年是十七岁的陆云起。被陆云起叫"师弟"的这位，名秋月白。师弟比他小两岁，两个人从小一块儿长起来的，秋月白跟陆云起最亲。关于秋月白的身世，据师父说，秋月白的父母是师父的好友，家里曾经很显赫，只是家道中落，父母刚把秋月白托付给师父，就被歹人暗杀了。秋月白曾追问过师父，谁是凶手，凭什么杀人，师父却不愿说，只道是记不得了。

秋月白使了段贯口，一段说完，叫好声不断。小哥俩一鞠躬，再换另两个师兄弟上去说相声，他们两个就跟其他师兄弟挤在一起，闲聊两句，或者准备上场再说一段。

这一上午，收获颇丰。午饭后，陆云起和几个师弟帮着收拾碗筷，师父慢条斯理地数着钱。秋月白笑嘻嘻地凑上前去："师父，今儿说得还可以吧？"师父点点头："你小子有点儿长进……还得稳当点儿，别夸你两句，尾巴就翘上天了。机灵劲儿留着台上使，留神！"

秋月白点头如捣蒜："那下午……"

师父翻了个白眼："就知道玩儿。去吧去吧，放你们半天。"

"那您……"秋月白故作忸怩的样子，挠挠头，搓搓脸，不安分搓动着的拇指和食指却明确地表达出自己的想法。

"嘿，拐弯抹角的，想要这个啊。"师父学着秋月白的样子，食指和拇指按在一起搓来搓去，"给你们几个师兄弟一人五个大子儿，去吧去吧，别在我眼前晃悠，我看着眼晕。"

"谢谢师父！"秋月白一蹦三尺高，转身拽着在一旁正收拾家务的师哥，脚底抹油——溜了。

"这浑小子。"师父笑骂道，花白的胡子一颤一颤。

"师父真抠，就给五个子儿啊。"秋月白和陆云起走在街上。五个铜子儿被他抛起，接住，再抛起，再接住。

陆云起微笑着，拉过秋月白的一只手，把自己的五个铜子儿放在秋月白的手心里。

秋月白傻呵呵地笑："谢谢师哥！"

"师哥啊，怎么师父讲的那些故事你都知道啊？而且你背词儿背贯儿也比我快，你是怎么记住的啊？"

"小时候背着师父去私塾，躲在窗下听。这些都是那里的先生讲的。"

"师哥你去过私塾！私塾里好玩儿吗？我听说那教书的拿着个大木尺，成天打人。"

师哥忍不住笑了："你听谁说的啊？"

秋月白像煞有介事道："就是那个小张、小王、小李、小核桃、小栗子。"

"净胡说，哪有这么几个人啊。"

"就是有。你看，"秋月白环顾四周，随手一指，"那个是小张，那个是小李，还有小王，小……玫瑰饼！"

"你刚刚可没说有'小玫瑰饼'。"

"不是不是！师哥，有卖玫瑰饼的！"秋月白激动得跳脚，不由分说，拉过陆云起就往小摊冲。

小摊老板是何大爷。何大爷已有六十岁，是个顶慈爱的老大爷。两个儿子在外打拼，他便靠着做玫瑰饼的手艺维生。何大爷看见两人走来，赶忙招呼着："小哥儿俩，来尝一尝玫瑰饼。今儿早上现做的，又香又甜。两位来着了，就这最后三块了。给小哥儿俩便宜点儿，三块十个子儿。"

"八个子儿吧。您多发财！我们要是觉得好吃，下次还来。"

"真会说话，就依你，八个子儿，三块。"何大爷拿起一张油纸，利利落落地包好，递到秋月白手里。秋月白接过，冲何大爷龇牙一乐，拽着陆云起，蹦蹦跳跳地走了。

秋月白把其中的两块玫瑰饼用油纸分开包好，一份拎在手上，一份暗搓搓藏在袖子里，第三块递给师哥。陆云起接过，盯着秋月白，无言。"这块是给师父的！"秋月白强调，还扬了扬手里那块玫瑰饼。陆云起一扬下巴："袖口里的……"秋月白的脸忽腾地一下红了，一梗脖子："我留着！我乐意！等你吃完了我再吃，馋死你！""留给小萤的吧。"秋月白一蹦三尺高："你胡说八道！"可嚷嚷完却又泄了气似的，耷拉着脑袋一声不吭。

小萤是庆德茶馆掌柜的女儿，爱在茶馆里听曲儿，秋月白跟着师父偶尔来到茶馆说相声，和这个小姑娘有过几面之缘。后来小姑娘让他给自己单独说一段。秋月白和陆云起就站在小萤面前，小萤虽然只是一个小丫头，可举手投足间的沉稳大气远超乎她的年龄。面对小萤，平时伶牙俐齿的秋月白此刻一句完整的话都说不出。还是师哥就着他，好歹说完了一段。总之自那以后秋月白就越发不可收拾，天天眼巴巴地望着茶馆。也不知道是跟谁打听到小萤爱吃甜食，尤其是玫瑰饼，秋月白每次出门必定会给小萤买玫瑰饼，还会在纸包里包进一朵花——秋月白有他的意思。师哥常跟他讲些曲艺方面的作品，但秋月白大多撒爪就忘，只有一出评戏《花为媒》他记得清楚。他仿佛能嗅到张五可赠给贾俊英的红玫瑰的芳香。花为媒，花为媒，没有世俗的媒妁之言，只有一株玫瑰的芬芳，装点着单纯美好的爱情。十四岁的孩子怎么会懂得什么是爱情，玫瑰饼旁的那一朵小花，只不过是一个小男生懵懂单纯而又炽热的内心。

　　两人买好玫瑰饼，沿着街慢慢往回走。陆云起不喜甜食，这份玫瑰饼他只掰下一小块，细细地吃了，留下一块大的还塞给秋月白。

　　回到大院里，天色尚早，师兄弟还没回来，只有小师弟小六在厨房忙活着。秋月白十分狗腿地给师父献上玫瑰饼一块，顺便十分受用地挨了师父的一顿"数落"。陆云起叹了口气，说秋月白这个人，上辈子一定是皇帝御赐拍马屁的。秋月白大吼一声"拿命来"，与陆云起闹作一团。小师弟小六闻声，还以为两位师哥打架，撒下锅铲跑出来拉架，又稀里糊涂地白挨了几下，揉着头不明就里。

　　师父瞪了陆云起一眼："陆云起你就跟他学吧，一天到晚净说这些浑话。"一听师父说话，两人赶紧停手，抓紧练功去了。

　　秋月白把陆云起拉到偏房，一脸兴奋道："师哥！你教我唱《花为媒》吧！"陆云起意味深长地看了一眼秋月白："哦——好啊。"秋月白一翻白眼："师哥你少来，你都知道我对小萤……你还瞎起哄，真没劲。"又嬉皮笑脸地凑到陆云起跟前："师哥你要是再起哄，我就把你偷学《花为媒》的事告诉师父，看他不把你的腿打断了！"陆云起赶紧把他拉住："小祖宗你可别嚷嚷，师哥这就教你，成不？"青春期里的男孩子倒仓正厉害，一张口，声音闷如雷。但对于陆云起似乎没什么困扰。大约是祖师爷赏饭，陆云起比别的孩子倒仓都要早，但是持续的时间短，如今十六岁的他倒仓已经接近尾声，嗓子虽不如小时候亮，但是声音清澈，让人听起来舒服，这已是非常难得。

吃过晚饭，晚饭后要练功，练足三个时辰就可以休息了。几个师兄弟睡大通铺。月光透过窗子洒在地面上、被子上、土墙上，光辉明亮，薄纱似的，像戏文里面仙女皎洁的裙摆。师兄弟们的鼾声渐渐响起，秋月白睁着眼睛，看着在月光下浮动着的细小尘埃。他听说明天师父要带他们去庆德茶馆说相声。明天小萤会来茶馆吗？她会记得我吗？她会明白那一朵花的意思吗？秋月白睡不着，十四岁的少年就这样陷进了懵懂青涩的情感。

陆云起却没想过那么多。现在的生活已经是他所想过的最好的生活。一门心思说好相声。至于以后，他也许就是个穷说相声的，那样也不错。这世道乱，当然是乱。他爱唱爱说英雄将相，却不羡慕英雄将相，与这个争与那个斗，不如自己在家嗑蚕豆。陆云起就这样打算，或许可以像师父那样，身边的朋友有难，能帮就帮，做个小英雄，也就够了。历史的洪流谁都挡不住，只能顺着走，才能不被拍在礁石上。能独善其身已是万幸。

陆云起和秋月白共同分享着一个月华似水的夜晚，两人心中所想完全不同，但又很好地维持着内心的宁静。春天到了，屋外的草虫都醒过来了，窸窸窣窣地细声清唱。

第二天，几个师兄弟跟着师父进茶馆。师父有心给他们锻炼的机会，跟茶馆老板说好，就让他们演自己准备的活儿。秋月白一进茶馆就开始上蹿下跳地找小萤，一会儿便不见踪影。陆云起摇摇头，若是上台，自己也能唱几句太平歌词，不急着找这位情窦初开的逗活儿的，就由着他去了。等陆云起演的时候，有个茶客喝多了，嚷嚷着非要点《花为媒》，陆云起拗不过，悄悄张望，发现师父不在，便唱几句《花为媒》中的《报花名》：

春季里风吹万物生，花红叶绿草青青，桃花艳，梨花浓，杏花茂盛，扑人面的杨花飞满城。

陆云起天生一副好嗓子，随意开口唱来，不加繁杂技巧修饰的声音却显得格外清澈。那时的北京阳光细软，桃花杏花涌动着美好春色，鸟雀啁啾。茶馆外生机盎然，茶馆里人来人往。

而十五岁的袁龄龄，就在这个人声鼎沸的喧闹茶馆，遇见了十六岁的陆云起。

2

正是春意满枝头的美好时节。

袁龄龄抬头望着庆德茶馆，不自觉扶了扶头上戴的小瓜皮帽，心里觉得又紧张又刺激。唉！都是程二出的馊主意，这要是被人认出来……不过，若不是女扮男装，家里人怎么可能允许她私自出门，更不可能让她出入茶馆酒楼这类场所。按她老爹袁大帅的话来说，"腿他妈给你打折喽"。老爹是北京城坐第一把交椅的。尽管这个爹蛮不讲理，人又莽撞，家里还得是他说了算。

半月前，袁龄龄闷坐家中，无事可做，偶然听到程二说到庆德茶馆热闹非凡，一心想要去茶馆转转。可惜袁大帅一直待在家中办公，袁龄龄也不方便溜出去，只好待在家里，读几本外国小说，或者看几位姨太太在院子里定时定点掐架。终于，就在前天，袁大帅被叫到东北商讨事宜，袁龄龄这才脱身去。和程二计划了半晌，订好了计划，就女扮男装，混出府去。

　　袁龄龄一身深色棉布长衫，外面套着浅灰的坎肩，别人看来，只是个普普通通的年轻人——越不显眼越好。然后袁龄龄在程二并没有什么用的掩护下，成功到达了庆德茶馆。

　　犹豫再三，好奇心还是战胜了紧张感。袁龄龄决定进茶馆待上半晌就出来——袁龄龄是大帅的女儿，自小培养得落落大方，可尽管如此，十五岁的袁龄龄迈步进了茶馆，还是愣了神。这里没有晶莹剔透的玻璃杯，但是茶馆里的爷们儿喝茶的大土碗，用起来更痛快；这里没有时尚的洋蛋糕，但盛在陶瓷碟里的细腻香甜的点心，显得那样可爱；这里没有过分打扮的服务生，但小伙计热切地招呼客人，桌椅收拾得干净，叫人看着舒服；还有那提笼架鸟的老先生、做事的长工、歇脚的车夫，一切的一切，都让袁龄龄觉得新奇。平时见惯了上层名流交际的场面，大厅装潢得富丽堂皇，但袁龄龄不喜欢那里，反倒是人声嘈杂的茶馆，带给她陌生的惊喜。

　　在袁龄龄愣神的时候，一位小伙计已经迎上前："来了您！您里边请——"袁龄龄长得标致，在一帮粗枝大叶的老爷们儿中显得格外明显。程二怕别人看出来，赶紧上前隔开袁龄龄和小伙计："爷照顾你生意，赶紧赶紧，给我们挑个清静点儿的地方，上茶上点心——用不着你就别捣乱啊，搅得爷心烦了，让你吃不了兜着走！"小伙计连称"是"，将袁龄龄和程二引到靠里的位置，上了茶上了点心，就去忙活了。

　　袁龄龄吃着茶，视线不住地环顾茶馆，每一个发现都令袁龄龄新奇不已。"怎么样，'爷'？"程二左顾右盼，生怕"袁小哥"被人认出来，要催着她打道回府，"咱见好就回吧，这要是被人瞧见，我这脑袋瓜子可……"袁龄龄皱了皱眉："好，你自己回去吧。""哎哟！别价！"程二丧着脸，"您要是有什么意外，大帅他还不得扒我的皮啊！"袁龄龄学着家里的姨太太的口气，道："程二——你要是不走，我先扒了你的皮。"一听袁龄龄这样说，程二只得退出茶馆，他怕这位袁大小姐有什么闪失，只好猫在茶馆旁的小巷边，等着袁龄龄出来。

袁龄龄低眉小啜一口清茶，清澈的男声从台上传来："春季里风吹万物生，花红叶绿草青青……"戏词声声入耳。袁龄龄闻此声，心中一动。那声音清澈，似春水初融，叫人听着舒服。她顺着声音传来的方向望去，台上，一位少年素身长衫，腰板挺直，口里唱着曲儿但不媚俗。袁龄龄离得远，看不真切，只能看见他没有像她见过的大少爷一样，把头抹得油光水滑，而是干净利落的短发，是意气风发的少年郎。真真切切吸引她的，是陆云起身上，质朴，干净，阳光一样的，十六岁的少年气。

陆云起一边唱着《报花名》，一边扫视台下。唱着这曲儿，他须得小心，这要是让师父听了去……嘶，不敢想不敢想。他一面唱着，眼神忽地一定。他看见茶馆一角，一个男人贼兮兮地猫在袁龄龄身后，伸手想要顺走这位俊俏"小哥"桌上的钱袋。陆云起不认识这个"小哥"，但不忍心坐视不管。心里想了想，便开始有意地赶板，节奏稍快地唱完最后几句。台下茶客捧场叫好。小伙计拿着笸箩上前讨赏，一有叫好声，倒是让那贼一愣神，陆云起赶紧鞠躬下台，直接奔着"小哥"走过去。不等袁龄龄说话，先冲着袁龄龄一作揖，开口道："吴叔，您来啦（和师父在一个辈分上的人，年轻些的须得按照辈分尊一声'叔'）——您来找我师父吧，师父找茶馆老板有事，嘱咐我先来招呼您。"说着就立在袁龄龄身边，替她斟茶。

袁龄龄并没有注意到身后的贼，面对这样的情形，她也不知如何是好。什么吴叔？师父又是谁？这是什么意思？但十五岁的女孩子啊，脑海中总愿意幻想一些美好的事。当她见陆云起的第一眼，即便面容看不真切，但陆云起身上那与众不同的干净的气质就深深地打动着她。而现在，这位少年就立在她身边。袁龄龄赶紧低下头，又忍不住悄悄抬起眼，细细地打量这位让她心动不已的少年。他的眉眼不加修饰，却比她平时见惯了的、把自己打扮得像招摇孔雀的大少爷们要俊朗得多。举止言谈毫不做作——不知是不是被少女的小心思冲昏了头脑，此时袁龄龄觉得这个少年是那样让人着迷，就像，就像外文书上描绘的"罗曼蒂克"的神。尽管她听不明白陆云起在说些什么，还是愿意多留他一会儿，也就含含糊糊地点点头，没说话。那小偷在袁龄龄身后晃了又晃，见陆云起丝毫没有要走的意思，恨他坏了自己的好事，狠狠地瞪了陆云起一眼，嘴里嘟嘟囔囔地离开了。

袁龄龄垂着眉眼不说话，小心思却扑通扑通地活泛着。而陆云起望着贼离开后，笑着摇摇头。事发突然，刚刚也没细想，万一那贼要是报复……唉，已然做了，要报复就来吧，左不过是把自己打一顿。这样想着，陆云起抬起头来，向袁龄龄一拱手，低声把事情的来龙去脉交代一番。得知陆云起是为了保护自己提醒自己才做此举，袁龄龄心里更是翻江倒海，又是感动又是激动，开口便道："今日幸亏您——"这几个字出口两人俱是一愣。陆云起稍稍皱着眉，眼前这位是男人打扮，说话却是女儿声音，再看她眉清目秀，肤若凝脂，陆云起心中似乎明白了几分。周围的几桌茶客都侧过头看他们两个，看着陆云起皱着眉，袁龄龄的脸唰地一下白了。糟了糟了，这要是被人认出来自己女扮男装……虽说爸爸不会对自己怎么样，可最要命的是那些小报记者。她都能想象到那些小报记者会怎样夸张地写头条，别人听说，又该如何议论这个大帅的千金。她越想越害怕，而陆云起忽然向她拱手："吴叔，您的意思我一定传达给师父，您有急事，我替师父送您。"袁龄龄赶紧立起身来，向他一摆手，快步走出茶馆。

程二一看袁龄龄出来了，赶紧迎上前："姑奶奶，您可吓死我了，怎么样，没露馅儿吧?"袁龄龄一言不发，心想：以后无论到哪儿都得让程二跟着。

再一再二就能再三。袁大帅还要过几个星期才能回来，袁龄龄就趁着这段自由时间化装成风流少爷，摇着纸扇逛茶馆，甚至有时候，她还会借丫头红儿的衣服，打扮成平常人家的女孩，一个人自由自在地逛街。袁龄龄毕竟还是小孩，茶馆风波自然是撂爪就忘，随从束手束脚的，也是能轰的轰，能撵的撵。说实话，她还是寄心于那位风度翩翩的俊朗少年。唉，忘记问他的名字。但她不为别的，就为了能看他一眼。天不遂人愿，最近几天袁龄龄都没有看到他。世间事皆如此，无心插柳柳成荫，有心栽花花却不开。

这天也如是。袁龄龄像以前一样，换好小红的衣服，出门逛街。袁龄龄已经学会了如何跟北京城里的民众打交道。和他们相处不用紧张兮兮地端着架子，哪怕只见过一面，也能像亲密的朋友一样交谈——他们是顶可爱的人。慢慢走着，就看到前面熟悉的卖玫瑰饼的小摊，便加快了脚步朝小摊走去。

"何爷爷!"袁龄龄一下子蹦到何大爷面前，倒吓了何大爷一跳。袁龄龄在这条街上认识的第一个人就是何大爷。何大爷热情，爱和别人聊，而袁龄龄总来买何大爷做的玫瑰饼，一来二去，这一老一少就熟悉起来了。何大爷顶喜欢这个聪明伶俐的小姑娘，把她当自己的孙女一样。"孙女儿，你来得正好!"像是看到救星似的，何大爷把袁龄龄拉到玫瑰饼摊前，解释道，"唉，我这老头子真是上了岁数，脑子糊里糊涂——你瞧，我忘带油纸啦，没有油纸怎么给人装玫瑰饼。我得回家取去，你帮爷爷看会儿摊，我一会儿就回啊。"顾不得等袁龄龄说话，何大爷转身就往家走，袁龄龄只好立在摊前，帮何大爷看摊。

花开两朵，各表一枝。那天袁龄龄走出茶馆，陆云起一个人慢慢坐下，心里不由得回想刚刚的场景。这是谁家的姑娘，竟有这样的胆量，敢一个人女扮男装，来这鱼龙混杂的天桥。要知道在天桥一带，虽是热闹非凡，但也是恶霸盗贼横行的地方。若换作是自己，也许还真没这个胆量。许是小姑娘好玩儿，误打误撞溜进茶馆的吧。

听见脚步声，陆云起抬头，看见亲爱的月白师弟蹦蹦跳跳地朝他走来。他抬手帮着秋月白倒水："见到小萤啦？"秋月白咻咻地笑："见——着——啦——"接着秋月白凑到跟前，眉飞色舞地讲他是如何找到小萤，又是如何使的活儿，逗得小萤不住地乐。一说到这儿，秋月白就托着脸，美得直冒泡。"师哥我跟你说，那会儿我正要翻包袱呢，有个小跑堂的，老是搅和我，在小萤眼前跑来跑去。差点儿就崴泥了。亏得我力挽狂澜……"他越说越来劲，所有师兄弟里，也就陆云起能耐心听他胡侃，可今天陆云起也分了神。不知那位姑娘有没有安全到家。陆云起总想起那双清亮亮的眼睛。她的眼睛好像会说话似的。

"师哥！"秋月白一拍陆云起额头，"怎么，愣神啦？"

"嗯？没有。你刚才说小萤怎么了？"

秋月白揪着师哥的耳朵一通喊："什么小萤什么小萤！我正说翻包袱哪！"

陆云起揉揉耳朵，兀自喝着水，不吭声。秋月白一看陆云起心不在焉的，自讨没趣，立起身扑向旁边的师弟们，几个孩子很快闹成一团。

陆云起摸摸耳朵，自嘲地笑了笑。自己这是想什么呢。他甩甩头，转身去看他的师弟们，怕他们闹没边儿了，闯祸。

这一切都被师父看在眼里。

几天后，师父让陆云起和秋月白上街买菜，秋月白做事麻利，不一会儿就完成任务。距离师父规定的期限还有很长时间，不出所料的，陆云起被秋月白拉着上街了。依旧不出所料的，秋月白拉着陆云起直奔卖玫瑰饼的小摊。

陆云起拎着四大筐菜，累得不行，就让秋月白赶紧跑过去买玫瑰饼，自己在后边慢慢跟着。秋月白蹦跳着前去，跑到近前发现摊前站的不是何大爷，而是个十五六岁的姐姐。

袁龄龄学着何大爷的样子招呼秋月白："小兄弟，来尝一尝玫瑰饼。今儿早上现做的，又香又甜。""给我来四块。""好——"袁龄龄适才想起来，摊上没有油纸，手尴尬地悬在半空："啊——对不住您，早上出摊匆忙，忘了拿油纸，何爷爷去取了，一会儿就回，您要不先去忙您的……"正说着，陆云起拎着四大筐菜，一步一挪地跟上前来："月白——你怎么这么磨蹭啊？"话音刚落，陆云起的目光正对上袁龄龄的目光，目光交汇，他们都想起了几天前庆德茶馆的那场闹剧。

"是你！"

日思夜想的人就在眼前，袁龄龄反倒不好意思开口了。空气忽然安静。最后还是秋月白打破僵局："师哥，这个姐姐说何爷爷回家取油纸去了，咱要不在这儿等会儿吧？"陆云起点头。秋月白凑近陆云起，悄悄问："师哥，你认识这个姐姐？"

"算是认识吧……"

"'算是'认识？也就是认识咯？"

"只是见过。"

秋月白不满意这个答案，撇下师哥，兀自去找袁龄龄："姐姐，之前也没见您在这儿练摊啊，您是……"

"我，我是何爷爷的孙女。"袁龄龄并不认识秋月白，警惕点儿为好，悄悄隐瞒下自己的真实身份。"我是秋月白，"秋月白一把扯过陆云起，"这个俊俏小哥是我师哥，叫陆云起。"陆云起向她作揖："那天您安全回家了吗？可有发生什么意外？"

"没有没有，多谢您还惦记着——您叫我龄龄就行，往后小摊的生意还得请您多照顾呢。"

三个少年人总能很快地熟络起来。袁龄龄听到很多有意思的事，谈吐之间，又觉得两个人诚恳而真实，心里更加愿意和两个少年交朋友。很快何大爷把油纸拿回来了，陆云起和秋月白这才拿好玫瑰饼，告别袁龄龄。

走出这条街，秋月白把自己手上的东西递给陆云起："师哥，这筐菜怪沉的，你帮我拿着呗——"

"凭什么啊？"

"就凭我帮你认识了小龄姐啊。"

"你怎么就觉得我想认识她啊？"

"我还不知道你？瞧瞧你刚才，扭捏得跟大姑娘似的，人家龄龄姐都比你大方。"

我有吗？回想起刚才，陆云起才意识到自己的举止，低着头不说话了。

"拿着吧！"秋月白笑嘻嘻地把手里的菜推在陆云起怀里，拍拍手，走了。

自那以后，总是找由头去买玫瑰饼的就不是秋月白，而是陆云起了。孟筱、杨珂几个师弟都纳闷，这大师哥不是不爱吃甜食吗，怎么突然变口味了？他们问陆师哥，陆师哥也不说，他们问二师哥，二师哥嘿嘿一笑，东拉西扯打马虎眼，也不肯说。这让孟筱、杨珂几个人摸不着头脑。师父倒是显得很淡定，只不过隔天早晨口头宣布新一条班规：不准早恋。孟筱、杨珂几人觉得师父新加这条规矩颇有深意，两个人壮着胆子问师父，师父却像是跟师哥们串通好了，也不肯说。几人觉得没劲，不管这回事了。只不过这条规矩倒是让陆云起和秋月白好一阵提心吊胆。但师父最近忙，没工夫搭理他们俩，他们就总能逮到闲暇时光溜出去，各找各的心上人。

有的时候赶上两个人都有时间，他们就四个人一起结伴出游。袁龄龄和小萤也很投缘。有的时候是袁龄龄和小萤手挽手，而陆云起和秋月白灰溜溜地跟在她们身后，一边感叹着友情的伟大。

而袁龄龄，袁龄龄从没跟陆云起谈过自己的身世，但陆云起并不问。他似乎对自己"玫瑰摊小女孩"的身份从不质疑。望着他深情注视着自己的眼睛，她甚至不忍心继续欺骗，真相差一点儿就脱口而出。可当她捧着脸在茶馆里听他说相声，听他唱太平歌词、竹板书，她心里就没由来地喜欢。谎言……走一步算一步吧。她从不奢望永远。

风吹杨柳拂满面，一转眼，又是一年好光景。

8

城南，告示栏。

"又交钱？"告示板周围围了一圈人。当人群中一个识字的人带着大伙读完告示时，所有人都不由得大声抱怨。"怎么一个搞警备的还管收税的事？""姓袁的想钱想疯了吧！""袁王八！他是真王八！"几个巡警立刻上前大声呵斥，人们只好嘟囔几句，把更难听的话咽回肚子里。

袁大帅又要增收城里大小店铺的税。告示上把缴税的理由写得冠冕堂皇：用作警备建设。警备工作做好了，才能保护百姓的安全，他们才能好好地在北京城里生活着。也就是说，这钱是他们买给自己的"保护费"。何大爷揣着手小声嘟囔："这也就是拿自己人开涮。把他往外国人面前一杵，他连个屁都不敢放。地痞流氓也多，洋人也多。这钱都不知道拿去'保护'谁了。""好在这里是北京，要是在外地，恐怕更是乱得没边儿了。"旁边的一位大爷接茬儿。

高晟刚说完书，散了书场，去菜市买完菜，准备回家。他搓搓小圆脸，心情美滋滋。最近开了《三国》，讲赤壁。前两天赶上刮大风，书扣拴得再好，来听书的人也不多。今儿赶上个大晴天，书馆挺上座。高晟特意买了两斤牛肉，准备给宝贝徒弟做牛肉面吃。买完菜往家走，就看见告示栏边一帮人在吵吵嚷嚷。高晟不知发生什么事，想走近前，一探究竟。人太多，只不过当他踮着脚在人群外围瞧了几眼告示，心里就明白了。一准是袁大帅又在乱加税了。高晟没理会，拎着东西往家走。加不加税跟他没多大关系，他也管不了。唯一一点就是菜又要涨价了。高晟忽然想到什么。刚刚没看清楚交的什么税，茶馆交不交税啊？茶馆要是再交税，那非得逼得夏掌柜卖大力丸去。望着告示旁人头攒动，高晟心里觉得腻烦，掉头往家走，打算明天直接问夏掌柜。

苏鹏失魂落魄地走在街上。最近的苏鹏心情很糟糕。大学期末考试垫底，爹妈训话，早上出门丢了饭钱，饿着肚子到学校，交了一年半的女朋友跟他分手了。苏鹏胡噜一把自己的小平头，人能惨到这个份上也是没谁了，祸不单行说的就是他吧。

人倒霉起来喝凉水都塞牙。苏鹏往家走，走到一个街角处，没注意，把一个老太太撞倒在地。

"哎哟！你……"老太太一转眼珠，立刻跌坐在地上，大声哭号，"哎哟——可把我给撞坏咯——谁家没长眼的……"老太太一喊，立刻有一帮人围过来瞧热闹。

本来脑子就乱，现在老太太这么一闹，苏鹏的脑子咔嚓一下，死机了。这是谁？她在干吗？我在哪儿？我该怎么做？这四个问题在他脑海里飘浮，飘浮。他面沉似水地站在原地，在别人看来高深莫测甚至充满怒气，实际上他只是在愣神。当他好不容易想明白他正在被人讹的处境时，老太太已经被他的一脸"杀气"震慑得闭上了嘴。苏鹏抬起眼睛，沉着脸环视四周，人群瞬间鸦雀无声。

他嗷的一嗓子哭出声："我都倒霉到这份上了，你还，你还，你……你撞死我算了！"这回轮到老太太目瞪口呆了，仿佛不甘示弱似的，提了口气，更大声地吵嚷着，场面一片混乱。

陆云起刚说完相声往回走。人们需要点儿快乐来调剂生活。照常替师父采买生活用品，往回走到城南的集市时，大老远就看见街角围了一群人，吵吵嚷嚷的不知何事。上前一看，一个大学生模样的哥哥和一个提着篮子的老妇人，两个人同时仰在地上，撒泼？陆云起听了听周围人的谈论，心里有了点儿数。

老太太朝他一扑，苏鹏一骨碌滚向人群，前面的人赶紧侧身躲过，苏鹏这一滚，正好滚到了陆云起的脚边，陆云起下意识扶了一下苏鹏。感觉到身后有人拽他，苏鹏一下子抱住陆云起的大腿不撒手，号啕大哭："我好惨哪我——花儿啊——"花儿是他女朋友。

116

"你谁啊?"老太太立刻坐起身,斜眼瞪着他。

陆云起无法:"我,我是他弟弟。"接着又说:"您先别忙,也别喊,您哪里撞坏了?我们去医馆,给您瞧瞧。"

"啊,我,我的腰坏了!还有我这胯骨轴子,多大岁数的人了,这一屁股蹲儿摔得我哟——"

苏鹏还沉浸在这几天霉运的沮丧中,埋头大哭,根本没理会老太太说了什么。陆云起叹了口气:"您别嚷嚷,咱们这就去医馆瞧病,您哪儿被撞坏了,咱给您治,您先起来——"他回头一托苏鹏:"哥,你也起来。"

眼看着苏鹏也闹,又缠不过老太太,让陆云起没了主意。忽然远处一阵骚动,几个大兵从不远处的庆德茶馆大摇大摆地走出来,夏掌柜躬着身子冲他们作揖。几个大兵挺蛮横,出门恨不得横着走,边走边嚷嚷着:"闲人闪开,别挡了爷爷的路!"人群见状,虽有抱怨,也是敢怒不敢言,纷纷散了。老太太一个骨碌爬起来,扯过篮子走远了,嘴里嘟嘟嚷嚷地说着什么。别人都以为老太太怪大兵坏了自己的好事,只是如果有人挨她近些,一定能看见她的双手紧紧地拽着篮子,发出一声深深的叹息。还有那句恶狠狠的"老没皮的"。这是她对自己说的。

老太太走了,苏鹏坐在街边抽抽搭搭半晌,也渐渐缓过劲儿来了。看着身边陪着的陆云起,脸登时红到耳根,连声道谢。陆云起倒是没在意,两人一来二去,倒是聊得投缘。互相介绍后,两个人又聊了半晌,日过正午,两人这才分别。

拿钱打点了这帮"老总",夏掌柜坐在茶馆里的小木桌旁,背对着门口,瞪着自己的影子,直运气。这日子口,庆德茶馆的夏掌柜也提不起精神来，手里揉着的两个铁狮子呱啦呱啦烦躁地响。开茶馆的年头也不短了。最近的生意并不很好做，能正常营业已经不易，又怎么想着跟前几年比呢。再加上上头乱七八糟：先推翻了个皇帝，又赶跑了个假皇帝。几番变法维新下来，闹闹哄哄的一团糟，茶馆的生意也就被搅和得差不多了。再加上那几个"赛太岁"，没事就来搅和。交税，交税，交个屁！

正想着，就听见外面有响动，回过头一看，袁大帅府上的程二又着腿迈进门来："人哪？"夏掌柜赶紧迎出来："哟，程哥！您来得不巧，今儿个茶馆不营业，小伙计们都放假啦，冷茶冷水的没个招待，您……"

"行啦行啦，装什么糊涂。瞧见城南边那告示了没？为军队做贡献的时候到啦！"程二拉着脸，装模作样道。

也不知贡献到哪里去了。夏掌柜腹诽。

于是夏掌柜压下自个儿心里的恶心，从口袋里掏出几张钞票，塞到程二的上衣兜里，赔笑。那笑容可是从后槽牙挤出来的。"今儿您没喝上茶，我请您喝酒。这钱您还得多宽限宽限……"程二立刻眉开眼笑："得——期限是死的，人是活的，爷们儿给你宽限几天，这还难办吗！""哎哟！那可太谢谢您啦！"

送走程二，夏掌柜转过脸来，甩自己两个大耳贴子。"瞅你丫那德行。"他瞧不上自己。他知道自己的心太拧，转不过弯来。怪不得父亲当年不让他做生意。

但隔壁王贵田开的餐馆可是开得顺风顺水。想到这儿，夏掌柜就窝火。二十多岁的毛崽子，当年我开茶馆的时候，那小子还不知道在哪儿撒尿玩儿呢。可人家不但不用交钱，不用受气，还能拿到各种额外的津贴。不就是攀上高枝儿了嘛——攀谁的高枝儿？袁大帅呗。王贵田是什么货色，整条街的人都心知肚明。但他势头正盛，没人想去碰这个硬钉子。街对面那个鞋匠不就是个例子嘛。前些天还好好的，昨天忽然就关张了，听说是因为鞋匠看不惯王贵田的骄傲跋扈，两人争吵起来。王贵田一怒之下，找一帮地痞流氓去他门口撒泼闹事，无所不用其极，竟能逼得鞋匠卷铺盖卷，携家带口地出了北京城，流落到外地谋生。鞋匠的出走无疑是压倒夏掌柜的最后一根稻草。

夏掌柜觉得世态真的变了。

王贵田这个人，无父无母无妻无儿，光杆单身汉一个。谁都不知道他的爹娘是谁，只知道他是靠溜须拍马发财致富的。自然人们对他的评价不好。此人在伺候上级方面有自己独到的见解，毫无原则似的。当年洋人风头盛的时候，他就挤破头，一条带鱼似的，游到洋人身边。后来陈大帅在城里呼风唤雨，他又立马撇下洋人投奔陈大帅，在他手底下做了一年半，这家餐馆也就开了一年半，收益颇丰。后来袁大帅又打跑了陈大帅，王贵田又活动手脚奔向袁大帅。识时务者为俊杰。从某种程度上来说，王贵田一定是"俊杰"中的"俊杰"。

这又能怎么办呢？能活着就很不错了。

就这样一个操蛋的年月，把脑袋别在裤腰带上过日子吧。

考完试，几天后，学生们放假了。这可把苏鹏高兴坏了。三天两头跑去找陆云起，闹得老邵头儿都有了意见。每次徒弟们练功的间歇，老邵头儿总能看见院门口一个熟悉的晃动的身影。之前老邵头儿对他还挺客气，时间长了就拉下脸来，冲后头喊一嗓子"陆云起——你看谁来啦——"师弟们一齐看向陆云起，把陆云起臊得脸通红，赶忙立起身，朝门口溜出去。他们总是在一处，苏鹏是学政治的，他会跟陆云起讲讲当下的时局。那是1919年，是民国八年，那一年几乎所有学生手中都传阅着一本《新青年》，时局动荡风雨飘摇。陆云起透过他的话语，对当下的政局有了整体的概念，从一个袁大帅，到整个北京，乃至全中国。陆云起会回忆起小时候偷听到的私塾先生教的知识。细细想来，之间竟能牵扯出千丝万缕的联系。两个人一起交流，一起闲逛，或者苏鹏给陆云起捧个场，叫几个好，有时还会装模作样地往笸箩里扔几个铜板。不过这几个铜板，等陆云起散场之后，一定要让他买小吃，把几个铜板吃回来。遇到这样亲切真挚的朋友，让陆云起十分欢喜。但袁龄龄并不欢喜。眼看着难得的空闲时光被这位名不见经传的"朋友"占去一大半，袁龄龄生气，嘟起嘴不理他。

陆云起决定要处理一下朋友和爱人的关系。

这几天老邵头儿依旧得带着徒弟们上茶馆演。天桥上是越来越乱，中国人、外国人、警务、兵痞混杂，老邵头儿怕出什么事，只好先带他们去茶馆演。今天老邵头儿没去，待在家整理段子。他想着但凡有事，还有夏掌柜照看着呢。可巧今天夏掌柜也不在。他得去税务局跑一跑，整天交着奇奇怪怪的钱，他可受不了。夏掌柜前脚刚走，陆云起他们就来了。一看到陆云起他们进来，立刻有个看守打扮的人叫他们："说玩意儿的哪——"

陆云起看着这人不是善茬，不敢让师弟们近前，跟秋月白对了一下眼神后，两个人走上前去。不想去也无法，他们区区一个说玩意儿的，得罪得起谁呢？

两个人冲他一作揖："伺候爷。"

老邵头儿坐在家中想了又想，还是不放心，整理完后，撂下笔就奔茶馆来了。刚一进门，就听见屋里的吵闹声："臭卖艺的不让唱

120

曲儿？没有的事！谁定的这规矩！"

吵闹声还伴着徒弟们的声辩。老邵头儿赶紧迈步上前："这位爷，我是他们的师父，小徒弟学艺不精，您多包涵！"

"学艺不精？我看着一个个的都是猴精！你规定的说相声不能唱曲儿啊？"

"啊，咱们会唱这太平歌词，像什么《太公卖面》《五龙捧圣》，唱得还能听。"

"谁听那破玩意儿，来点儿温柔缠绵的，浪的！"

老邵头儿一听这话，脸色就不好看了："这种曲儿咱是不让唱的，咱这毕竟是说相声，您看……"

"不会唱，还是瞧不起我，单不给我唱？那你还在这儿干吗，滚蛋吧！"

老邵头儿还要再说，打茶馆里头走出一个人，四十上下的男子，一身青色大褂，身量高挑，目若朗星，举手投足散发着一种令人敬畏的气场。

"哟，高先生！今儿书说得不错吧！没来得及给您捧场，等下回，下回。"

"你在这儿……"看着陆云起和秋月白无措的样子，高晟心里有了点儿数。"欺负俩小孩儿，你算什么本事啊，你欺负欺负我试试？"

"哎哟——瞧您这话说的，我哪敢哪！小兄弟，你说，我欺负你了吗？"

陆云起和秋月白齐刷刷摇头。

"在我面前你少装蒜，别难为小孩啊。"高晟冷冷地撂下这句话，一甩袖子走了。

"姓高的给你们撑腰，是吧？狗日的，你们等着。"那看守看着高晟走远，朝他们恶狠狠地啐了一口，吊着肩膀走了。陆云起没当

121

回事，卖艺也是江湖。虽是有师父带着，但行走江湖，这样的人见得多了，哪能每个都记得。拉倒！

秋月白看呆了："师父师父，这个高先生是什么人物啊？"

老邵头儿一耸肩："什么人物？这是咱们自家人。"

高晟和老邵头儿是旧识，是邻居。往前推十几年，那时候高老板和老邵头儿可是半夜上房喝酒吃肉聊人生的交情。后来高先生搬走了，两人却还没断了交情。高先生说书说得好，据坊间传闻，这高先生家里是经商的，做的是大生意。具体是哪方面的大生意就不得而知了。两个人都是心怀善念的人，只不过老邵头儿是间接收养了十多个小崽子，高先生就收了一个关门弟子。至于徒弟们为什么不认识这个高先生？他们自己的事还忙不过来呢，哪有时间关注师父的私事？

这件事也就作罢了。只不过每天徒弟开口闭口都是高先生，倒让老邵头儿这个亲师父着实酸了一把。他们私下讨论过，"高先生和师父谁的活更好啊？"有的说师父有的说高先生，最后通过严格的石头剪刀布审判，决定他们俩谁在场就说谁好。孟筱不同意，万一要是他们俩都在场怎么办？秋月白一翻白眼：你傻呀，说过《学哑语》没——装小哑巴！

陆云起和袁龄龄自然是郎有情妾有意，可我们的秋月白小朋友和他的心上人夏小萤的牵手之路还很漫长。这可愁杀了秋月白，少年总是满腹心事不愿与别人说，非要从眼睛里，从手指间，从心缝里蹦出来才好。可无奈，小萤总是若即若离的态度，叫他捉摸不透。唉！

可能是因为半年前，夏掌柜没伺候好一个来调查的官员，竟被抓到大牢里去了。还是老邵头儿带着茶馆里的伙计东奔西跑，四处找人，给夏掌柜保释出来。从那以后，夏掌柜像变了个人似的，说不出来的奇怪。那以后小萤也不爱说不爱笑了。本来就文静得有些沉闷的姑娘，现在更加沉默。陆云起袁龄龄他们在茶馆私下小聚的时候，小萤常常一言不发，若不是小萤偶尔咬一块玫瑰花饼，秋月白真的怀疑小萤会化成一个玉雕。

　　这样可不行，不说不笑能憋坏了人。

　　小萤坐在茶馆，闷闷不乐。自己刚刚在茶馆露个头，就被爹娘叫回屋里训了好久。凭什么女孩子不能进茶馆呢？小萤不明白。今天秋月白也来了，跟他师哥搭。她偷偷探头听了，说得真不错。虽说茶馆里的人不算多，可每个听的人都叫好连连。没办法，这个时代太糟糕了，生活里得找出点儿乐子，人才能正常地活下去。

　　小萤不由得想起了秋月白。他可是个活泼爱笑的，蹦蹦跳跳，一刻不得消停。她又不是木头，更何况每次她用余光瞥向秋月白，都能感受到秋月白深情的注视。一年多了，瞎子都能感觉到，他的喜欢就要从眼睛里漫出来了。可爹娘那边。他们盼着小萤找一个条件好的，不管怎样，唱曲儿卖艺的是坚决不行，没得商量。上头发布的条条框框太多，茶馆生意越来越不好做了。从夏掌柜的脸色上就能看出来。从早上一睁眼，眉头就是拧着的，一整天都拧着，直到晚上睡觉。若此时不寻个靠山，他们一家就只能喝西北风去了。最近爸爸总是往外跑，看这样子少不了辛苦。小萤担心爸爸，想帮他分担，也无从下手。小萤挠头，自己也没了主意，怕父亲担心着急，和秋月白的事她也悄悄隐瞒下了，只做缓兵之计。

　　这天小萤正在屋里写字，夏掌柜急急忙忙闯进来："哎哟！我的好闺女！你可帮爹大忙了！"小萤没说话。大忙？什么大忙？她看着夏掌柜，不明所以。

"嗨，这孩子，你忘啦？上次那几个日本人……"

啊，是那回。按说也不是什么大事，就是前两天有两个日本人来到茶馆，碰巧夏掌柜不在。日本人想要参观参观这茶馆的上上下下，掌柜的不在，伙计不敢擅自做主，想回绝又怕得罪人，很是为难。小萤知道后，觉得多一事不如少一事，他想看就看呗，别让他看库房和账房不就行了。小伙计还是害怕，她就干脆亲自过去引路。日本人身边跟着胖翻译，她就引着他们转了楼上楼下两层，一并连着后院也转了转。日本人随着问些装潢和文化，小萤也含含糊糊地答了，没出什么岔子。送走这几个人，小萤向他们微笑。"大大的朋友。"日本人如是说。"谁是你朋友啊。"小萤如是想。

"爸爸，我没明白。这是怎么回事？"

夏掌柜一拍大腿，神采飞扬，讲起来滔滔不绝。小萤从他的话中，努力提取关键信息。大约就是日本人很欣赏她，想要带她接受大日本帝国的教育。"这叫什么呀，闺女，咱这叫背靠大树好乘凉！咱有靠山了啊！你看谁还敢欺负咱们！那些兵痞流氓、嘎杂子琉璃球，去他妈的！"

"不能不去？"

"傻闺女，这么好的事你上哪儿找去啊！"夏掌柜眉飞色舞，"你得好好跟他们学习，啊，处好关系。你要是去了，咱家买卖就活过来了！往后爸爸就指着你吃了！"

小萤深深地看了父亲一眼，父亲仿佛意识到什么，渐渐敛了笑容。

"小萤，我不是……我不是个软骨头，可是我实在是没招了啊。要不是日本人的话，咱今天把这点儿茶叶都卖了都不够往上递钱的。"

小萤静静地绾了半边发髻："没事，爸。我没怪你。"

日本人这是要干什么呢？小萤也摸不清头脑。但肯定不是什么好事。他们纵着高官行贿，烧杀抢掠，一点一点蚕食掉北京城。连小萤都能看明白，可有些人就是看不明白，或是装不明白。自己不能不去，但看见父亲在自己的底线上左右摇摆，她觉得心痛。且行且看吧。不然能如何呢？既想求安稳又想保全灵魂？也不看看这是什么日子。

　　关于未来她一概不知，但小萤知道，如果她去了日本，她得跟秋月白做个了断。

　　所以她托茶馆里的一个小伙计，把信送到秋月白手中。"晚九点，城南公园见。"然后小萤就这样仰在床上，一动不动。她不想去。可这事容不得商量。要么去，要么死。如果她孤身一人了无牵挂，紧要关头，她可以用生命保全她的人格。可偏偏不是。她有家人，有朋友。时间一分一秒地流逝。她还在努力回忆当初的好，仿佛放松一刻，记忆就会悄然溜走。那时候她和小龄姐、云起哥，还有秋月白一起。只要他们待在一处，无论做什么都是好的。

　　此后怕是难了。也许不会再有那样一个单纯的人，绞尽脑汁，只为了博自己一笑。小萤知道，在如此混乱不堪的岁月里，这样天真纯粹的笑容，才显得弥足珍贵。那个笑容，是她在此后艰难岁月里，唯一的甜蜜。

　　晚九点。

　　小萤提着灯笼慢慢走来。晚风还是有点儿凉，一件薄外套竟也挡不住夏天夜晚的凉风。秋月白就在墙边立着，月光洒下来，把他印成雪白绸缎上的暗纹。

　　秋月白看见她了，他冲她挥挥手，多明媚的笑容。小萤举着灯笼向他走来，心里止不住的悲伤。

她离他近一点儿了，可小萤感觉他离她远一点儿了。她不得不忍住那无用的泪水，强迫自己摆出一副清高的模样，拒人于千里之外。

秋月白却快步迎上前来。"小萤！"他忽然皱眉，"你冷不冷，你的褂子太薄啦。你穿我这件吧，好不容易晚上出来，你可别感冒！感冒的感觉真难受！"说着，他伸手退下自己的外衣，轻轻弹了弹，伸手环住小萤，想要给她披上。

灯光影影绰绰，小萤看见墙壁上，秋月白的影子吻上了她的影子。她闭上眼睛不敢看，她怕她再多看一眼，就忍不住心软，说不出她曾经排演过无数次，最伤人的话语。

她咬咬牙，伸手挡开秋月白的外套。"省省吧你。"秋月白不知道做错了什么，举着外套愣在原地。

小萤决定挑明。

"你喜欢我？"

——我当然知道你喜欢我。

"我……"秋月白措手不及。他没想到小萤会问这个，脑袋嗡的一下，话还没说先红了耳根。

"说话。"

——你什么都不必说，这么长时间了，你是怎么想的我都知道。

"喜，喜欢。"秋月白反倒不好意思，双眼盯着小萤的灯笼，半晌，才从牙缝中挤出这两个字。仿佛需要强调些什么，秋月白抬起头，直视着小萤的眼睛："喜欢你。"

"可我不喜欢你。"

——我喜欢你，我最喜欢你的微笑，白雪似的，干净明亮。以后记得多笑。

秋月白明显地愣了，立在原地不知所措。

"臭下九流。"

她了解他，知道他心里的想法，这样无情的话才能化成利剑，正正戳进他的心窝里，彻彻底底地断了念想。

说完这些话，小萤立刻转身往回走。天知道是什么支配着她说完那样歹毒的字眼。她只知道再多看他一眼，她势必会哭断心肠。

小萤走了，没回头。但她知道，身后的海棠一定哭了。

1

王贵田不开餐馆了！整条街的人都为此欢欣雀跃。可又一想到他屁颠屁颠地跟在袁大帅身后，时不常地给他出点儿搜刮民脂民膏的"好"点子，又着实让人生恨。

而袁大帅的五十大寿就要到了。头一个月，袁府上上下下都忙活开了，整个府里，也就袁龄龄一人最清闲。因为她知道无论自己送什么，爸爸都开开心心地收下，写个字送过去，也就是了。而那些姨太太，翻着花样地要讨大帅欢心，这位要请大厨做大菜，那位就请名角儿唱堂会，这位送玛瑙翡翠，那位就从海外弄来几件高档的洋宝贝。府里的仆从丫鬟更是被支使得团团转。有位刚刚娶进门的姨太太，觉得其他姨太太准备得太俗，想来个与众不同的，便要请在天桥小有名气的老邵头儿来唱堂会。老邵头儿看不上袁大帅的为人，又怕得罪了人，还得连累这一帮徒弟，咬咬牙，还是答应了。

老邵头儿把唱堂会的事告诉徒弟们时，他们倒是挺开心。老邵头儿轻哼了一声：左不过是想趁着唱堂会的时候能有几口点心吃，我还不知道他们，一帮傻小子，心里不装事。可当他对上陆云起疑惑的目光，老邵头儿有些无地自容。陆云起，那孩子是个有心的。

"你们这几天抓紧时间对活儿，一点儿岔子不能出，听见没有！"几个师兄弟赶紧专心练功，唯有陆云起分了神。师父那样正派的人，为什么会答应去唱堂会？陆云起想不通。平日里那姓袁的做了些什么缺德事，陆云起都看在心里。他知道师父也看不惯姓袁的，也许，师父也有他的苦衷吧。

一忙起来，时间便哗啦啦地溜走了。这段时间师父管得严，不让他们撂地，陆云起和秋月白也就见不到心里人了。一个月的时间转瞬即逝。到了大帅生日那天，一行人收拾干净，便奔大帅府去了。

大帅府热闹极了，高高大大的正门，显得气派而华丽。许多达官显贵都提着高档礼品盒前来祝寿。门两边的仆从哈着腰忙着接礼物，脸上笑出了褶子花，这位爷那位爷地叫，熟练程度仿佛天生就是做奴才的料。

老邵头儿不屑于看他们，又想起过一会儿，自己也要这样奴颜婢膝地躬身哈腰，心里不由得泛起一阵阵苦楚。绕过正门走向小门，那才是他们该走的地方。走近侧门，门两旁的仆从立刻拦住他们，粗声粗气地说："干什么的！"老邵头儿咬咬牙，挤出一副笑脸："爷，我们是唱堂会的。""进去进去。"一个仆从头前带路，引着老邵头儿他们走进后院戏台。台上正唱着戏，仆从带着他们进了一间小屋子，撂下一句"你们下午演，别瞎闯"就走了。老邵头儿生怕有闪失，让徒弟挨着个儿地使活儿，都看过一遍后，老邵头儿才稍稍放下心，准备开场，不在话下。

别看大帅府所有的人都忙得热火朝天，袁龄龄这边却依旧不着急不着慌的，闷坐书桌前，思绪万千。陆云起和她，两个人在一起的时间也不短了，袁龄龄喜欢他，他也喜欢袁龄龄。甜言蜜语说了很多，谈婚论嫁可是不可回避的问题。早晚要把自己的身世告诉他。那时，他还会……袁龄龄叹了口气，她不知道该怎么办了。

这几天没见到陆云起，也不知他忙活什么大事去了，连说都不说一声。这几天借着为爸爸筹办生日为由溜出去过很多次，一次都没见到陆云起。袁龄龄嘬着嘴，觉得外面的热闹场面越发无趣，闷坐房中不愿出来。

袁大帅那边已经催过几次了，小红看自己家小姐不出来，急得跳脚："小祖宗，您快出来吧，老爷那边已经催过好几次啦！"程二在一旁也着急，这节骨眼上可不能出岔子，可又不敢贸然闯进去，隔着门好言好语地劝。袁龄龄知道这宴会躲不过，心里事乱糟糟地缠成一团，立起身，豁啦一下把门打开，瞪着程二和小红："就知道催！"扔下这一句话，一扭身走去宴会厅。程二和小红对视一眼，吐吐舌头，也赶紧跟上前去。

一到宴会厅，果然不出所料。那些姨太太浓妆艳抹，穿得个儿顶个儿的花哨。袁龄龄上前念几句祝寿诗，便自觉屏蔽那些少爷的目光，赶紧躲到角落里，清静清静。俗不可耐，这帮人怎么比得上陆云起。一想到陆云起，袁龄龄不自觉勾起嘴角，可回过神来看着眼前的一切，她不得不承认，自己是大帅的千金袁龄龄，可不是她口中那个简简单单的卖玫瑰饼的袁龄龄。

午间宴会过后，袁龄龄出了汗，得去换件衣服。"下午是什么啊？"袁龄龄问程二。"下午堂会，还是这帮唱曲儿的，哦，还有几个说相声的。"袁龄龄闻言，心里一紧，但表面不动声色，陆云起平时不接堂会，应该不是他们。"说相声的，都有谁？"程二歪着头想了想："应该是天桥的老邵头儿，还带着几个徒弟。有个叫……叫……""叫什么？""啊，陆云起和秋月白，听说这俩小子，说得还不错。"

不是吧——袁龄龄心里连连叫苦，怎么能有这么巧的事？

小屋里，秋月白倒是安分不少，一个人蔫蔫地坐在角落。他似乎还没有从小萤的打击中走出来。除了不放心秋月白本人之外，陆云起不担心表演效果。秋月白从不会因为自己的事而耽误上台，坐在小屋里能听到外面的响动，外面一片喧闹声，嚣得陆云起一阵阵心烦。平常收上去的各种税款，得有大半都流进大帅府了吧。门外有几个大小姐挽着手路过，陆云起瞄了一眼，她们把自己塞进花花绿绿的衣服里，他心生厌烦。陆云起情不自禁地想起袁龄龄。还是龄龄好，陆云起爱她的大胆率真，抑或一句话、一个动作、一个眼神，都好过花枝招展的大小姐一万倍。

外面渐渐安静下来，有仆从请他们出来吃饭。那位叫他们来的姨太太特意单请了一桌席，请老邵头儿他们吃。为的是下午让他们好好卖卖力气，不能叫别人比下去。

饭菜虽然简单，但也比他们平时吃的丰盛许多。孟筱、杨珂他们埋头，吃得挺香。一众人吃完饭，下午的堂会也就快要开始了。手下人急匆匆收拾好场地，老邵头儿他们都到后台去。老爷们挨个儿落了座，太太们去别个院子开牌局找乐子。袁大帅也落座，单点了袁龄龄和李大伟留下。李大伟是爸爸上司的儿子，袁龄龄暗暗翻白眼。她一准知道爸爸要做些什么把戏，知道自己推辞不掉，眼看着堂会要开始了，不行，绝对不能被陆云起认出来。

"爸爸，我不想看这些玩意儿，土掉渣了——我要跟李大伟去跳舞！"

袁大帅看女儿难得这么懂事，眉开眼笑，连道"去吧去吧"，脸上的褶子一堆又一堆，像个包子花。袁龄龄赶紧拉着不知所以的李大伟溜了。溜走的时候，袁龄龄听见爸爸跟旁边人笑道："岁数大了，玩儿不好这些个洋玩意儿了，就留给年轻人吧。"其他几位年龄相仿的官员也都点头称是。嘁，都是一帮附庸风雅的傻老帽儿。

能出来就成。袁龄龄拽着李大伟跑到侧院小凉亭处，李大伟精瘦，养尊处优惯了，这一路跑得呼哧带喘的，赶忙坐在凉亭里喘气，小脸煞白。袁龄龄没给他说话的机会。"听着，"袁龄龄道，"不管是谁让你来的，我得跟你说明白。我不喜欢你，我也不跟你结婚，接下来的半天里，你就坐在这儿，不用找我。最后，我说的话你要是敢跟别人说出半个字，我让你吃不了兜着走，明白了吗？"李大伟听愣了，忙不迭点头。袁龄龄向他一笑："多谢。"随后换上小红的衣服，蹑手蹑脚地跑到偏房，等着看她的陆云起去了。

堂会那边，头两个段子已经说完了，毕竟是师父亲自盯的，质量自然差不了。孟筱和杨珂正演着的双簧，演得也不错，虽说有点儿小纰漏，能遮得过去，也就罢了。孟筱杨珂之后，是小六和孙虎儿的对口。不知是不是中午萨其马吃多了，孙虎儿忽然肚子疼。孙虎儿比小六大不了多少，两个小孩儿没经验，一下子慌了手脚。完了。师父千叮咛万嘱咐，不能出岔子。他不敢告诉师父，"虎哥，还能量吗？"孙虎儿咬咬牙："成！"小六真害怕，刚准备好的段子全给忘了。正在叨磨活儿，孟筱杨珂一拍小六，"赶紧，上场啊，别愣着。"小六一激灵，赶紧拉着孙虎儿上台。

"今儿呀，我们哥儿俩伺候各位爷一段。"

"哎，这个相声啊，这个……"

"是嘴皮子功夫。"

孙虎儿第一句就嘴瓢了，小六一下子就一身冷汗，赶紧接过来往下说。好在后面入活儿了，效果还不错。小六功夫尚浅，但上人见喜，台下的人都笑了，小六心里也充满成就感。

"咱这个……"

"哎哎哎,你怎么不翻(包袱)哪?我话都递到这儿了!"

"啊,说相声还得翻!"

"多新鲜哪。"

小六立马撸起袖子,一个利落的侧翻。

"谁说是这个翻哪,翻包袱啊!"

"那就怨你!不说清楚喽。"

"嘿——好,这还怨我。"

台下哈哈大笑。

袁大帅正喝着茶吃着点心。旁边有几个求官求禄的一个劲儿地在旁边说好话,拍得袁大帅晕晕乎乎的,舒坦。这个时候,无论是谁上前递一句好话,袁大帅都会答应。求官?给!求名?给!求财?那可就不行了。不管用什么手段,钱都是自己攒来的,别人想拿走?姥姥!

袁大帅上任以来基本上没做什么好事,强加税收,贪财好色,养了好几房姨太太,坊间的风评不好,百姓对他无可奈何。但经历过八国联军侵华的人们都说,好在这位袁大帅没那么不讲理,好不容易过两天太平日子,惹不起还躲不起吗?基于人们的这种心态,袁大帅也就在任上安安稳稳地待了两三年。

小六和孙虎儿还在说。

"这样,我请您吃饭!"

"你还能请我吃饭?瞅你抠抠唆唆的那样!"

"我怎么着?您各位瞅我这小模样多水灵!"小六配合着挤眉弄眼。台下又是一阵笑。

"你瞅你那样,跟他妈袁王八似的……"说完这句,所有人都安静下来了，只剩下小六孙虎儿两个人愣在原地。

坏了！这是原来在天桥说的词儿啊，这词儿在堂会上当然不能说，已经改了。怕是孙虎儿闹肚子分了神，这会儿竟还按着原词说。

孙虎儿一说完也愣了，慌张地看着小六，不知所措。小六想开口圆回来，但袁大帅没有给他这个机会。一拍桌子，茶碗里的茶水溅了一桌子："说他妈什么呢！"

秋月白赶紧冲上台，把小六和孙虎儿拉到一边去，接着个儿地鞠躬作揖："对不住各位爷，我们这师弟啊，没见过世面，见着各位爷个个才高八斗，心里紧张了，说错话了，给您赔不是，您……"

"还他妈说哪！给老子拷走，关起来！"立刻有几个仆从冲上前来，把一众人都捆上，押到偏房后面的小黑屋。大帅怒气冲冲地走了，旁边还有几个刚刚没递上话的，拥簇在大帅旁边，叽叽喳喳地递好话。

袁龄龄正在偏房看着，只能看见人，听不清声音。就看见爸爸忽然扭身走了，台上秋月白一个劲儿地作揖，一群家里的差役把陆云起和秋月白摁倒在地，客人都散了，乱哄哄的一团。这是干什么？袁龄龄急匆匆地跑回屋子，去见袁大帅。

"爸！那帮说相声的呢？"

袁大帅正一个人坐在书房里生气："我关起来了！"

"您凭什么……我是说，平白无故关押百姓，这样对您的名声不好。"

"老子爱干什么干什么，谁敢说我？"

"可您……"

袁大帅一瞪眼："你怎么句句向着那帮小王八蛋啊？那里边有你相好的？"

不行，绝不能跟爸爸硬碰硬，眼下爸爸在气头上，无论自己怎么说，爸爸都不会听的。只好先等等，等爸爸消了气再说。

袁龄龄转身离开，走到门口，立在门口的王贵田深深地看了袁龄龄一眼，但袁龄龄并没有注意到。

爸爸已经把他们关起来了，接下来呢？饿他们几天？关进大狱里？再打一顿？到底为什么把他们关起来啊？一想到陆云起和秋月白被关在小黑屋里挨饿受罪的情景，她的心快要碎了。

夜似乎深了。门外的看守不住地打哈欠。看守长已经伏在桌子上睡着了，有一班看守换岗，见徒弟们都睡熟了，老邵头儿这才慢慢挪到门边，硬逼着自己勾起嘴角，轻声唤门外的看守。看守不耐烦地转过头来，两人俱是一愣。

这就是前两天闹事的那个人。

看守一见老邵头儿就乐了："这是谁呀——我们大名鼎鼎的邵师父啊，前两天不还挺威风的吗，怎么，沦落到这副田地了？"

老邵头儿紧抿着嘴，他须得不断提醒自己，顾全大局。

"我，这个，唉！当初是我这个不识抬举的，冒犯了您。您千万别怪罪，当我是个孙子，说错话了。我，我给您磕一个。"

看守倚在门框上，老邵头儿跪在地上冲他连着磕了三个头，看守看都没看他，"别这么说，我可不敢。您当初把我骂得是狗血淋头，还是我不对呀——"

"我、我不跟您兜圈子了。能麻烦您帮忙引见一下大帅，我这个小老头有几句话想问大帅……您，求您行个方便吧。"老邵头儿说着，要把钞票塞进看守的手里。

"哟——能说出这番话真够难为您老的。但是吧，我光棍一人，大帅生日我刚得的赏钱，不缺钱不缺钱。您给多少都没您的面子值钱哪——"

"咱两个人单说，可我这些徒弟，他们也挺无辜的，您就冲着他们。您帮我们，我们不得念着您的好吗。"

看守一听这话更乐了，一双三角眼闪着骄傲的光："行啊，那你给我唱个曲儿吧。"老邵头儿闻言一僵："……你说什么。"

"唱啊！窑姐儿唱什么你唱什么。不乐意啦，瞧你那老脸，让你唱是抬举你，知道吗！端着架子？下九流的嫌谁脏啊！你不想唱？那叫你徒弟来，小白脸儿唱我听着舒坦！"

"你！"

"火儿啦，来气啦。行啊，那你跟你的好徒弟就等着吧，你看谁能带你出去！"

老邵头儿缄口不言，一双手抖得厉害。半辈子过去了，经历过大大小小的事，本是受过苦的，可眼睁睁看着自己心底的那口气儿被小人扔在地上来回践踏，他心头不住地悲凉。当年，他也曾受人敬仰，可世事变迁，他家道中落，无奈下海投艺。从社会顶层一瞬间跌落到下九流的行业中。浮浮沉沉数十载，在他遭人白眼被人唾弃的时候，从没有一刻自轻自贱过。此刻，他当然能大声啐他一口，揪住那无赖好好赏他一顿嘴巴。他想大声告诉袁大帅，我的徒弟，说错了话办错了事，我自有规矩处置他，轮不到你姓袁的插手。已经活到这份儿上，他什么都不怕。可他身后还有徒弟呢，他们才十多岁，都是他看着长起来的。他们正是大好青春，世上那么多美好的事，他们还没经历过，他们应该好好地活着。

不怨徒弟们，骨头是他自己跪软的。

他回头看看，徒弟们都还睡着。还好，这是他能保留的最后一点儿尊严。

他不记得他唱的是什么。只是看守趾高气扬的神气，让他的脊

135

背阵阵发凉。多么荒唐的事，可是他唱了。格外苍老的声音配合着温婉的词曲，显得格格不入。就像他现在这样，拼命保全尊严的人，却一次一次地把尊严扔在地上。那是曲儿吗？那是他人格破碎的声音。

但老邵头儿不知道的是，那时陆云起是醒着的。是因为他知道师父所想，才背对着师父默不作声，哽咽被他锁在喉咙里，虽是如此，眼泪还是顺着脸颊滴在地上，浸湿了一小片土地。

隔天。

"陆云起。"

陆云起在师父近前站好："师父。"

"很久没吃玫瑰饼啦。"

听师父这样说，陆云起心里一跳，垂手立着，不敢说话。"师父记得你不怎么吃甜食啊。"

"师父，我……"

老邵头儿一摆手："甭说了。那姑娘的玫瑰饼做得比别人家的好吃吗？我好久没吃玫瑰饼，等哪天你给我带两块回来。"

"真以为我不知道哪，傻小子，"师父笑了，"你这个孩子啊，虽是话不多，却是个有主意的。你要是已经拿定主意，我也说不动你。那姑娘若是品行好，做事周正，师父也就不拦你了。只有一样，你可不许辜负她。"师父欲言又止，千言万语，都归为一句沉沉的叹息。陆云起很少看到师父这样颓然而又无可奈何的样子。在他的印象中，师父是无所不能的，仿佛任何事都难不倒他。可眼前，师父却像是在阳光下暴晒的橘子，一点一点干瘪下去，失去了光彩。

陆云起还想说什么，师父一扬手，冲着垂头丧气的徒弟们说："你们都别怕，肯定能出去，有师父呢。"说出这话，老邵头儿忽然沉沉地低下头去，用低得不能再低的声音道，"——就看大帅的心思了。"

陆云起听出了师父的无能为力。

袁龄龄最近焦头烂额的，偏偏这个时候学校安排外出，去杭州。她没理由请假，只好叫程二照顾着陆云起他们。程二偷奸耍滑惯了，应下袁龄龄的话，撂爪就忘。

另一边，从袁大帅书房出来的王贵田亲自带人到小黑屋里，去找老邵头儿。

王贵田一脚踏进小屋，三角眼旁堆满了笑纹："老邵头儿——我给你带好消息来咯！人家袁大帅，大人不记小人过，宰相肚里能撑船，决定不计前嫌，饶过你们，放你们走啦——"所有人都很高兴，老邵头儿连连作揖："多谢大帅，多谢您！我们这……"王贵田慢条斯理地搓着小手指："您别着急啊，我也没说光是好消息啊——"

"你们能走，但我没说都能走，"王贵田往门口一靠，"公然在堂会上侮辱我们大帅，诽谤，造谣，成心坏大帅的名声！这行径也太恶劣了！必须给你们点儿教训——大帅开恩，让你们这些人里，只留下一个在大帅府当仆人。"

这番话说完，所有人都不说话了，屋里回归沉寂。"怎么不言语啦？赶紧，你们自己选个人，我好跟大帅回话——你们谁去啊？"

众人沉默不语，这时，从角落里冒出一个细小却坚定的声音："我。"众人循着声音望去，小六在墙角，仰着小脸，站得笔直。老邵头儿立马呵斥："闭嘴！别瞎言语！""师父，我是想好的。"小六笔直地朝王贵田走去，"祸是我闯的，别让您跟师哥们为难。你把我带走吧。"秋月白上前要拉住小六，被小六一把甩开，秋月白眼眶红了一圈，冲他大声嚷："你想好个屁！怎么不能再商量……"小六却没理会，径直走到老邵头儿跟前。老邵头儿直视着他明亮的眼睛，一双手却抖得厉害。小六扑通跪地："师父，您的恩情小六这辈子是报答不了了，小六最后给您磕一个。"说完，伏在地上，给师父磕了三个响头，再立起身，前额已沁出丝丝血痕。

"啧，真让人感动。"王贵田适时地鼓起了掌，他只是个置身事外的看客。"来，都别废话了，跟我走吧。"王贵田身边立刻蹿出两个大汉，把小六架出屋去。小六很坦然，可所有人都在暗暗咬牙。王贵田不用抬眼就能感受到屋子里那饱含愤怒、不甘、仇恨的目光。他们是一群被惹怒的狮子，现在谁敢靠近，他们就会不顾一切地撕咬。王贵田当然不会再去惹恼他们。"等会儿你们就能走啦。"王贵田轻轻松松扔下这句话。这世道，谁还在乎死个人呢。谁在乎呢。不过这句话他还是没说出口。

走出小黑屋，黑压压的云笼罩在上空，让他想起小时候家里被他拿来玩儿水的高级棉绒团。

他觉得时机成熟了。

即将下雨的时候，总会有些征兆。就比如空气忽然变得潮湿，泥土的气息显得尤其凝重，雀儿俯下身子，衔走地面的花香。或者是，人世间那些哀戚的苦难，能让老天动了情。

"欺人太甚！"杨珂一拳砸向桌子，墙壁上油灯的影子猛地跳动。然后他们都闭口不言，房间陷入死一般的寂静，只有油灯的灯芯不时发出爆裂的声音。

"师父，咱得把小六救出来啊！"秋月白急切道。

窗外风声渐起。

老邵头儿单手撑着头，另一只手端着茶壶，整个人一动不动，烛火微弱的光把他的大半个身子都藏进黑暗中。徒弟们垂手静立，屋子里鸦雀无声。

他们听见远处隆隆的雷声。

老邵头儿歪了歪脖子，仰头饮下最后一口茶。"我给能帮得上忙的朋友写信了，无论如何照应着点儿。"

窗外的雨声渐起，敲在窗沿上。雨疏风狂，掀起连绵的风声，倒像是一声声叹息。

"然后呢?"孟筱急切道。

"等着。"

屋里回归沉寂。角落里飘来一阵呜咽，抬眼望去，孙虎儿一个人立在角落里抹眼泪。他张了张嘴，却没吐出一个字。所有人都知道他要说什么。

一声惊雷，震得窗户纸抖了一抖。被天神囚禁的困兽也能发出几声不甘的怒吼。

"你们回去吧。"良久，老邵头儿发出一声叹息，"你们再怎么干瞪眼，小六都回不来。等我再想辙吧。"

夜晚，袁大帅府里，一群人将小六五花大绑，丢在后偏房的小院里。王贵田冷冷地盯着伏在地上的小六。"没办法，别怪我哈。替别人做事，我真的没办法。"王贵田慢慢俯下身来，"下辈子托生个太平年月，啊。"小六奋力挣扎，周围的打手立马把他摁住。

王贵田转过身去，俯身观瞧着一片被大雨浸泡的落叶。"动手吧。"

小六还没反应过来，腹部就传来钻心的疼痛，登时起了一身冷汗。紧接着是脊背、肋骨、脖颈。疼痛的吼叫，都被倾盆的大雨锁在喉咙里。四面黑暗，除了他自己，没人听得到。

小六的原名就叫小六。和陆云起秋月白不一样，小六是被爹妈亲手送来的。他记得家里有八个哥哥，他是第九个。家里太穷了，经常吃不饱。他记得他的哥哥们总是……嗯……饥肠辘辘地望着他，就像在看一只行走的大肉包子。他害怕他的哥哥们会趁他睡着的时候，把他煮了吃掉。后来有三个哥哥饿死了，他成了家中老六。再后来小六被爹娘送进邵师父门下。那年正值夏天。师父领着他迈过一个个门槛。"这是小六，你们的新师弟。"小六对那天似乎没什么印象了，除了其他几个师哥目瞪口呆地看着小小的他吃下六个大馒头，小肚子撑得圆鼓鼓。那时候秋月白还叫蹦豆儿呢，一点儿也没有二师哥的样子。大师哥已经显得非常沉稳了。师哥们很好相处，就是一个赛一个的懒。不想做饭，不想洗衣，直接把家务扔给他。陆师哥在家时，会帮小六做些家务。他总是语重心长地告诉小六，让他别总围着锅台水缸转，该轮到谁做家务就谁做。小六总会用力地点点头，然后第二天陆师兄一定能看到小六又在一下一下地扫院子。小六其实很乐意帮师哥们做家务。刚入门的时候要先练基本功，当然没机会卖艺挣钱。所以小六很害怕，他怕师父嫌他没用把他撵走，就像他爹娘那样。做家务也许是他证明自己留下的意义的唯一方式了。

　　后来有一年三十晚上，好好吃过一顿饭，依旧是小六去刷碗。有个师哥逗他："你怎么那么喜欢做家务啊，你在家时也这么勤快？""不啊。""那你整天把家务往自己身上揽？"

　　小六一本正经地说："因为你们不会吃了我。"师哥们都一愣，然后就是一阵爆笑。连平时无比严肃的师父也乐了。

　　都乐了。乐了。台下那些人也乐了吗？小六想不起来了，树上的蝉滋啦滋啦地吵，他只觉得头痛。皮肉也痛，骨头也痛。雨滴冰冷，太阳毒辣，他的眼发花。一片混沌间，他仿佛瞧见师父点手叫他，师父笑了。还有陆师哥、小龄姐、小萤姐，他们都冲自己笑。小六想要走近他们，可唯独不见秋师哥。

奇怪，秋师哥呢？小六想问他们，他们却说笑着走远了。小六也笑着向他们跑去，白光照亮了他的眼睛，他听见天桥响起的阵阵驼铃声。

又是一个晴朗的天气。而昨晚的那场暴雨很快就被人忘记，就像从未来过一样。小六就像那场暴雨中的一滴雨丝，除了阴影处一小片潮湿的地皮，似乎没有谁会记得他。可那晚的月光记得，街角的杨花记得，西山的白鹿记得。

起风了。

这个夏天就要结束了。

5

"秋季里天高气转凉，登高赏菊过重阳，枫叶留丹就在那秋山上，丹桂飘飘分外香。"

从大帅府回到小院里，一连两天，师父把自己关在屋子里，不出门。师兄弟们忙着小六的后事，小六的爹妈仿佛已经木然了。"倒省得受罪了。"小六爸这样说。忙活完了，师兄弟几次站在门口，想劝劝师父，可刚一张口，那句"节哀顺变"他们却无论如何也说不出。死的可是他们的亲师弟啊。

两天后，师父终于肯出门了。他把一众师兄弟都聚在一起，自己一个人却坐在椅子上，低着头，不说话。徒弟们都不敢出声，心里总是不好受。良久，师父长长地叹了口气。

"这两天，我想了很多。当初你们有的是我领来的，有的是家里人送来的。可不管怎样，送到我这里，都是为了学个手艺，能活着。咱们就是个说玩意儿的，不值钱，但我总告诉你们，自个儿得瞧得起自个儿。可小六去了，我自认，是我没照顾好你们，我先瞧不起我自己了。

"现在世道乱哪，以后怕是更乱。咱一只巴掌就这么大，做不了那只手遮天的大人物。往后，你们得自个儿顾着自个儿了。小六死了，我这把老骨头软了，再也没脸让你们叫师父了。咱们，散了吧。"

一听这话，徒弟们跪了一地，呜呜咽咽，求师父三思。只有陆云起不作声，盯着面前一只爬来爬去的蚂蚁。

"有句话，我得先说在头里，你们，"师父伸出食指，一下一下地点过每一个徒弟，"有一个是一个，从这个门槛儿上迈出去了，师兄弟之间相互帮衬，哪怕在这世间混，混不出个名堂，遇见有难的，不管认不认识，能帮就帮。往后你们干什么都与我无干，可也有一条，谁要是胆敢做那些个丧尽天良的事儿，让我知道了，我可是照罚不误。"师父闭眼，嘴唇翕动，却再没吐出一个字。

良久，师父抬手，示意他们离开，唯独让秋月白留下。

"秋月白——"

"师父。"秋月白颔首，脸上明显带着泪痕。

老邵头儿开口："你，想知道杀害你爹娘的凶手是谁吗？"

这句话犹如一道闪电，直击中秋月白的灵魂。他不由自主地捏紧拳头，一颗心脏跳得厉害。

老邵头儿低头，沉沉地叹气："你别怪师父，师父一直瞒着你，是怕你冲动。你若是一时冲动引来杀身之祸，我怎么跟你爹娘交代？

"可小六，小六没了。我又怎么向他的爹娘交代？

"师父没能耐，怕事，遇事能躲就躲，师父尿包。

"你如今也大了，凡事能自己拿个主意。"顿了顿，师父从自己的枕头下面取出一个布包，打开来看，里面是一个小巧玲珑的玉如意，"如意上刻着'秋'字，这是你父母留给你的。这如意是你父亲亲手雕的，本是一对，我现在告诉你，另一只，就在杀害你父母的人手中。

"当年那人杀害你父母，我赶到的时候，家里已经一片狼藉。你父母倒在血泊中，我在橱柜后面看见了你，就把你带回来了。后来警察介入，警署的朋友把如意和你父亲写的一封信留给我。信上只拜托我照顾你，还有那对他亲手刻的玉如意，让你好好留着。可那玉如意只有一个，我又问那位警署的朋友，他也说只有这一个玉如意，我想，剩下的一个，也许是被凶手拿走了。直到现在也没找到凶手，那卷宗，还压在警察局的档案箱下面呢。

"你爹妈比我强，比我强太多了。无论何时，你得记得，你爹妈可是有骨气的。"

临别那天，陆云起和秋月白陪着师父，一个一个地送走师弟。到最后，院子里就只剩了师徒三人。陆云起和秋月白回屋里，拎出自己的行囊，并肩立在院中。不知何时，师父的背已有些驼了。两人撩袍，双膝跪地。当头触到地面的那一刹那，他们都听见了两人喉咙口的呜咽。

"师父。"

"您多保重。"

老邵头儿转过身去，不再看他们。树影印在他的粗布大褂上，一抖一抖。

"滚蛋吧。"

良久，两人立起身子，一步一步，迈过那些熟悉的门槛，仿佛正和过去的时光告别。曾经过往如烟散，空留悠悠千载白云。走出大门口，秋月白回头望，一阵风过，院中的槐树沙沙响，一片槐树叶落在师父的肩头。秋月白自然地抬手，想走回去替师父拂去。陆云起一直扯着秋月白的衣袖，拉着他往外走。"别回了。"陆云起说，"别回了。"

这些个师兄弟至此散伙，像是打翻在浩渺星盘里的几颗星星，此生难再相见。分别之后，陆云起和秋月白曾经悄悄回到那个大院子，当年那个熟悉的大院儿里也已经住进了陌生的人家。老邵头儿也人间蒸发了似的。他们再也找不到师父了。

后来，那场大游行中，有人也看见了老邵头儿的身影。他跟在那些年轻的学生和工人后面，一次又一次振臂高呼。

后来的人回溯历史，说那场大游行，成为历史上浓墨重彩的一笔，而老邵头儿，也和千千万万的人一样，融入历史的洪流。无所谓别人是否知道，他是他自己的英雄。

从师父那里搬出来，陆云起和秋月白投身于一家便宜的旅馆。晚上，两人抵足而眠。"师哥，"秋月白抬头望向陆云起，"往后可怎么办呢?"

"不能就这么算了。"陆云起道，话语中有着不容置疑的坚定，"咱们要报仇。"

"从哪儿开始呢? 你有计划吗?"

十八岁的少年发出一声沉沉的叹息。

"我得去找袁龄龄，去找苏鹏。还有夏掌柜，他也许知道该怎么办。"

"夏掌柜，庆德茶馆，小萤……"

见师弟这样，陆云起没理由不怨小萤。自从那天秋月白回来以后就魂不守舍的，自己也是问了又问才问出缘由。自己其实是向着师弟的。小萤也是，走就走了，何必说出那样绝情的话。他觉得秋月白变了。他记得那天他跟秋月白走在街上，从街角蹿出一个小叫花子，年纪不大，直愣愣地朝秋月白扑过来："大爷您行行好吧，好几天没吃饭啦——"秋月白要拉着陆云起走，可陆云起却站着不动，捏着衣角，一言不发。他明白师哥要干什么："你省省吧。""月白，你就忍心看他……""轮不着你可怜他。你可怜他，谁可怜你啊。"

"都是下九流的。"

陆云起扶正秋月白的头，将额头抵在秋月白头上："别再想她了。"

"记得陈涉吗？区区一个小卒，被逼到绝路，也敢起来反抗一个高高在上的皇帝。记得当时师父是怎么说的吗？'民苦秦已久矣'。"

"师哥，你的意思是……"

"月白，咱们得做点儿大事了。"

高晟这段时间不在北京，他去天津找一位故交。一连留了六七日，再回北京，已然大变了样。天桥附近的商店都有萧条的意思，唯有庆德茶馆依旧傲立，甚至还有恢复如初的架势。

高晟迈步进门，茶馆还在装修，不营业。夏掌柜叉着腰高高地站在桌上，把手底下的人使唤得团团转。他拿着手帕不住擦汗，好像来回搬东西的人是他。

高晟站在门口，唤一声"夏掌柜"。

夏掌柜回头，见是高晟，立马从桌上跳下来，笑着跑到高晟面前。大肚腩在大褂里面上下弹动。"高先生！可把您给盼回来啦！您瞧瞧，您的听众这几天听不着您的书，急得抓耳挠腮呢！"

"嗨，朋友那边有事，被绊住脚了。"

"我说呢。哎！要我说您上回说的新书真好，留的书扣也好，我在旁边听得都抓耳挠腮的——史久星身后那人是谁啊！"

"您瞧，哪有这么问的。等回头我说完您就知道了。"

"嗨，对对对，您瞧我这是说什么呢，哪有这样问的！"夏掌柜打着哈哈，汗还是不住地淌。小伙计有事找夏掌柜，夏掌柜一只手把小伙计扒拉到一边："去去去，没看见我跟高先生这说话呢吗！长眼没长？"

高晟见这情景，只好道："得，您先忙您的吧——留步留步。"

"得嘞，高先生，咱明儿见！"

高晟离开了，夏掌柜一下蹿上桌子道："把椅子挪到那边去！"旁边有小伙计问他："掌柜的，您什么时候跟高先生关系这么好了？"夏掌柜一声冷哼："要不是他说的书上座，我用天天应承丫的吗？再多人捧也是个臭卖艺的。"

还没等高晟找到陆云起，陆云起就先登门找到了高先生。将所有情况仔仔细细地交代一遍，高晟听完，低头沉默了很久。尤其是老邵头儿唱……唱曲儿的时候，他可是那样自尊自爱的人。高晟忍不住红了眼眶。

"云起，你和月白来我这儿住吧，你们要做什么，要说什么，拉动人马，都在我这儿，很方便。需要我做什么，尽管直说。我尽我最大能力帮你们——不用谈谢，就算是为了你师父，我也应该尽全力帮你。"

陆云起第一次面对这样真诚温和的长辈，咬住下唇，竟说不出话来。

陆云起恨极了袁大帅，还有他身边的那只姓王的走狗。事实上，大半个北京城的人都恨这个荒唐至极的大帅。肆意收税，敛财行贿，纵容手下人明抢豪夺，天知道他是怎么做到这个位置上的。

搬进高先生家后，陆云起立刻去找苏鹏和袁龄龄，也算是正式引见一下。袁龄龄刚从杭州回来，对这里发生的事一概不知。去见陆云起的时候，她跟程二了解了个大概，心里顿生懊悔之意。如果当时自己还在北京，会不会也能帮衬帮衬，就不会造成今天的局面。程二知道自家小姐向来与艺人交好，以为小姐觉得惋惜，少不了安慰一番。

走到陆云起说的地方。这是一间小庭院，门口种着枣树和海棠，鹅卵石铺成一条小路，蜿蜿蜒蜒。墙根底下种着紫葡萄，一嘟噜一嘟噜的葡萄挂满藤，倒颇有些生活的意趣。

高先生不在，秋月白引袁龄龄进屋，陆云起见到袁龄龄，千言万语都会聚在一个拥抱里。有意无意地，让刚进门的苏鹏吃了一口"狗粮"。

互相介绍后，他们开始今天的正题。

"我们也许不能正面和袁、王交锋。"秋月白说，"但至少，我们可以掀动起更多人的斗志。"

"我们能做什么呢？"苏鹏问，"咱们的力量太小了。"

"月白，咱们正在写段子，写新段子，拿到外面说。如果效果好，我们可以创造出很多动力。"

苏鹏举手，他说学生里会有很多有志之士，他们会成为新相声的推动者。

"学生只是第一步，我们需要慢慢来。"陆云起说，"一步一步，一点一点铲除袁大帅的根基。"

袁龄龄脸色很不好看。她只道身体不适，推托着提前出来了。袁龄龄的离席并没有停止讨论的进度，而后来，高先生的加入更让在座的少年们欢欣鼓舞。陆云起觉得一股热血在他胸膛滚沸——这是他在说相声时从未体验过的感觉。师父、小六。他无时无刻不在念叨着这两个名字。他不敢忘，是他们支撑着他完成这个看起来不可能完成的举动。

他忍够了，他们都忍够了。这种被人玩弄在股掌之间的感觉太糟糕了。

陆云起望着窗外寒气逼人的秋风，不语。

快要变天了。

小六，你不会就这样白白离开的。

师哥向你保证。

袁龄龄一个人走在街上。实话实说，刚刚他们的对话内容，袁龄龄一句都没听进去。什么意思，自己要反自己的爸爸？但当听到他们无形中谈起的袁大帅和王贵田做的恶事时，真的令袁龄龄大吃一惊。她知道父亲做过一些令人不齿的事情，但她没想到，这个一直宠着她的父亲，竟是这样声名狼藉的人。而面对陆云起更让她慌乱。自己到底该不该坦白？如果在这时自己向他坦白自己的身世，她跟陆云起就彻底玩完了，可如果，如果她不坦白，就这样任由事情发展，眼睁睁地看着陆云起和秋月白他们一步步搞垮了父亲，自己还很有可能是个帮凶！到那时，她怎么面对自己的爹娘？难道要自己告发他们？然后亲手把自己深爱的人推向火坑，那她手上是否也沾满了鲜血？该怎么办？怎么办——多个矛盾尖锐指向袁龄龄，她觉得自己要承受不住了。

秋风卷起落叶，她一个人走在街上，内心沉重。她自幼受到优质教育，虽然行动大方举止体面，但她认为自己从不是一个高尚的人。面对正义和亲情，她心里的那根指针还是悄悄偏向了亲情的一方。她又能怎么办？曾经光鲜鼎盛的名门望族，到最后家业凋敝、落魄混生的，她不是没见过。她不能眼睁睁地看着自己的爸爸、自己的亲人也变成那样落魄的阶下囚。

她得好好想一想。

6

高先生的宝贝徒弟叫小怡，十五六岁的小男孩，面皮生得白净，人也秀气，倒像是个小女孩似的。小怡年纪小，没法说书，高先生就教他唱快板书。小孩嘴里干净，说话溜嗖，上人见喜，倒挺像小六的。一想到这，陆云起和秋月白就更加对他好了。陆云起和秋月白有的时候编排新节目，小怡也会在旁边听着。他也想加入陆云起和秋月白中来，高晟听说后，喃喃道："对，他应该去，他应该去。"陆云起倒是犹豫了，已经给高先生添了这么多麻烦，再撬走他的宝贝徒弟，实在是过意不去。

创作途中还是很顺利的。高先生替他们找了一所学校，让他们先去试演一下，效果很好。学生们听到这样的相声，十分惊喜，他们演了两天，场面非常火爆。所有人都很高兴，当他们打算再开一次会讨论下一步的计划时，袁龄龄却又一次推托不来。

一连几天，袁龄龄的心情都很低落。父母家人、陆云起、正义、帮凶。这几个词在她脑海里盘绕了很久。袁大帅见女儿这样失魂落魄倒是很担心，特意向学校请了一星期的假，让袁龄龄在家学习。

书本能带给袁龄龄很多力量。这段时间她一直在读书。她感觉她好像要抓住什么关键的细节，就快想通了，就快了。

如果她没有在书房看到小萤的话。

很遗憾，她看到小萤了，正正好好撞上了。两人四目相对，俱是一愣，她不知道应该先问"你为什么在这儿"还是先解释"我为什么在这儿"。小萤也如是。

不过，随后就推门进来的王贵田并没有给她们两个开口的机会。"呀！袁小姐来啦。这位是小萤姑娘，这可是日本那边的人，您得多照顾。"听到这里，袁龄龄不可置信地望着小萤，小萤并没有说话，却也对这种介绍有些反感。"这位是袁小姐，袁大帅的宝贝千金——"这回轮到小萤不可置信了，她在日本人那里学习的时候听说了老邵头儿和小六的事，小萤为他们感到难过。他们交情不深，甚至也许只有一面之缘，但是小六的离世总会给小萤带来难过和压抑感。但如果袁龄龄是大帅的女儿，她为什么不能伸手救一把，她站在哪边？她到底是什么意思？小萤不明白。

王贵田还要再说些什么，但看着两个人之间的气氛逐渐紧张起来，他不得不只留下一句"一会儿你们两个一起上英语课"，然后就退出房间，只留下袁龄龄和小萤两个人。

沉默着，沉默着。

最终还是袁龄龄先开口了。

"你跟日本人到底是怎么回事儿？"

小萤叹了口气，只得把当年在茶馆遇见日本人的前后经过跟袁龄龄简单说了一遍。

"那个时候父亲的茶馆生意并不好。我是出于无奈的，我想父亲也是。"

小萤反过来问袁龄龄："你呢？你是大帅的女儿，为什么不告诉我们？"

"我……"

袁龄龄一时不知从何说起。自从最开始和陆云起茶馆相遇之后，为了那个美丽的误会，袁龄龄一直坚持不说真相。可是越到后来，袁龄龄发现自己越不想说出真相。她惊恐地发现自己越陷越深，就像一个甜蜜的沼泽，让她无路可退，无法自拔。直到那次小会过后，她才真正认识到，无形中所有的矛盾都指向自己，自己不能再逃避了。

犹豫再三，袁龄龄还是告诉小萤他们的计划。小萤听后，并不作声，只是直直地盯着她。

"你自己是怎么想的呢？"

袁龄龄很惶恐。她最害怕这种问题。

"我不知道。"她听见自己这样说。

"我可以进来吗？"Tom 先生探进一个头来，用有点儿蹩脚的中文说。

两个女孩同时笑道："当然，请进。"

Tom 先生是个很可爱的美国老头。他上课非常活泼，或者表演几个夸张滑稽的动作，或者唱一支英文歌曲。袁龄龄可以暂时忘掉那些烦心事，好好享受这节英语课。

课后。

"你也许要去见一见袁大帅。"临走之前，小萤对袁龄龄这样说。

袁龄龄也是这样想的。

当她推开袁大帅的书房门，不出意料地看到他在喝大酒。

袁大帅倒是对袁龄龄的到来表示惊讶："大闺女来啦！快坐——

嗝。"继而又大剌剌地瘫在座位上,举着一个空酒瓶往嘴里倒啊倒,"幸亏是你,要是你妈进来,我就该烦死了。"

袁龄龄忍不住笑了。袁大帅也乐了,不好意思地摸摸大胡楂,简直与平时那个呼风唤雨的袁大帅判若两人。

袁龄龄开门见山:"爸爸,其实我想问问你,你希望我是个什么样的人啊?"

袁大帅咂咂嘴:"我希望你是你希望的样子。"

"那如果我希望的样子,和你的期望有很大的冲突呢?"

袁大帅眯着眼睛想了想:"那你就做一个最正确的样子吧。"

"什么样才算是正……"

"哎呀!"袁大帅不耐烦地挥挥手,"就是你们老师天天讲的那个,什么什么仁义。这问题还问,那么多书都读到哪儿去了。"

袁龄龄撑着头,盯着袁大帅的背影,盯了一会儿,又问:"那如果,我是说如果,我站到了你的对立面,你会怎么处置我?"

袁大帅大笑:"处置?咱俩谁,谁处置谁啊!什么傻孩子,问这种,嗝,这种没头没脑的问题。"袁龄龄也笑了,起身准备离开,关闭房门的那一刹那,她听到了父亲的声音:

"我希望这永远是个'如果'。"

"但真到了那么一天,我希望你能坚持你的最初的心。"

"你的热情,你的善良,你的聪慧。"

"即便与我对立,你也是我的女儿。"

袁龄龄站在走廊上,抬手抹了抹眼睛。这糟老头子是醉了还是没醉?袁龄龄暗想。

事实证明,即使是秋天,也有暖阳高照的时候。秋月白和陆云起在学生间火了起来。他们通过两张嘴,传播着积极反抗的正能量。

后来更多的人听到了他们两个的相声，真的对自己的内心产生了很大影响。而袁龄龄也加入他们的队伍中。她和苏鹏作为专业思想上的指导，也跟着陆云起和秋月白忙活起来。袁龄龄想明白了，如果自己坚持的是光明与正义，爸爸……爸爸他会理解我的。所有事都正往好的方向发展，只是偶尔她看见秋月白对着天空愣神，总让她忍不住难过。她无数次想告诉秋月白，小萤还活着，她就在北京！只是每次话要冲出喉咙的时候，她又不得不忍下了。告诉他又能怎样呢？求而不得，这种感觉难道会更好过些？

就在这时节，苏鹏的家人要求他前去留学。苏鹏几次反抗无果，也只好顺从。分别前一天，袁龄龄、陆云起、秋月白去给他饯行。苏鹏说："我知道自己不是主角，如果能给我们角儿帮上忙，是我的荣幸。"他说这话时哈哈大笑，圆眼镜下，一双小眼闪着光。

日子匆匆流水过。而城外隆隆的炮声也渐渐传入人们的耳朵里。整个世界都将充满这样的声音。高晟带着他的徒弟回了天津，朋友遇事，他得过去帮衬着。

今天的英语课，Tom 先生失去了往日的活泼劲儿，拧着眉头，仿佛有心事。课程过半，他实在是忍不住，泪水顺着他眼角的沟壑往下流淌。听说是 Tom 先生的孩子和挚友都在一场战争中去世了。小萤和袁龄龄一言不发。Tom 先生沉默良久，像是唱给自己，兀自唱起了家乡的古老歌谣：

"……请让我乘着雪花，飞到那千里之外吧。亲爱的朋友，你别来饯行，你也别说话。"

又一天。下课了，小萤记得父亲曾嘱咐她去找王贵田问一问"救济款"的事。自己家已经开得起茶馆了，要哪门子救济款？尽管这样想着，小萤还是要替父亲去问一问的。走到王贵田的办公室，她听到里面有谈话的声音，打算退回去等一会儿，正欲动身，却听到了些不寻常的东西。

"也许在之前，我可能不相信钱是万能的，可就在这个世道，我相信。"门虚掩着一道缝隙，她透过缝隙窥视，一个高个子男人正扬扬得意道，"我只要能花一块现大洋买一个乞丐的尊严，我就能花一百块条子买一个高官的脑袋。你也可以。"

"别耍花招，别冒心思，这就是你的。"小萤扒在门缝里使劲往里看，那个高个儿男人轻轻打开木箱，里面堆满了金条。她听见了王贵田的声音："赵瑶，我先说好，做完之后，你必须给我铺好退路。"

"先前进才能后退啊。你以为你在跟谁讲条件。"

什么条件？他们要做什么？当她看见王贵田把一整箱黄金慢慢揽在怀里，她觉得这事不对劲。究竟是什么活动才能值这么昂贵的费用。

"那就等大帅生日那天，你……"

声音渐渐减弱，小萤急着听下文，赶忙把耳朵凑近门缝。几秒钟的静寂过后，她心中一惊，一转身躲进拐角处的阴影里。就在她刚刚在阴影里站稳时，门就在那一瞬间开了。一个留着八字胡的高大男人在门口张望了一阵，悻悻地退回房里。还好还好，没被发现。小萤长长出了一口气。她迈步走出阴影，正欲离开，一只手扯住了她的衣袖。

"小萤姑娘，久等啦。"

小萤惊恐地转过头去，最后一眼，看到的是一个黑洞洞的枪口。

王贵田举着枪，微笑："你什么都没听到。"

可是枪响了。

王贵田把枪别在腰间，望着倒在血泊中的人："现在，你什么都没听到了。"

那天晚上秋月白做梦了。那一刻他看见那个人一袭红装，乘着风雪，从远方而来。裹着风霜和白雪，带着无限荣光与希望，全心全意地奔向自己。于是整个世界只剩下皑皑白雪和那个在风雪中不顾一切向他奔来的粉雕玉琢的人儿。那个人的脸红扑扑的，秋月白听见她说：秋月白，我回来了。秋月白眼中，她身影芊芊，眼波流转，向他走来，每一步里都是一个春天。

梦醒了，秋月白自嘲地挠挠头。都被骂成那个德行，怎么梦里梦见的还是她。

秋月白不知道的是，小萤在一个温柔的春天走向自己，却在一个肃杀的寒秋离开。如果被人遗忘就是死亡，那小萤就在秋月白的记忆里活得足够长久，活成一个永远的春天。

7

"冬季里雪纷纷，梅花雪里显精神，水仙在案头添呀添风韵，迎春花开一片金。"

最近竟有学生受到陆云起和秋月白的相声鼓舞而站出来起义。这事不得不引起袁大帅一方的关注。而陆云起和袁龄龄那边也意见相左。袁龄龄认为应当趁这机会做大，而陆云起认为应当收敛一点儿。两个人竟吵得不可开交。吵到最后，袁龄龄赌气似的，抬脚就走。陆云起扶额，赶忙起身追过去。秋月白没来得及嘲讽师哥，悻悻地嘟着嘴，还坐下。目光无意间瞥到地上，发现一个绣着精巧玫瑰花瓣的荷包静静地躺在椅子底下。好像是小龄姐的。秋月白记得小龄姐戴过，便俯下身子捡起荷包，正欲追上他们两个交还荷包的时候，他的动作忽然一滞。

捏着荷包的手传来熟悉的触感。长度、形状、硬度，竟丝毫不差。

他盯着这个荷包，手竟然开始发抖，那个困扰了他这么多年的谜团，终于在他手中露出了一丝破绽。如果真的是，如果真的是。

他颤着手打开这个荷包，在荷包打开的那一瞬间，他的心都凉了。

那是一块刻着"秋"字的玉如意。

秋月白脑子很乱。

他尝试着说服自己，这说明不了什么。或许，这一块玉如意是她捡来的，或是别人送给她的。可那玉如意又真真切切地握在手中，那如意仿佛滚烫，灼得他心肝疼。

他心里有个小人对他说，你别骗自己了，师父说了，你父母给你留的那块玉如意是独一无二的。只能是她，跟她有关的所有人都不要放过。可他又想，小龄姐家里是做玫瑰饼生意的，怎么可能杀掉两个大活人。都是本本分分的人，两家人绝不是爱惹事结仇的。

除非，小龄姐在说谎。

他决定要把这件事告诉师哥。所以在那天晚上，他第一次向陆云起讲述了玉如意的事。当秋月白从荷包里拿出那个玉如意时，他感觉到陆云起也不可置信地愣在原地。秋月白知道，师哥脑子里正经历着他刚刚经历的过程。

良久，陆云起磕磕巴巴地说："这，这也许说明不了什么吧……这绝对不是她做的！时间对不上，年龄对不上！"

秋月白按住陆云起的手臂："对，没错，我也知道年龄对不上。

可是如果她家里真的只是一个卖玫瑰饼的，她手里怎么会有这块玉如意？她为什么要去杀掉我的父母？"此时的秋月白头脑冷静得可怕。

"也许，这，这是龄龄买的，或者是她捡的？或者这根本就不是你丢失的那块！"

秋月白探究地望着陆云起："师哥，你别骗自己了。你也觉得哪里不对，是吧？

"师哥，如果可以，我希望你去问问她。"

王贵田站在档案架前，眼前的档案上，是自己的名字。

王贵田，籍贯北京，父母双亡。

伪造一份档案对他来说很容易。但籍贯可以伪造，学籍文化出生日期都可以伪造，可唯独"父母双亡"的事实不能伪造，他必须时刻记得，到底是谁让他承受如今的苦难。

王贵田盯着档案上"父母双亡"四个字，嘲讽地扯了扯嘴角。

撇、点、捺、横、竖折、折勾，这四个字写起来有多轻松，累不垮半大的孩子，伤不着虚弱的老人。

可也就是这四个字，将王贵田曾经的孤处无依、潦倒困苦受人凌辱的悲惨童年，还有那雷鸣电闪的漫漫长夜、狂风暴雪的沁骨寒冷，轻轻松松一笔带过。这就好像先打折你的两条腿，再冲着跪在地上的你摊手："没什么大不了的。"他恨这种轻松的感觉。

要是说起当年。

二十年前的王家，也算是个大家庭。从他记事起，他就在所有人的关心和爱护中长大。爹妈是顶好的人，常带他四处游玩儿。闲暇无事时，爹教他认字读书，娘就带他去公园里编花篮，扑蝴蝶。

爹叫他好好读书，体味乐趣。他记得读春天的诗，父亲就剪一枝桃花立在窗前。于是他在枯燥的宣纸上，也能看到春天的影子。那样美好的情景，他一辈子都忘不了。

可就是他，秋文生。他夺走了一切。那天是秋文生带着一队人马闯进王贵田的家里。他们翻箱倒柜大肆搜索，娘只把他藏到高高的衣柜里。"发生什么都别出来，知不知道！"母亲朝他吼。他看着妈妈猩红的眼睛，颤抖着点点头。"别哭，"母亲一下子把她揽进怀里，就好像要把他融进自己的心脏里，"好孩子。"

他记得那个柔软的怀抱。他不敢忘。

隔天，报纸上全都是"大快人心！王家势力彻底倒台""秋文生亲手扳倒王家成为新一任××"。所有人都拍着巴掌，高声称好。蜷缩在角落里的王贵田却不敢多说一个字。怎么对自己最亲最好的父母，竟成为人人喊打的过街老鼠？

事情一见报，他的亲戚朋友都赶他走，生怕王贵田会给自己招惹祸患。自此以后他过上了艰难的生活。他当过学徒，或沿街乞讨，去工厂里生产布匹，在猪肉铺打杂，甚至卖过大力丸、耗子药。无论怎样，他都深记得，在每一个深夜，他因饥饿寒冷而无法入睡的时候，他都会闭上眼睛，重温小时读过的书。那是他对童年温暖的唯一祭奠。不得不说，这个习惯让他对知识的印象极为清晰，时间长了，也能明白很多道理，看透很多事。

同时还有一个名字：秋文生。那也是刻在骨子里的深仇大恨，他从未忘记。

他承认，一开始的时候他满脑子复仇，可一个十岁的孩子能做什么呢？当他在生存的边缘苦苦挣扎的时候，复仇的念想逐渐被冲淡了。先得好好活着吧。如果他这辈子再也见不到秋文生，或许他可以在这个时代里糊涂地活着。可偏偏，偏偏又遇上他。

那时他还是在面馆端面的小伙计，那天两个客人点了热汤面，他把面端过去，正要小心地放在桌上，他这辈子都忘不了那人转过来的面孔。

秋文生。

他拼命抑制住想要直接上手掐死他的冲动，想了想，故意一个趔趄，两碗面正正好好扣在了秋文生的大褂前襟。秋文生站起来往后躲，动作带翻了长凳。面馆老板闻声过来，见状，扬起手就是一巴掌，把他扇得跌在地上。秋文生赶紧拦住：“我没事我没事，你莫要打他。”

“你叫什么名字啊？”秋文生弯下腰，圆眼镜下有一双温柔的眼睛。

“我、我……没名！”

“你爹妈呢？”

“他们……他们被卑鄙小人杀了！”

秋文生叹了口气，转身对同来的女人说：“夏韵，咱们，把他带走吧。”

桌边叫夏韵的女人点点头：“你得先问问面馆老板同不同意。”那女人他也记得，当年他花了身上仅有的一块铜板，买来那份报纸，秋文生旁边的板块，就是在写这个夏韵的。天花乱坠的字句间，他读出夏韵是整个事件的策划人之一。她是帮凶，一样该死。

面馆老板自然是高兴的，秋文生交了几块现大洋，面馆老板就送他出来了。

王贵田记得那是一个小院子。一间正房，四间厢房，还有一间厨房一间厕所。园里种着海棠和石榴，还有一盆一盆的矮竹和月季。

他们把他安置在厢房里，让他先好生休息。他们就在眼前，父亲、母亲。他们说的话王贵田只点头应付，他满脑子里都是仇恨。

他不是没挣扎过。可当他看到夏韵亲吻她半大的儿子时，因为他们带来的一点点温柔而形成的脆弱的心理建设终于全盘崩溃。凭什么？凭什么！凭什么我的童年就要饱受苦痛和凌辱，在无尽的深渊里，一眼望不到天明。但他们！手上沾着鲜血的人，他们的孩子却能在阳光和鲜花里长大，成人，成就事业，留名青史。他凭什么当个蝼蚁。

晚上，他潜入厨房。他看见筐里的菜叶上生着虫卵。青虫一点一点地啃咬着翠绿的菜叶。

接下来的事都很简单。厨房里有刀。当两人的血顺着刀尖交汇流淌时，他冷静得让人害怕。

上头正乱，警署的那些人根本不会查案，即使是对当初名声显赫的秋文生夫妇也如是。这个消息倒是能让报社狠赚一笔。"号外号外！""秋文生夫妇昨晚暴毙，凶手或是×××"……民众也许会注意吧，可也许没过一会儿，他们的视线就都集中到某名伶和某督查公子的桃色新闻上去了。他们没什么思想，不过就是一帮随波逐流的聒噪的鹅。但他须得有个替他背锅的。他把视线对准了袁大帅。

那晚他发现了床头的那对玉如意。他想了想，悄悄拈走其中一个玉如意。他仰起头细看，玉如意在灯光下泛着温润的颜色。会有用处的。他想。

于是兜兜转转又十年。这十年间上头换了一任又一任。皇帝已经跑了，几国的洋人乱乱哄哄地闹，过一会儿又来了个假皇帝，后来假皇帝也倒了，上头的大帅时不常就一换。他们闹，那他也跟着闹呗。当年秋家的值钱玩意儿被王贵田卷走了，留下疑似抢劫的痕迹。那些玩意儿他跑到城外的几家小当铺分开当了，换来了一笔钱。他就用这笔钱一步步打理人脉，往上走一步。由于童年的教育和落魄后在社会上摸爬滚，对于处理人际关系他倒是无师自通。杀了他父母的不止秋文生一个，他得慢慢清这笔账。

知道袁大帅的得势，王贵田感觉到，火候到了。他借着袁大帅升迁之喜把玉如意赠给他。至于那个"秋"字，王贵田说了，"'秋'怎么写，一个'禾'一个'火'，这'禾'遇上'火'，那不是越烧越红火吗!"袁大帅听了哈哈大笑，更加倚重他。在场的人听了，稍微有点儿学问的都暗笑：讲的是什么啊，溜须拍马狗屁不通。王贵田当然知道他说的狗屁不通，但如果所有人都认为他只是个贪财的草包，反而让他得到了一个完美的屏障。

草包而已，能成什么事？

然后呢，他发现了秋月白的存在。他知道，秋月白早晚会走上复仇的道路，就像当年的自己一样。如果他可以发现袁大帅的玉如意，那仇恨会不会推着他杀了袁大帅？这就意味着，到时候他就可以全身而退。但秋月白吃的苦还少点儿。他有师兄弟帮衬，有师父宠着，他的生活够安逸的了，这让王贵田对秋月白的胆量产生怀疑。即便如此，他还是要继续做下去。这是一盘大棋，他得好好下。

一切都是他干的。哦不，一切都不是他干的。如果他的家还好好的，爹娘还好好的，说不定他也可以站在明亮的礼堂里，做着空洞无物的口号式演讲，或者接受鲜花和掌声的洗礼。

随便吧。反正他也不能收手了。

肃杀的冬天，冬风带不来一丝温度。酒馆里很冷清，陆云起伏在桌子上，眼前摆着两坛已经喝空的酒和一个大酒碗。酒碗在他眼前晃来晃去，晃得他心烦意乱。他索性抄起酒碗，愤愤地砸向墙角，惊了一只蜷在角落的猫，喵的一声蹿上房檐，消失在夜色中。

他问袁龄龄了。袁龄龄承认了，承认得很干脆。她装得潇洒大方又坦然，可他清清楚楚地看见，她的每一个动作都流露出不安、紧张和怯懦。她总是这样，骄傲地露出一副完美的皮囊，可自己总能准确地发现刺猬柔软的腹部。她在阴雨连绵的沉闷天气里微笑，于是以她为中心的四面万物都被笼上了光，温暖而多情；她又在春光乍泄的蔚蓝晴空下失声痛哭，让他手足无措。而现在，这样大的谎言彻彻底底地断送了两个人的缘分。

他听见自己说："袁龄龄你走吧，从此以后我再不见你了。"他听见袁龄龄哭了，听见袁龄龄说她错了，她甚至掴了她自己两巴掌。她说："你别不要我。"

他听见自己的心在滴血。那巴掌像是打在他的心上，袁龄龄的每一滴泪水，都在侵蚀他的内心。她深爱着他，他深爱着她。可就是为了那么点儿看不见摸不着的血缘，他们两个必须发毒誓，打得头破血流，老死不相往来。

他听见自己内心在大喊，凭什么。他看见自己的灵魂已经崩溃了。

可是他只是冷冷地看着袁龄龄的所有动作，然后转身，然后离开。没有一句道别的话。

于是他喝了人生当中的第一顿酒。

白酒是辣的，一杯倒进口，辣味顺着口腔一直蔓延到胃里，像是在胃里点燃了一把火，要焚尽他的五脏六腑，把他烧个干干净净，世间万般愁苦皆可无。

酒精上脑，接着天旋地转的朦胧混沌，他觉得自己就是个彻彻底底的浑蛋。

在那么一瞬间，他心底忽然腾起一股恶气。如果秋月白没有多管闲事地发现那个玉如意，如果他不告诉他这个疑点，也许他可以跟袁龄龄好好地生活下去，至少也不会是现在这个局面。陆云起已经无法冷静地思考了，索性把这一切都蛮不讲理地推到秋月白的头上。

浑蛋，都他妈是浑蛋。

所以当师弟面无表情地找到酒馆来，付清酒钱后把他扶回家，坐在床沿上，他已经没有一点儿思考的能力。

"师弟，你不用劝，你说什么我也不——"

啪。

秋月白抡圆了给陆云起一个嘴巴。

"你——"

啪。

啪。

"清醒了吗？"

"醒了。"陆云起默默坐起身子，酒还没醒，双眼失神。

"你瞧瞧你，把自己弄成这个样子，对得起谁啊你。"秋月白打来一盆水，将毛巾浸到水里。毛巾吸水，水挤走毛巾空隙中的空气，向上咕噜咕噜地冒泡。

"对不起师父，也对不起祖师爷赏饭。"陆云起揉脸，嘴巴里还混杂着酒菜的味道。

"知道就行。"秋月白捞起毛巾，拧干，毛巾被拧成麻花状，用力地挤出水分。

"还对不起你爹娘。"陆云起说完这句话，兀自嘿嘿地笑起来。

秋月白闻言动作一滞："你什么意思？"

陆云起一双手捂住脸，说话瓮声瓮气，但每一个字还是清清楚楚地送进秋月白的耳朵："你觉得全世界都对不起你爹娘，对吧？无论是我，还是袁龄龄，甚至师父，我们统统对不起你爹娘，我们就活该在悔恨和内疚中度过一辈子。"

"你糊涂了。"秋月白咬紧槽牙，心里的怒火已经燃烧到眼睛。

"我糊涂了？秋月白，我是你亲师哥啊。现在就咱两个人，你丫还装什么蒜？冤有头债有主，你杀不了姓袁的，就拿龄龄开涮！"

秋月白抄着毛巾，扬手摔到陆云起脸上："你说够了没！"

"没有！"

"你在这儿散德行，就是因为袁龄龄？"

"不应该吗？姓袁的杀了你爹妈，那姓袁的全家就都该死？他女儿、他的家人，就连他家里的蝼蚁都是该死的？"

"你想让我和杀我爹妈的女儿和平相处？我做不到！"

"袁龄龄有错吗？难道是袁龄龄把你爹妈杀死的？你凭什么恨她？你凭什么阻拦我们两个？"

"那我爹娘呢？我管谁要我爹娘！"

陆云起腾地一下站起，一把抓住秋月白的衣襟，把他死死地摁在墙角，一股没由来的怒气冲散他最后的理智。"别他妈说了！没完了？"他冲秋月白狂吼，形如癫狂，手上千钧力气，要将秋月白的喉咙压碎。他想踏踏实实地活着，可总有滑稽可笑的巧合把他的生活搅成一潭浑水。一边是深爱的袁龄龄，一边是亲师弟秋月白，陆云起感觉自己的头都要炸裂开来。

当陆云起逐渐清醒过来，才发现自己刚刚做了些什么荒唐的举动。连忙放开秋月白，扶他坐下。而自始至终，秋月白始终直直地盯着陆云起的眼睛。

那双表演时神采飞扬的眼睛，那双因认真思考而微微失神的眼睛，那双听师父训诫时微微低垂的眼睛，那双曾注视过自己千遍万遍的眼睛，如今都被怒火舔舐。秋月白甚至忘了呼吸，颤颤巍巍地吐出几个字，千万分的不可置信。

"你，为了袁龄龄，跟我，动手？"

秋月白的眼眶瞬间红了："你可真是我的好师哥。"

寒风凋敝树叶，枯鸦飞远，这是一个让人心灰意冷的季节。

8

转眼间又是一年春天。

秋月白从高晟的住所搬了出来，并开始了和陆云起的冷战。杀父仇人就在眼前，他不能就这么算了。所以他已经开始筹备复仇的计划。

他也会犹豫。这是他第一次杀人。内心最柔软的善良让他对杀人产生了抗拒。他最恨这种抗拒。这让他产生了一种背叛的罪恶感。所以他不得不安慰自己，这是袁大帅咎由自取，罪有应得。

他很快就找到了机会。

袁大帅准备提前过生日。下月初八。一个春暖花开的季节。

生日宴上的堂会，他也被邀请了。

这让他觉得非常诧异。在袁大帅眼里，他应当是"煽动"学生的罪人，怎么可能找他来唱堂会？可能是迫于学生的压力，想要与他和解吧。秋月白这样想着。最主要的，这样一个接近袁大帅的机

165

会，他不想错过。

袁龄龄皱着眉。今天的课很无聊，心里偏偏又装着陆云起他们的事。袁龄龄心烦意乱，整个人就像一个定时炸弹。从走廊往里走，就看见王贵田迎面走来。

"王叔，您早啊。"袁龄龄不喜欢王贵田。王贵田市侩贪财，这谁都知道。但直觉告诉她，这个精瘦高挑的男人身上藏着深不见底的危险。在爸爸身边做事已经很长时间了，可袁龄龄摸不透他，袁大帅也摸不透他。但因为王贵田能帮爸爸敛财，爸爸无条件信任他。袁龄龄可不愿跟他多说话。"袁小姐最近有点儿焦虑啊，多休息，别太累。""多谢，我会注意的。"袁龄龄想要侧过身去，王贵田却跟上她的步伐，丝毫没有停下的意思。"袁小姐有心事吧。袁大帅知道吗？"

"劳驾，我上课快要迟到了。"袁龄龄加快脚步，不禁腹诽"识相的就赶紧滚蛋"。

王贵田轻声笑了："跟你爸说不着的，那就跟我说说呗。"

"你跟那个说相声的，到底怎么回事？"

袁龄龄猛地回头，王贵田阴涔涔的笑容映在她的瞳孔里。

王贵田办公室里。

屋里乱糟糟一片，散发着很久没有打扫过的腐朽气息。王贵田跷着脚坐在沙发上，袁龄龄被绑在椅子上，动弹不得。

"王贵田，你想干吗？"

"袁小姐，这话应该是我问你吧？"王贵田一拍桌子，"跟煽动学生起义的不义之徒勾结在一起，你想干吗？"

"姓王的你想怎样，你污蔑我！有本事你去告诉大帅，你让他杀了我!"

"杀了你? 杀了你还不容易?" 王贵田大笑,"要在适当的场合杀了你,才算物尽其用。"

"大帅的生日就要到了。袁小姐执意赶到广州为他精心挑选礼物,两周后才能回来。" 王贵田歪着头笑了笑,"别担心,袁小姐。只离开两个星期而已,家里不会发生任何变故,你乘坐的火车也不会遇到脱轨、撞上山崖的情况。"

袁龄龄瞪大了眼睛:"王贵田,我看你敢!"

王贵田笑得更张狂了:"我凭什么不敢!" 说着向身边的手下挥手,"来,送袁小姐一程。" 身边的手下拎着麻绳朝她走来。

王贵田出来,上楼,走进书房。袁大帅坐在大写字台后把玩着一串麝香珠。一看见王贵田进来,他赶忙坐正,急切地问:"怎么样,小龄她同意去广州参加学术研究学习了?"

"您放心吧,我都安排好了。袁小姐会很安全的。只不过行程计算有点儿问题,恐怕她赶不上您的生日宴了。"

袁大帅摆摆手:"只要她能学到真东西,我过生日又算什么。"

王贵田笑了笑,不语。

生日宴会如期举行。今年的生日虽然比不上当年的五十大寿,但也是格外有排场。府上人来人往,好不热闹。城外的纷乱战争似乎并没有影响到他们的情绪。

酒足饭饱,艺人们在后院搭起堂会。袁大帅舒舒服服地坐在正中间,台上伶人身着戏服,粉墨登场。今天时老板也来捧场。名角儿扮好,上台亮相。所有人都不住地鼓掌叫好。王贵田躲在最后面,远远地望着热闹的人群。

最后一次了。他这样想。

秋月白正站在杂乱的后台，一颗心脏快要跳出来。锋利的匕首就藏在袖口里，再过一个小时，半个小时，十几分钟，他就要上台。他第一次独自一个人面对着未知的、恐惧的、慌乱的前方。他从来都没有面对过的。他也许会死吧，也许会被人按在地上暴打一顿，或者只有一颗冰凉的子弹穿透他的胸膛。若是在以前，师父会在，师弟们会在，陆云起也会在——那个家伙，秋月白冷哼一声，还是不见的好，免得临死之前还得受他一顿气。

想办法靠近袁大帅，然后伸出匕首，刀尖划破袁大帅的脖颈时，他就算给父母一个交代了。这是一场并不高明的刺杀，他一定会被抓住。但已经到这个份儿上，他什么都不怕。

可他无论如何也没有想到，陆云起会出现在不远处的台口。

"你怎么在这儿?"秋月白忍了很久，才赌气似的没有叫出一声"师哥"。陆云起叹了一口气:"你就想这样，一句话都不告诉我，然后悄悄死在那个牢笼一样的房间里吗?"

"咱俩打小就一块儿搭档。难道今天就破例吗? 兴许这是最后一次了，师哥必须给你量。"

秋月白眼眶瞬间红了。他怨陆云起，当初那样铁石心肠，害他受了肝肠寸断的苦，怎么现在该铁石心肠的时候，他反倒这样温柔，就这一句话，竟动摇了他赴死的决心。

"有一句话不说，我可能会后悔一辈子。秋月白，好师弟，我错了。"

其实秋月白这个人，就是一个拿心窝都暖不透的白眼狼。他总活在过去，别人怎样对他好他一概不理，心心念念的都是他的好师哥，一味认定了他，就非要个地久天长。若是个太平盛世，这样的想法也未尝不可。多么应该被好好珍惜的两个人。他们只是错生了时代。

秋月白拿起放在椅子上的表演时要穿的大褂，用力一抖，双手拎着大褂的对襟："伺候师哥更衣。"陆云起愣了一下，随后近前，手伸进衣袖里，妥帖地穿好。他想起第一次跟着师父去走堂会的时候，秋月白也是这样为他更衣。那时候两个人都很稚嫩，以为在舞台上说说闹闹就是一生。

一晃就是十年。

"走吧。"陆云起拍拍秋月白的背。两个人从容走上舞台，并肩站定。微风过堂，吹乱了一地好花香。

"学徒秋月白。""学徒陆云起。"

"上台鞠躬。"

"你看我脸上的包，肿得跟个大茄子似的！"

"你让我看见没用啊，你怎么也得让在场的各位爷看见才行啊。"

秋月白笑着扭脸面对观众，左眼一瞪，右眼一挤，使了个相儿。观众哈哈大笑。秋月白的鼻尖上渗出一层密密的汗。

时机到了。他给陆云起递了个眼色。陆云起明白了，转而又说："你瞧你，正中间坐着的那位爷还没乐呢，你得给他看清楚。"

秋月白冲着袁大帅一挤眼："爷，您上眼，在这儿呢！"

袁大帅哈哈大笑："下来，我看不清！"

秋月白翻身跳下舞台，躬着身子笑着朝袁大帅走去。再近点儿，再近点儿。秋月白左手按在匕首的把上，脸上虽笑着，手里越发抖得厉害。袁大帅的脸离他越来越近，就差一点儿了，还差一点儿了！

就是现在，他不敢犹豫，一把拔出匕首，刺向袁大帅。袁大帅一声惊呼，来不及躲闪，锋利的匕首泛着寒光，直逼他的喉咙。

还没来得及反应，秋月白的动作就被从远处传来的混乱声音打断了。

"打倒袁大帅，打倒袁大帅！"

嘈杂的混乱由远及近。袁府上上下下的仆人、家眷、来客都惊慌失措地向院子里涌来。袁大帅一脚把秋月白踢翻在地。还没等袁大帅做出动作，周围的人群已经开始四散奔逃。场面混乱极了，叫喊声、哭闹声，还有时不时响起的枪声混杂在一起。

袁大帅慌忙大喊着："王贵田！王贵田！"但是王贵田始终没有出现。他原本待着的地方，现在空无一人。

一个留着八字胡的高个子军官，昂首走进他的后院。他的身后还有自己的几千人马。高个子军官向袁大帅挑衅地一笑。

"好久不见啊，袁大帅。"

"赵瑶？你小子搞什么名堂！这是袁府！你！你滚出去！"

叫赵瑶的军官微微一笑："这里很快就不是你的袁府了。"

"放屁！来人，来人！把这个王八蛋给我打出去！"袁大帅发了狠似的挥舞着手臂，口中夹杂着难听的脏话，可所有人都各自逃命去了，没有一个人听候这个大帅的调遣。

"多凄凉啊，袁大帅。"赵瑶一挑眉，手枪已经对准了他的心脏，"可我不想跟你多费口舌。风水轮流转，永别了。"

一颗子弹冲着袁大帅呼啸而来，就在袁大帅万念俱灰的那一瞬间，一个人影飞跃到袁大帅面前，袁大帅听见子弹打穿胸骨的声音。

"龄龄！"

人影应声倒地，脏兮兮的衣服上一点点渗出鲜血，慢慢漫延。袁大帅一下子跪倒在地。

袁龄龄被父亲圈在怀里。她想告诉父亲，是王贵田操纵这一切。是他把自己软禁在遥远的广东，自己千方百计打通了关系，回到北京，第一件事就是告诉爸爸。王贵田费尽心思接近自己，绝不仅是因为陆云起这么简单。等她不顾一切地冲回了家，慌乱涌出的宾客家眷，还有已经开始往外运财宝的贪婪士兵印证了她的猜想。

一切都太晚了。

所以她逆着人流，闯进院子的第一眼，就是被枪指着的父亲。几乎是在扣动扳机的同时，袁龄龄向前扑去。胸口传来一阵剧烈的钝痛，她感觉全身的血液都渐渐变缓，也许，就这样，就这样离开了。原来这就是死亡的感觉。

这辈子让我爱过恨过的人，来生再见。

袁大帅望着女儿渐渐垂下的手，一言不发，眼角的青筋暴起。他抬起头环视四周，除了赵瑶的人马，院子里竟空无一人。那些年他器重的、他深爱的、他施恩的，在这一瞬间作鸟兽散，空空给他留下了仍旧威仪的深院。不过是残垣破壁。袁大帅再看向赵瑶，他的眼神已经由轻蔑转换成了悲悯和可怜。

袁大帅仰天大笑。

一声枪响，惊飞了高大槐树上的雀儿。

袁大帅看着自己的血和袁龄龄的血融在了一起。

来生再见。

9

陆云起悠悠转醒，头部疼痛欲裂，正欲抬手，却发现手脚被绑住。自己被绑在一个废仓库里。身边的秋月白同样被绑着，他的手部、肩部、大腿都受了重伤，尚未干涸的血痂混杂着肮脏的沙粒，他还在昏迷中。四周是错综复杂的楼梯和栏杆，他找不到出口在哪儿。

一个声音从前上方的台阶上传来。

"你们好呀。"

陆云起绝望地闭上眼睛。

"王贵田。"

王贵田倚在栏杆上，左手一直在摩挲着手枪的枪托。尽管陆云起看不清，但他的脸上挂着大大的微笑。

"又见面了，二位。我猜你们有很多话想问我，或者很多话想骂我。别着急，别着急。等我先把所有告诉你们，你们再问。"这时，秋月白也醒过来，他张张口，但说不了话，只有胸膛剧烈地起伏。

说着，仿佛倚着栏杆不舒服似的，他顺着栏杆坐在高台上，两条腿奔拉下来晃啊晃。

"先简单说说我的身世吧，你们太小，也许不知道。三十年前，那对位高权重，坊间号称只手遮天的王氏夫妇，就是我的父母。

"其实是个很简单的小故事。伟大的秋文生先生、夏韵太太，也就是我们秋月白的父亲母亲，为了他所谓的伸张正义，就把我的父母杀了，替天行道。

"他们没有发现我，我就逃了。直到五年后，我们竟然相遇了，他们竟然好心泛滥，收留了我。可惜可惜，自从我父母去世以后，没有一个人教我什么是知恩图报。

"然后呢，我就把他父母杀了。"

陆云起感受到秋月白的身躯猛地颤动。痛苦的呜咽冲不出喉咙。

"然后我就要想办法自保啊。之后我几经辗转，把那个格外精致的玉如意送到袁大帅手上，他又把玉如意送给了袁龄龄，大帅顺顺利利地帮我背了锅。要不然袁龄龄也不会那么痛苦，明明什么都没

172

做，却要承担着你们两个的责备和仇恨。

"再然后啊，那就是你跟龄龄的第一次相遇。我必须要你们接触到对方，所以那个小偷是我雇的——从某种程度上来说，我可是你们两个的'月老'呢。

"你们最想听的就是唱堂会那天吧。哎哟，那天大帅发火纯属意外，都是你们那个多嘴的师弟。但后来，大帅打算把你们放了，不再追究，那怎么能行呢。于是我就擅自做主把小六留下了。然后呢，三五个人一起，打死了，埋了。

"为的就是让你们恨上袁大帅，这样就没人注意到我这个草包王贵田啦。然后就很简单了。我跟赵大帅的事被小莹听到了，我也只好除掉她咯。最完美的脱身之计就是赵大帅要夺权，他让我里应外合，事成之后我拿着他给的钱跑路就是咯。各取所需。"

说罢，王贵田一歪头："讲完了，提问环节。"

"你他妈就是一畜生。"陆云起咬牙。

"谢谢夸奖。"王贵田眼中没有一丝波澜。

没有声音，秋月白仅仅感受到一股气流的压迫感，脸上一热，他听见重物倒地的声音。

他颤抖地转过头去，陆云起重重地砸向地面，扬起的尘埃染上了他的发尾。接着，是从他胸口涌出的汩汩热血。

"师哥——"

秋月白猛地转过头去，跳动的瞳孔里喷薄出怒火："你就这样杀了他！你凭什么！"

"我乐意。"王贵田说得风轻云淡，"我乐意啊。"

"牲口！"秋月白的身躯因为愤怒而剧烈抖动，关节处咯吱吱地响。他觉得自己的头都要爆了。

173

"你不能拿我怎么样，秋月白。傍晚之前，不会有人经过这个仓库。我有很长时间解决掉你。"

"你等着，你怎么可能销声匿迹？赵大帅一定会找到你的。"

"哎呀，找个烧伤的尸体容易吧，在他右上角的衬衣兜里塞上我的证件，容易吧，悄悄扔在楼梯的拐角处，容易吧——喏，王贵田罪大恶极，被炸药当场炸死。报纸上是不是都这么写，动不动就罪大恶极的。我父母当时也是罪大恶极，哈哈。"

"你的父母贪财腐败，藏污纳垢！你他妈的活该啊！"

"他们没有！"王贵田一下子从地上跳起身，激动地吼道，"我亲眼看见他们把家里的东西都换作了粮食，一袋一袋悄悄放在穷人家的门口！那粥厂，粥厂不也是他们亲自掏钱办的吗！他们从来就没有藏污纳垢，你们凭什么这样说他们！"

"可你就这样杀了我父母！让我失去至亲的人！"

"那我呢？这一切都是我的错？我就活该年幼成为孤儿，在凄冷孤寒中过一辈子？"

"可我的父母也只是奉命行事啊！"

"奉命行事？"王贵田明显愣住了，"你撒什么谎！奉谁的命？这不都是你爹妈一手策划的吗？"

秋月白深深地记得，临分别前的那天，师父单独留下他，除了交给他这个玉如意，还有一张长长的信。信是他父亲亲笔，后来那信被翻得散架了，但信里的每一个细节他都记得。其中就有一个人名：

"赵瑶！"

王贵田一下子跌坐在地。

"赵瑶是我父母的上司，是他鼓动父亲解决掉王氏夫妇的！"

赵瑶。赵瑶。

他脑海中忽然浮现出，当初他接过那箱金条时，赵瑶的嘴角浮起一丝微笑。

还有很多年前，遥远的记忆中，家里唯一一个贵重的物件，就是一箱被别人寄存在家中的黄金。那箱黄金，也印着一个"zy"的字样。

赵瑶。

藏污纳垢。

新任大帅。

王贵田终于看懂了。那个始作俑者，那双操控着全局的大手。自己费尽心思尔虞我诈这十多年，竟是在给别人做嫁衣。

王贵田呆滞地望向跪在地上痛哭不已而脸色苍白的秋月白，忽然觉得自己的手真脏。这一路坎坷痛苦风霜雨雪，都是自己种下的苦果。但自从秋文生夫妇去世的那个夜晚，他就再也无法回头了。

自己无辜，那秋月白呢？曾向自己伸出援助之手的秋文生夫妇呢？袁龄龄、小萤呢？他猛然发现，他为了自己的仇恨，竟然将那么多的命当成了自己的垫脚石。他慌了，像个孩子一样手足无措。

现在他知道了，赵瑶是幕后主使。他恨吗？他要复仇吗？他要再一次费尽心思让赵瑶加倍奉还吗？他不会。王贵田已经没有力气仇恨了。或许是赵瑶算准了他的心，才这样放心大胆地让他做事，坐收渔翁之利。真高明呀赵大帅。王贵田只想闭上眼，睡个安稳觉。梦里有花有草有树荫，在格外熟悉又因为过于久远而显得陌生的小院子里，爹妈还牵着他的手。

"父亲、母亲。"

他想起那年春天，父亲在那张投下花影的宣纸上，写下了"仁义"二字。他想起年幼时母亲抱着自己，她说不管怎样，以后田田一定要做个温和善良的人。

他记得自己干干脆脆地回答："田田会的。"

可是他没做到。

于是他跪在地上，将手里的手枪上膛，慢慢举起，将自己的心脏对准黑洞洞的枪口。

"是我错了。"

消音手枪没有声音，他无声地倒在地上，扬起一阵尘埃。

窗外的海棠开了，一树海棠摇曳，鸟儿来衔花香，同样没有声响。

10

一曲唱完，台下掌声雷动。

他也跟着鼓掌。

后来，一个路人路过，救下了秋月白，但陆云起已经救不回来了，秋月白眼睁睁地看着一个鲜活的生命从隐蔽肮脏的工厂走远。从那以后，很长一段时间，秋月白整日恍惚，走不出来。那时战火蔓延到了世界的每一个角落，是高先生带着他，东躲西藏躲避着战火，当他终于从强烈的冲击中走出来时，外面已经换了一个天地。

新中国成立了。

他从一个"说玩意儿的"变成了"文艺工作者"。那天他失声痛哭。"好啦好啦。"高先生轻柔地拍打他的背，安慰他。都结束了。

他真的好转了，但他逢人便说自己叫陆云起，一遍又一遍执拗地说。高先生看了，也只是无言。

他们只想好好活着。

时光如水，脉脉远逝，听不见一点儿响动。五十多年过去了，他已然全好了。这是崭新的生活。高先生在两年前去世了。当年的荒唐岁月，好在有人陪，再苦的日子也能咂出点儿甜头。如今他身边还有谁呢。

现在他望着台上的人，不由得产生了一阵怅然感。年轻时撂地，说一上午都不带喘的。现在可不行了，上台说几十分钟单口，下了场，背心就湿透了。不服老真是不行。

他不由得想起了他自己，他的师弟、师哥、师父、爹娘。之前觉得当师父的感觉真不错，可直到自己真的当了师父，手下多了二三十个依靠着自己的小毛孩子，才知道当年的师父有多不易。

他笑那个年少不更事的自己。事非经过不知难啊。

二徒弟察觉到师父情绪的异样，思忖再三，还是上前轻声询问："师父，您……您是不是想我师爷了？"秋月白眼底的落寞一闪而过。"没事，演你们的。"

台上的《报花名》唱完了。

对了，后来有人把《花为媒》中的《报花名》改了，写的词蛮好听，唱出来也有意思。他听着好，教徒弟也是教新版的，反倒是他最早学过的，承载着无数记忆的那版唱段，被他遗留在记忆的长河里，渐渐淡忘了。

人活到这个岁数上，仍旧是贪恋安稳的。他有时常常想起从前，那些春花暖软流水淙淙的当年，他们几个并肩前行，脸上心上，全都是青春年少的意气风发，万丈风采。

可现在，他们都在哪儿呢？

花谢了，花走了，花飞了。落花逐流水，他留不住流水，也留不住落花。

在这样阳光明媚的美好春日，他再也看不见一朵花。

"命途多舛被时局裹挟的人啊。"

番外： 那些花儿

　　熙攘街市上，车辆川流不息。陆云起坐在公园门口的长椅上等待。纯白耳机里，朴树轻轻吟唱着。街道嘈杂，他的内心却格外宁静。一个年轻的姑娘匆匆走过，她的脚步急切而又轻快，嘴角勾起明媚的微笑。那路的尽头，一定等着一位值得让她微笑的人。陆云起眯着眼，细碎的阳光洒下来，洒在陆云起的面庞、眼角、眉梢。

　　那片笑声让我想起我的那些花，在我生命每个角落静静为我开着。

　　感觉像是有人朝自己走来，陆云起睁开眼睛，看到那人由远到近，身形由模糊到清晰，那一刻风儿轻起，阳光好暖，好温柔。
"哥。"

　　陆云起和秋月白并肩走在公园里。
　　"知道今天要出来写生还迟到，昨晚没睡好？"陆云起问。
　　"都赖老邵头儿，知道我们作业多，还留那么多——速写。"秋月白尽全力张开手臂，以凸显速写的"多"，"不像你，早早脱离高考的苦海，投入大学的美好怀抱了吧。"两个人选了公园里一个安静的角落，放下背包整理画板。
　　"不走美术专业，偏偏还赖在师父这里不走，那你怨谁啊？我高考复习的时候，你还只顾着疯玩儿呢——没吃早饭呢吧，"陆云起从背包里掏出一个油纸袋，递给秋月白，"喏，玫瑰饼。"

"谢谢哥！这是小龄姐给你的？玫瑰饼多得吃不完了吧——"

"话多。不吃就还给我。"

"是不是是不是！肯定是小龄姐给你的！你就是死鸭子嘴硬，明明那么喜欢小龄姐还不跟人家说……哎，你干吗踢我……我说，哥你得抓紧了啊，你看你们班那个李大伟，天天拿眼贼着小龄姐，每次你俩说话都让他给搅和了，我去你们学校找你的时候，就见到过很多次。你……"

"滚滚滚！就你明白。"陆云起伸手，使劲摁秋月白的头。

我曾以为我会永远守在她身旁。

今天我们已经离去在人海茫茫。

"小萤……"陆云起想起什么似的，忽然说着。

秋月白烦躁地把笔插回笔筒里："别提了，人家压根没看上我。"

"你怎么知道？她跟你明说啦？摊牌啦？好人的小卡片可以发起来啦？"

"咱能让人家女孩儿主动发好人卡嘛，她刚一说'不……'的时候我就明白了，冲她一摆手就走了。"

陆云起撂下画笔："万一人家说的是'不可思议，等了这么久你终于说了，我愿意'之类的话呢？"

秋月白也撂下画笔："……说得对啊。"

"傻玩意儿。"

起了一阵风，眼前的湖面波光粼粼。一朵桃花花瓣掉落在画板上，秋月白没舍得拂去。

她们都老了吧。她们在哪里呀。

"哎，苏鹏哥呢？"秋月白抬起眼望着陆云起。陆云起撑着头发呆："你花儿嫂和苏鹏哥都快考研了，他俩一块儿泡图书馆呢。"

"唉，有异性没人性。"

"你这没异性的也没见有点儿人性啊。"

秋月白想知道为什么自己要花一个大好的周末陪着这个嘴欠的玩意儿。

"好好学吧你。不是想着要学医，以后救死扶伤吗？等你考上北大医，哥请你吃饭。"

"先别说以后，今天中午去哪儿吃？回家吗？"

"我不用回家。爹妈出去旅游了，家里没人。"

"那你中午吃什么？"

"玫瑰饼——嘿嘿嘿——"

"没完啦你！"陆云起蹿起来捶秋月白，秋月白边躲边讨饶。

幸运的是我，曾陪她们开放。

两个人嬉笑打闹。逆着光行走，两个人眼中，是很好的彼此；两个人心中，是很广阔的未来。

在这样和平安稳的岁月里，每个人都拥有爱与被爱的勇气。

这是幸事，要千万珍惜。

180

远　征

0

　　很多年以后，洛一尘孤身一人站在指挥作战的高台上，面对着前面数以万计的战斗型机器人，总是忍不住回忆起他参与的第一场战斗。台下的机器人一片死寂，只有双眼的位置闪烁着黄色的光线。这是他们进入战前准备状态的标志。机器人最懂得服从命令，可他还是隐隐觉得恐惧。洛一尘下意识转头向后望去，目之所及只剩空荡荡的高台。他自嘲地笑了，走向中央的圆台，将手掌轻轻放在感应区。一瞬间轰鸣四起，数万个机器人一齐启动，在黎明即将到来的前夜里暗自疯狂。洛一尘一步一步，走进机甲舱，机械轮转的声音灌满他的耳朵。洛一尘喃喃自语："来吧，这是最后一次了。"

1

　　"我们中间有卧底。"
　　这句话一直在杨鑫的脑海里回荡。他们在地下会议厅开会的时候，外面正下着大雨。狂风怒号，滚滚雷声，都被顶尖的隔音设备挡在了外面。贺岚端坐在长会议桌的一端，说这句话的时候，贺岚面无表情。

"刚刚完成的机器人平叛任务中，远征计划各个部门都受到很大影响。总部的指令，是要求把这条消息传达给全体成员。事实上，就算总部不提这件事，我认为你们也需要清楚我们的处境。

"我还是那句话，以后的所有行动，都给我小心一点儿。"

贺岚说这话的时候，杨鑫听到一声沉沉的叹息。

远征计划已经启动十年了。科技发展到现在，几乎没有什么是人工智能解决不了的。事实上，从十七年前一款最新型全能型机器人面向社会推广的同时，社会舆论也再一次把超能机器人推向风口浪尖。机器人功能太强大，家务能做，商品生产能做，数据分析能做，甚至当人们需要一个拥抱，机器人都能自动调节自身温度和表面硬度，给人一个真切柔软的怀抱。机器人是否会拥有自己的思维？人类存在的价值是什么？社交网站上几篇头条文章引起了新一轮的争辩和恐慌。各个专家学者观点不一，社会舆论纷杂。人类总得未雨绸缪，于是"远征计划"应运而生。这个计划是国际性的，他们需要系统地管理全球机器人操纵网络。原本"远征计划"的工作只是常规的检测和修复，直到七年前一场机器人叛乱，挑起了危险的开端，而且涉及范围越来越广。而深入调查后，他们发现失控事件并非意外，是有组织故意而为之。虽然该组织行动原因不明，但这件事引起了世界各国的重视。各国联合，远征计划立刻被大力推广，广纳高科技人才，集中解决失控事件。远征计划仿佛是溺水者紧紧抓住的浮在水上的木板。远征计划越来越庞大，逐渐形成现在的体系。这几年中，一直是他们在明，X组织在暗。但当远征计划重新启动的时候，X组织也销声匿迹，沉寂了——或者说是暗伏了——

很长一段时间。他们需要紧密关注各自管辖范围内的机器人网络，还要时刻追捕 X 组织。杨鑫加入这个计划不算晚，一直在实战组，除了必要的实战外，还参与作战设备的规划部署。刚加入远征计划不久，他就被安排去参与平定机器人小规模叛乱。尽管是小规模，但那冰冷又血腥的场面在他的心里留下了极大的冲击。也就是那一场平定战争，蒋老师……

"嘿，愣神啦?"杨鑫猛地回神，见周围同事都走光了，只有洛一尘一条腿跨坐在会议桌上，双手抱在胸前，笑吟吟地看着他。洛一尘是他所在的作战组的组长。二十啷当岁的少年，圆脸，小兔牙，笑起来弯月似的眼睛，身量不算高，很容易让人感到亲近。活脱脱一个俊俏的奶油小生。谁能想到这样可爱乖巧的小洛组长，十八岁那年，在狭隘的机舱里，只身一人挑翻一个失控的战斗型机械手臂。组长可是天才——事实上，这个组织里的每个人都是天才。

"岚哥开会你都敢走神，行啊哥哥。"杨鑫分辩道:"谁走神了，我就是——嘿! 你怎么还上桌啦! 岚哥刚一走你就造反是不。""诬陷组长造反? 没大没小的，我'讨厌'你!"杨鑫伸手要闹他，这话一出两个人都笑了。这是因为前两天训练时洛一尘偷吃组员李逸轩的饼干，被李逸轩发现。一米八几大长腿李逸轩绕着训练广场撵了洛一尘三圈也没撵上，气得李逸轩叉着腰大喊:"洛一尘! 你再吃我饼干，我、我……"李逸轩一时没措好辞，憋得脸通红，最后在众目睽睽之下大吼一声"我讨厌你!"这句凶巴巴的"狠话"被实战组的人津津乐道。他们还特意把组内通信群名改为"今天李逸轩讨厌小洛组长了吗"——实战组的氛围一直很轻松，他们自己都明白，这就是苦中作乐罢了。不然怎么挺得过高强度的训练和残酷的作战。

"你别闹了，我跟你说正经的。"洛一尘随便理了理乱七八糟的短发，扯过一旁的椅子坐下，正色道，"刚刚岚哥说的——'叛徒'——你怎么想?"杨鑫忍不住皱眉:"嗨，我还能怎么看。既然有，多加小心就是了。就算搭档……也留神吧。"为了确保行动的安全性，远征计划一直实行搭档制。同组人两两一组结为搭档，互相配合，或者组织上指定搭档。当年杨鑫总是没有合适的搭档，久而久之也就被搁置了。现在出去实战会临时和洛一尘一组，配合得也不错。"虽然你比我强得多，但我还是得说:你小心点儿。"杨鑫拍拍洛一尘的肩，"现在可不比从前在学校的时候了。"

　　"知道。谢谢鑫哥。"

　　沉默了半晌，洛一尘问:"'银星'有进展了吗? 你问过夏启年了没?""银星"是最近一次人机对战现场留下的残缺芯片。银白色的，不规则的碎片，一面光滑如缎，一面布满了密密麻麻的纹路，就像木星的表面。这是最近一次组织评判的新发现，机器人暴动时间越发频繁，而以此数据分析，研究组发现虽然只有细小的几个碎片，但与其他几场战争做过对比后，芯片上存在一种特殊材质，这种材质只在这几次战役中出现在叛乱机器人的手臂上。只可惜这芯片的破译工作异常困难。"还没呢啊，夏启年他们还在做。不是我说，这是真费劲。老夏熬得脑门锃亮，连吃饭都顾不上。"

　　"呀，我听到有人说'银星'了。让我看看是谁在说'银星'坏话。"研究组组长夏启年先生此时微笑着迈进会议厅。夏启年总爱笑，一双杏眼，笑时眉眼都弯下来，温温柔柔，似乎对谁都很亲切。三十二岁，除了管理组的那帮老头子，夏启年算是远征计划里年纪比较大的了。平时就像幼儿园的带队老师，操着一颗老父亲的心带领研究组的一帮小孩儿，倒也闯出不错的成绩。随后，亲搭档顾帆也紧跟着夏启年迈步进屋。和夏启年不同，顾帆行动老派，说话慢条斯理的，二十四五岁的阳光少年，一头自来卷，端着一个搪瓷杯子走天下。这对搭档走在街上，五六岁的小孩儿管夏启年叫"哥哥"，再看并肩站着的顾帆，就得皱着眉头纠结到底是喊"叔叔"还是喊"大爷"。此时小顾正捧着夏启年的钥匙链，玩儿得津津有味——顾帆小动作特别多，这大概是小时候留下的毛病。

大门霍地一下被推开，洛一尘一听这个脚步声，就知道这就是"举铁王"张峰来造访。张峰眨巴着一双小眼，一身腱子肉。别看平时二虎吧唧的，组织行动可是一把好手。如果说洛一尘带领的实战A组是以作战为主的话，张峰领导的实战B组就是专门负责整栋帝国大厦的所有安全保障。A、B两组交替行动，在最大限度上保证大厦的安全。此刻张峰正被搭档王鹤笛摁着走进会议室。实战B组王鹤笛，架着一副金丝边眼镜，脸圆乎乎的，做事稳重，正好跟张峰互补。然而斯文的外表掩盖不住格外造作的狂热内心。但还好，王鹤笛稳当，张峰创新又不逾矩。实战B组和A组配合得相当默契，两组人亲如一家。这几位组长作为远征计划的中坚力量，互相弥补，组成了黄金阵容。这是远征计划里最有力的武器。

洛一尘见人渐渐多了，不禁疑惑："哥哥们，你们今天组里没工作啊，怎么在这儿扎堆儿了？"

一听这话，张峰一蹦三尺高："楼下吃烧烤啊！昨天不是刚说好要去的吗？你虎啊你！"夏启年轻拍洛一尘的肩膀："坏了，你这是戳到他的心窝里了。峰哥一天念叨八回烧烤。"

王鹤笛四下看看，眉头一皱："阿洛，你搭档祁阳呢？刚刚开会就没在。"实战组祁阳，一提起来也是如雷贯耳的天才少年。祁阳是洛一尘师父的养子。祁阳和洛一尘是从小一起长起来的。后来入军校，洛一尘实战，祁阳就专攻战略部署。两个人都是二十啷当岁，可一起搭档也有十年的时间了。少年人意气风发，几年间就成为远征计划中冉冉升起的新星。

"这不总是跟着研究组一块儿实地考察吗，我都不知道他干吗去了。你问启年哥要人吧。"

夏启年正要答话，就听会议室的门嘀的一声向一旁滑开。七人回头看向门口，实战A队的祁阳冲他们摆手："哟，你们都在啊，太好了太好了，岚哥让我通知各位组长，都去岚哥那里开个会——搭档也去啊。"

"开完大会开小会，岚哥没完了？"顾帆把钥匙链揣进兜里，抬起手臂，在投到空中的智能屏上戳来戳去，"没收到消息啊。岚哥怎么不直接通知我们？"祁阳耸肩："岚哥说的是'顺便'把你们叫来——瞧瞧，岚哥都懒得直接给你们发信息，您就是捎带手儿送的减免券啊。"夏启年捶胸顿足："组长没地位啊。"洛一尘蹿下桌子，拍杨鑫肩膀："小杨同学，还坐着呢？一块儿走吧。这顿烧烤算吹了，你该撤就撤吧。"杨鑫应了一声，胡噜一把头上的小卷毛，立起身跟上来。几人一起进了电梯。

电梯到达三层停车坪，杨鑫先一步下电梯，洛一尘倚在电梯口，向他挥手。随后电梯门铮的一声咬合，冷冰冰的金属箱子把他们送往大厦的更深处。

迎面一声惊雷炸开，激得杨鑫浑身一颤。抬头看，天上仍是瓢泼大雨，丝毫没有停的迹象。现代科技不能强行逆转自然环境，这是国际明确规定的。杨鑫叹气，那几条设有智能隧道的路应该已经堵得水泄不通了，尚未修建的又不好走，杨鑫只得返回办公厅，等雨停。

大厦二十层。祁阳将视线与门边的扫描仪对齐，瞳孔扫描后，门嘀一声开启。祁阳一翻包发现包裹没带，只好在传送窗口等待小机器人卡卡送上来。一行人先行进屋，在办公桌前站定，"岚哥。"

"祁阳呢？"

"他在外边呢，等卡卡把文件给他送上来。"洛一尘说。

"那你们先坐。"贺岚眉头紧锁着，几个人不明所以，依言在桌前坐好。

"'银星'有进展吗？"

不出意料的询问。夏启年答道："还在做，现在……还在破译中。"

"好。"贺岚扔下这一个字，随后双手交叉撑着下巴，眉头紧蹙。办公室里陷入安静。而后，门口叮一声响，祁阳提着一份包裹迈步进屋。贺岚示意祁阳打开包裹。

"现在叫你们来呢，有些事情我要再强调一下。"

贺岚从包裹里拿出一个白色的盒子。纯白的色泽，散发着金属的光芒，贺岚随意叩动盒子，然后盒子向四周解体，盒子的中心只有一行字——

"机械永生。"

如果这还不够说明什么问题的话，那一打开盒子就瞬间充斥屋子的黑色 X 符号足以让屋子里的每一个人都为之一振。

"只是投影，别紧张。"贺岚在盒子表面滑动了几下，X 字符就渐渐黯淡，化作齑粉，消失了。

"这算什么？挑衅？"张峰咬牙，手上暴起青筋，王鹤笛拍拍他手背，示意他冷静。

"这个，我说是挑战，也不为过吧。"贺岚深吸一口气，"这么多年了，机器人暴动一起接着一起，最近尤其频繁。

"X 组织是在针对远征计划。

187

"会上我也说了，有关叛徒的问题，是刚刚接到的消息。最近所有研究都陷入了瓶颈期，X 组织也在暗处鲜有动作，这样拖下去，我们消耗不起。

"组织内有卧底，这是总部研究后给出的肯定答案。这也是管理层决定走的一步险棋。这样一来，X 组织一定会有行动，你们都得盯紧了，多留神啊。"

"是。"

"还有，别轻易相信别人。"

"是。"

2

二十年前，远征计划正式成立的发布会上。

简约大方的会场里，人们说话的声音很嘈杂。发布会后有宴会，很多人都簇拥在一个微胖的中年男子周围。作为远征计划的主要负责人之一，罗成老师，正微笑着收下人们花里胡哨的溢美之词。"恭喜啊罗老师！""您一定能再创辉煌，到时候世纪科技大赛的金奖一定是您的！""年少有为！""了不起啊！"

罗成白净的脸上堆着笑，可明显是无心久留。简单的场面话说过几轮，他就看准时机半推托着抽身而退，把这堆人一股脑扔给他的助手，自己躲闲去了。

罗成往人群中张望，很快就找到躲在角落的那个清瘦的男人。"老蒋！"罗成端着高脚杯一溜小跑，气泡水打在玻璃杯壁上，叮叮当当一通响。

蒋文远这里就清静很多。他向来低调，同样是远征计划的创始人之一，人们对"蒋文远"这个名字的印象仅停留在屏幕上的一篇篇蜚声中外的论文里，或者是偶尔出现在新闻里的某项发明的专利人。但也仅此而已。很多人甚至记不住蒋文远的样子。这样信息爆炸的时代，能如此低调实属不易。蒋文远不爱热闹，一个人躲在角落里，倒是不错。看着罗成急吼吼地往自己这里跑，赶紧站起来迎他。"您倒是慢着点儿啊，挺大个科学家净出洋相。"罗成满不在乎地甩甩手："你怎么也说这个啊。我这不是特意到你这儿躲躲清静嘛。"

"洛哲呢？"蒋文远问。

"嗨，他也懒得应付这种场面，直接装病没来，这会儿应该是在家陪孩子呢。"

"他倒省心。"蒋文远乐了。

"我正考虑着给咱仨找个发言人什么的。你俩一躲，总不能让我孤军奋战吧。"

"我支持你，心理上的。"

"行了吧你，净说这没用的。"罗成像是想起了什么，凑到蒋文远跟前，神秘道，"老蒋，你打算去参加世纪科技大赛吗？"

蒋文远摇头："我听说那个比赛了，不是很感兴趣，我也没时间。那个全能机器人就够我忙活的。"

"也是，刚才我还看见委员会的人了，特意问你要不要去。委员会不是新换了个会长嘛，听说这是新会长的意思。我本来想直接拒绝的，后来一想还是得问问你。一会儿我去帮你推了。我估摸着，会长是想让你的小机器人投入市场量产呢。"

蒋文远只是一笑，并不作答。

"啊，对了。给你介绍两个小孩儿，老洛推荐过来的。天分不错，人也踏实，回头你多带带他们。"罗成向身后招手，蒋文远应了一声，抬眼看。两个半大的小伙子，一个略高些，总带着笑模样，

"陆晓宇"。一个架着眼镜，眼睛却是亮晶晶的，"贺岚"。

两人鞠躬叫老师，蒋文远赶紧起身，一时又不知道该说什么，倒显得比孩子还要局促。罗成在一旁大笑："老蒋你赶紧坐下吧，这俩孩子都比你大气。"蒋文远摊手："你们都叫我老蒋，我也是第一次正经八百地被人叫'老师'啊。"罗成又笑，两人聊着别的话题。

陆晓宇和贺岚在一边立着，静静听两位老师说话。陆晓宇闲不住，跟贺岚咬耳朵："蒋老师真有气质。"贺岚站在身后垂手，听陆晓宇这话，偷眼看，蒋老师正听着罗老师说话。说到尽兴处，罗老师就比比画画，蒋老师在一旁专注地听，或者简单接两句话，单手扶眼镜。蒋老师是丹凤眼，一对卧蚕很漂亮，可浑身上下都散发着与实际年龄不相符的儒雅——或者是老派的气质。贺岚别过脸去，悄声说："蒋老师真有种成熟稳重的气质——我爷爷能跟他论哥俩。"陆晓宇没绷住，扑哧一下乐出声。罗成一回头："你们俩小子嘀咕什么呢？"两个人异口同声："没事没事没事。"

远征计划的基地选在一片远离城市的空地上。地球被城市包围了。就连浩渺的海面上也留下人类的足迹。在这样一个飞速前进的工业化时代，能找到这样一块广袤的空地真是不易。在这一片灯火通明的城市，倒显得寸土寸金了。

蒋文远请两位小徒弟去他家里坐一坐，吃个饭。去过蒋文远家里的同事都说，这个掌握着最前沿技术和资源的男人，家里过得像上个世纪一样。就算是喝水，都要先烧一壶开水再凉凉。市面上那些安全又节能的饮水机卖得正火，但蒋老师从来不用。他拧开矿泉水瓶，把凉水兑进滚烫的热水里，盯着杯口渐渐消失的白色水汽，无言。

"蒋老师，我总觉得您是从三百年前解冻出来的。"

"为什么啊？"

"您总有一种，就是一种老成持重的感觉。实话跟您说，我吧，总能从您身上看到我祖父的影子。"

蒋文远被逗笑了，抬手作势要打，贺岚赶紧护住脑袋瓜顶往旁边躲。"倒不是你一个人这样说，你们洛哲老师也老说我。其实也不是我稳重，是你们哪，太毛躁了，踏实不下来。倒也不怨你们，科技发展到现在，你们能亲手做的事情越来越少了。说真的，你们都没见过什么是钥匙吧。"

贺岚挠头："听家里人说过，不过现在全都是电子锁，那玩意儿现在应该用不着了吧。"

"科技真的这么好吗？"

贺岚不明白蒋文远的意思，不敢说话。蒋文远不语，只是抬手拍拍贺岚肩膀，转身走进厨房，忙活着正煲着的汤。

8

会议室外的人并不知道他们的谈话。全员大会后，小角色为自己谋前程，稍微有头有脸的就为日后提前做打算。只是从会后开始，他们一直都处在莫名的不自在中，这个"叛徒"仿佛正监视着他们的一举一动。

雨一下起来像是絮絮叨叨的老太婆，一张嘴就说个没完。杨鑫埋头吃面，时不时扭头看一眼路况。桌面窗口满屏的红色路段让杨鑫不住叹气。好在公寓离大厦也不算远。杨鑫凝神盘算着顶着雨回家的可行性，没注意到身后人恶作剧似的一掌。啪的一下，拍得他一声闷咳。猛地回头，就看见身后精瘦的男孩冲他得逞似的坏笑。

"逸轩？你怎么才下班啊，我以为一散会你就走了。"

"这就挺早的啦。"李逸轩皱着眉,"幸亏下雨了不用训练。哥你又不是不知道,平时这个时候,我连训练都没完成呢。"

杨鑫一想起李逸轩谈训练而色变的样子,眯着眼,满嘴片儿汤话:"咱们岚哥器重你,让你多练练。回头岚哥亲自带你的时候,你可别受不了啊。"

李逸轩脸色登时又变了三变:"他老人家日理万机,可千万别看上我。"

"多少人盼着岚哥给指导指导呢,你反倒往后躲。当年好几万人里,你是唯一一位脱颖而出被录取的,您才气外露得厉害啊。"杨鑫看着李逸轩一脸肃穆的样子,自觉好笑,又道,"其实岚哥没那么可怕。他就是近几年才变得这么阴郁的。当年岚哥可比你峰哥能闹腾,那也是动不动就上房揭瓦的主啊。"

"岚哥就是因为蒋老师才……这样的?不至于吧。"

杨鑫眼色黯了黯,随即抬手胡噜一把李逸轩:"小破孩儿什么都不懂,别瞎说话。"

"喂,你也没比我大多少啊!"李逸轩不服气地嘟囔。杨鑫付过钱,立起身就往外走。

李逸轩叫住他:"你干吗去?"

杨鑫头也没回,把随手的背包往肩上一甩:"回家。"

"嘿,"李逸轩叫他,"后天下午有球赛,去不去?"

杨鑫嘿嘿一笑:"下班别走!"

洛一尘闭眼深深吸了一口气,随后走下飞行车,立在这扇古风的大门前。最近的事太多,他隐约有些想法,却是一团乱麻,抓不到头绪。每当这种时候,他都会去找他师父罗成。这个主动让贤隐居二线的科学家,回到大学当教授,心中无比豁达和通透。从某种程度上来说，罗成在他心目中的地位甚至比他的那个一年到头也见不到几回面的神秘老爸还要高。洛一尘犹豫再三，还是摁响了门铃。门前显示器闪了一下，亮起绿色的指示灯。洛一尘知道屋里人接通了视频。"师父，是我。"他听见视频那端连应几声，紧接着大门缓缓打开，罗成在拐角处小跑出来迎他，蓬松的头发一弹一弹，略显俏皮。

科技迅速发现，连带着大众审美都偏向简约现代风尚，像罗成家里这样坚守古色古香的可不多见。罗成偏爱古风，小桥流水，翠竹奇石，将住所打造成如此风尚也是颇费一番周折。罗成带他来到院中，自己仰在竹椅上，歪着嘴喝茶，大有在竹林中修炼成仙的架势。

洛一尘自己从旁边摸了一把藤条椅坐下。

"怎么，见到你爸爸了吗？老洛还好吗？"见洛一尘不吭声，罗成忍不住叹气，"有时间去看看他吧。他虽然说着只想远离城市的纷扰，可终究是惦记着你呢。

"行了，说正事吧。怎么今天来看师父啦，咱爷们儿也遇到难事啦？"

洛一尘把今天在会上的情况一五一十地跟罗成念了一遍，罗成听了皱眉："我也不是第一天认识小岚，就是因为他小心谨慎，我和你父亲洛哲才放心把远征交给他。直接公开未免太冒失。"洛一尘道："这应该是远征计划管理层的意思。"罗成摇头："这几个月我没参与管理层的会议。回头我去问问他们。"

洛一尘捏着衣角，轻轻道："我也不知道该怎么办。如果是这样，那就是要我连祁阳都提防着吗？从小到大，我都没有想过要怀疑他。"

罗成摆手："做你该做的就行。祁阳那孩子老实，无论是什么情况，你都需要给他你最大的信任。——这也是你父亲的意思。……行了，没事，我知道了。你就忙你的吧，这事你还是先别多想。有事就跟师父说，啊。"

洛一尘点头。

"知道你忙，师父不留你了，你先回吧。"

"对了，阿洛啊。"罗成叫住洛一尘，洛一尘赶紧转身："师父。"

"下次腿儿着来，一共也没两步路，别开着那辆飞行器在我眼前蹿来蹿去的。我看着眼晕。"罗成仰在藤条椅上嘬了一口烟，"再让我见到它，我就给你砸咯。"

两天时间转瞬即逝。今天李逸轩一反常态，训练异常积极，甚至提前完成了任务。当教练说李逸轩可以离开的时候，李逸轩蹿起来就跑，还不忘对着杨鑫做一个"你训练完直接去看台找我"的手势。杨鑫握着激光枪托准备射击，想要给李逸轩一个回复，又被教练警告的眼神压了回去。训练不大顺利，拖到很晚杨鑫才勉强合格。急匆匆赶到停车坪，杨鑫总觉得忘了做什么。啊，数据测量。杨鑫一拍脑袋："什么记性啊。"他埋怨自己。最近忘性越来越大，刚刚饶科那孩子还提醒自己呢。无奈，他只好折回电梯口，不情不愿地按下 B2 键，一边拨通腕间的视频通话，向等自己一起看球的李逸轩道歉，不出意料地引来了李逸轩一记眼刀。

垂头听完李逸轩长达两分钟的埋怨，杨鑫霍地推开实验室厚重的大门。夏启年还在跟难缠的"银星"进行斗争，正入神，被杨鑫的开门声吓了一跳："杨鑫，你怎么回来了？愁眉苦脸的，球赛取消了？"杨鑫无可奈何地指了指眼前满屏的数据："还球赛呢，今儿晚上我就跟它过了。现在我就指着明天我兄弟替我实况转播了。"

夏启年笑了："得，你跟数据长相厮守，又岂在朝朝暮暮。"

194

"去你的吧。"杨鑫抄起一团废纸朝他扔过去。

夏启年的研究工作依旧毫无进展。夏启年叹气，这种工作偏生不能着急。抬头揉揉眼，看见杨鑫还在一堆堆数据中苦苦挣扎，登时神清气爽。"兄弟，我这儿可差不多了啊，先撤一步。你也别熬太晚。"杨鑫没抬头，挥了挥手算是打过招呼了。

二十分钟后，一颗毛茸茸的脑袋从门口探出来，杨鑫没注意，吓了一跳。"哎！小顾啊，哦哟吓死我。""启年哥呢？""他刚走了。"顾帆纳闷："今天怎么这么早？"杨鑫耸肩，顾帆见杨鑫正忙着，没有久留，打了招呼转身走了。又闷头忙了一个半小时。杨鑫才算做完。把文件给岚哥传过去，抬头看看显示屏上的时间，还球赛呢，再过半个小时李逸轩就该来值班了。

正收拾着桌面，头顶的悬浮窗忽然闪动。杨鑫皱眉，夜很深了，有什么任务这样紧急需要现在通知？杨鑫隐隐觉得不对，还没等他向管理层核实，尖锐刺耳的警报声就在这时骤然响起。

"足球场，机器人叛乱，快来！"是李逸轩的声音。

几乎在同时，所有实战 A 组的组员收到洛一尘的语音："A 组所有人，足球场集合！"

杨鑫拎起作战包冲进飞行车，向球场飞驰："李逸轩！你在哪儿呢？有事没事啊你？"

李逸轩很快传回语音，背景声音很杂，能想象李逸轩在嘈杂中冲着手腕一通嚷嚷："我没事，你们赶紧来——哎哟别挤我别挤我，啊啊啊踩我脚了——"

嗯，看样子是没事。自动飞行器正全速冲向足球场，杨鑫手上快速换装备，却因为李逸轩的下一条语音惊得动作一滞："我靠，你绝对猜不到我看见谁了——夏启年！"

杨鑫赶到，单手撑车门，翻身跃下飞行器。全力奔向足球场，却看见组里其他队员正在周边有条不紊地做着保卫工作，丝毫不见作战前的紧张。杨鑫抬头，不远处两个机器人立在角落里，乖乖巧巧。旁边，洛一尘叉着腰对着李逸轩一顿数落："你下次拉警报说清楚点儿好不好？就两个破裁判机器人还值得这么兴师动众？连一个人员伤亡都没有，你这一嗓子，像是直接来了八个战斗手臂。你吓死我了你！"李逸轩面对洛一尘劈头盖脑，十分委屈："当时特别乱，所有人都往外涌，我看不见下面是什么情况，就只好先联系你们了。"

　　洛一尘揉揉眉心，给自己顺气："一会儿等夏启年他们来，看看有没有什么用得上的东西。"一听到夏启年，杨鑫赶紧上前，拉过洛一尘和李逸轩，压低声音道："阿洛，刚刚逸轩在这里看见夏启年了。"

　　李逸轩如梦初醒："对对对！绝对是他，但我就看到他一眼，刚想叫他，后面一大妈给我撞了一个趔趄，再找就找不到了。"

　　洛一尘皱眉："老夏？我跟他也有几年的交情了，也没听说他爱足球啊——话又说回来，这会儿他不是应该坐在实验室死磕'银星'吗，来足球场干吗？"

　　"两个小时前他就离开实验室了。"杨鑫回答。

　　洛一尘想了想："单凭这一点就怀疑老夏，未必太过草率了……"说罢低头讪笑："嘻，这算什么啊。都赖岚哥开的那个会，我现在看什么都疑神疑鬼的。先记着有这回事吧。别声张。"说着一拍李逸轩："回头让体育馆负责人把监控和赛程记录都发给我啊。"李逸轩应了一声，走开了："鑫哥，快叫老夏来，请他收集资料。"

　　顾帆坐在沙发上，窗外的景致依旧那么美丽。夜色深沉，可顾帆毫无睡意。还不是因为"银星"。真是一块难啃的骨头，白瞎了这么好听的名字。顾帆腹诽。夏启年带着组里人用了很多种方法，方案推了一个又一个，可依旧没有进展。这种纹理很特殊，数据库没有这种材料的记录。启年哥跟自己带着这么个小东西寻名师访高友，可哪个老师看了都挠头，支吾着说不出个所以然。岚哥虽然没明说，但谁都知道，除了作战部费劲巴拉推算出来的叛乱机器人的作战算法，眼前的这几片小东西几乎是他们突破瓶颈的全部线索。

门外传来瞳孔扫描的声音，紧接着门被推开，夏启年迈进屋，却被直挺挺坐在沙发上的顾帆吓了一跳："小、小帆？你怎么还没睡。大晚上熬鹰呢。""我睡不着。"夏启年换了拖鞋，开冰箱拿一袋牛奶："睡不着的话就喝点儿牛奶吧。你想喝吗，我给你热一碗？""麻烦启年哥。"夏启年诧异地看了一眼顾帆："怎么了你，跟我这假客气什么。"顾帆揉揉头上的自来卷，轻轻笑着，没答话。几分钟后，夏启年端着满满一碗牛奶小心翼翼地走来："慢点儿喝，有点儿烫。"顾帆想起了什么似的，抬头看着夏启年："你怎么这么晚才回来，刚刚下班的时候我去找你，你提前走了。"夏启年低头剥橘子，不着痕迹地避开了顾帆的视线："嘻，我急着去见个朋友。忘了告诉你了。""哦。"

顾帆捧着碗小口小口地喝，房间里忽然陷入安静。良久，夏启年腕间的消息提示音打破了屋里的寂静。夏启年低头看了看，冲顾帆苦笑："行了，别喝了，阿洛叫咱们去上班了。"

洛一尘那边有事，先离开足球场，杨鑫须得负责数据总结，一直跟着研究组忙到天亮。研究组的几个人几乎把整个足球场翻了一遍，似乎是有什么发现，只能回去做过数据测量再深入分析。夏启年站起来活动一下酸痛的脖子，拍拍顾帆："你跟他们都先回去吧，我等负责人的监控视频，顺便再转转。”

"那我给你留一辆飞行器？"

"启年哥，我把我的车留给你吧，我跟小帆一块儿回去。"杨鑫道。

夏启年冲他摆摆手："不麻烦了，我可以坐电车回去。"

顾帆把车调成自动驾驶，然后就把椅子放低，闭着眼小憩。自动驾驶能主动规避风险，但总会为了追求绝对的安全绕更多路，好在早上不着急，只要到达大厦就行，而怎么走就随意了。顾帆把眼一闭，任自己的飞行器随风逐流。杨鑫还是跟顾帆一起走了。研究组的饶科有事，杨鑫把车借给他了。杨鑫坐在副驾驶上，犹豫着不敢开口。顾帆看他欲说还休的样子，自觉好笑："有话就说吧哥哥，你跟我有什么不能说的。"杨鑫沉默了挺久，也没说出什么来，跟顾帆东扯西扯，顾帆觉得莫名其妙，闭着眼不搭理他。杨鑫看着自己好兄弟，狠了狠心："最近挺乱的，你，要小心。"尤其是身边的人。杨鑫还是咽下后半句话，任其飘散在风里。

空中的电车很方便。高高的站台，仿佛一伸手就能抓住阳光。夏启年登上列车，径直走向最后一排的座位。坐在他前面的是两个女孩子，高中生的样子，两个人嬉笑着，手里握着一本书，讨论着什么。耳机里分享着共同喜爱的音乐。应该是她们更接近阳光一点儿。夏启年想。

电车到站了，他匆忙下车，两个女孩儿还在叽叽喳喳地说着什么。长发女孩分给短发女孩一块糖，两个人嘴里一阵倒腾，像可爱灵动的小松鼠。

如果夏启年能稍稍晚一点儿下车，就能听到女孩们的对话，像是穿越时空的力量，如同神秘部落的古老魔咒，或是一语成谶，在之后的日子里，以不同的形式映照在他们的身上——

"这段你还问，这不是老师上课刚讲的嘛。"

"你老说我，那你给我背一个啊。"

"背就背：'这样大族人家，若从外头杀来，一时是杀不死的，这是古人曾说的"百足之虫，死而不僵"，必须先从家里自杀自灭起来，才能一败涂地！'"

洛一尘回到大厦，李逸轩正开开心心地啃着小冰棒，洛一尘从他身后一把把冰棒抽走："还吃哪，你哥哥都要愁死了，你也不帮帮忙。"

"怎么了，我亲爱的哥哥。"

洛一尘想说什么，却又闭口不言，一个人趴在桌子上想事。李逸轩白眼一翻，不搭理他，什么臭毛病。

而大厦的转角处，男孩看着洛一尘的动作，敛去脸上的笑容，背在身后的右手慢慢握紧，藏在掌心的信号器闪过一丝不易察觉的蓝光。几秒钟后，X组织总部控制中心的电子处理器上收到了一条消息："情报属实，可以进行下一步计划。"

后来夏启年拿到录像后，洛一尘组织所有人一起看录像，才发现是在比赛接近尾声的时候，两个机器人忽然失控，在场上横冲直撞，撞伤了三个球员，正赶上前一阵刚平叛过一场较大型的机器人叛乱，人心惶惶，这两个机器人的叛乱引发了人们的骚乱，多米诺骨牌一样，骚乱逐渐蔓延，于是他们争先恐后地往外跑。至于傻了吧唧的李逸轩，谁知道那时候他是醒着还是睡着。

1

N 年前。

深夜里，远征计划总部的大厦高层，玻璃碎裂的声音打破了夜晚的宁静。随之而来的是男人愤怒的吼声。

"谁允许你替我报名参加世纪科技大赛的？"

"这样的好机会千载难逢啊，你扬名立万，我们也走走财运，双赢，双赢。"中年男人仰在沙发上，微微眯起眼。

蒋文远的脸因愤怒而涨得通红："徐鹏，你凭什么做我的主！我说了，WY-9022 不能参赛！"

被称作"徐鹏"的男人反问："难道你肯把你的小机器人藏一辈子？"

"这种机器人处理指令的系统还不稳定，我不敢保证他对社会产生的利会大于弊，甚至有可能形成一定的危险因素。你们这样的行为，敢说是没有私心的吗？"

徐鹏脸上阴晴不定："姓蒋的，你以为你这是在跟谁说话。你知道你要为你的言行付出什么后果吗？"

"告诉你们会长，"蒋文远咬紧牙关，一字一顿，"我，决，不，参，加。"

贺岚刚从外面回来，一进大厦，就看见蒋文远怒气冲冲地往外走，脸色很不好看。贺岚从没有见过情绪如此激动的蒋文远，不由得一愣："蒋老师，您这是……"

一看是贺岚，蒋文远的脸色稍缓："是小岚啊。这么晚了，你怎么回来了？"

"嗨，陆晓宇的书放在大厦里了，他非要用，我回来帮他拿一趟。"

"哦，那早点儿回公寓，路上注意安全。"又是一些日常的嘱托后，蒋文远忽然叹气，摆摆手示意告别。贺岚就站在原地，目送着蒋文远沉默着走出大厅，消失在茫茫夜色中。

洛家门前。

蒋文远站在门前，想抬手摁响门铃，犹豫再三又放下了。正当蒋文远转身欲走的时候，门开了，屋里泄出的温暖灯光拉长了蒋文远的影子。"老蒋？干吗呢你，快进屋进屋。"

蒋文远听见洛哲招呼，只得转身："嗐，大晚上想找你聊聊，又怕打扰你。"洛哲乐得不行："怎么了你。跟我见什么外啊，来吧，我也爱熬夜。"把蒋文远让进屋，洛哲悄悄关上孩子的房门："阿洛跟祁阳都睡着了，怕吵。咱俩去书房聊。"

"阿洛跟祁阳倒像是亲哥儿俩。"蒋文远道。

洛哲轻笑："他俩玩儿得好着呢。老罗把这个孩子从孤儿院里带出来，就放在我家。还说是为了'跟阿洛做个伴'，他倒是省心了。"

书房的陈设很简单，洛哲取出茶具来，慢慢收拾着准备泡茶："老蒋，你看咱泡茶这手法，我新学的，特厉害，特讲究。"蒋文远寻了把椅子坐下，细细观摩了一会儿："现在，你这种行为有一种专有名词，叫'浪费时间'。"

"我可不管他们。他们也管不着我。"

"现在讲究的是速度。直接，有效，最好立竿见影。不就是茶吗？有你这点儿摆弄茶具的时间，机器人能给你做出一百杯。"

"然后呢，就投入市场售卖了呗。咱这个跟他们不一样，与利益无关。"

"与利益无关。真好。"

蒋文远的话绕了一大圈，还是没往自己身上说。洛哲见他不愿说，但也猜得八九不离十。左不过就是他的 WY - 9022 小机器人。房间里一时无话。开水腾起袅袅白雾，在空气中变化。

还是蒋文远先开口："还说呢，老洛你还记得高山上那棵中外闻名的古树吗？咱们团队之前还去过那里。前两天那棵古树终于抵抗不住时间的洪流，挣脱开钢筋的束缚，轰然倒地。可紧接着它的枝叶就被人收集起来，基因一克隆，没过几天又种上一棵，据说连树皮的纹路都一模一样。继续被钢筋水泥吊着手脚，苟延残喘。"蒋文远说着话，一摊手："你说说，他们复活那棵古树的时候，也没有问过那棵古树到底愿不愿意活着。"

洛哲沏茶水，慢慢道："科技快速发展生产力，然后人类就被科技淘汰了，变成了只会吃喝玩乐的低等生物。记得昨天刚刚复苏的 2050 年的植物学家吗？他刚一睁眼，一堆飞在空中的大大小小的摄像机围着他拍。他盯着手边一堆复杂的按键，半天说不出一句话，傻了似的。后来他说他要去找一朵蓝色的小花，旁边的科研人员就敲敲墙壁，运输机器人送来了百十来种深蓝浅蓝的花，他愣了好久，你猜他最后说什么——'你们还是把我送回去吧。我玩不起了'。"

蒋文远双手接过洛哲递过来的茶："他其实不想要'小花'，他是要'找'，那种指尖亲吻泥土的惬意感触。"

"你还找得到吗？"洛哲问。

"我？"蒋文远一时失神，茶杯的热气扑在眼镜上，眼镜瞬间起了一层白雾。随后自嘲地笑了笑，"算了吧，我现在都不知道自己是谁了。"

茶的味道萦绕在鼻翼边，蒋文远猛地抬头："洛哲，如果机器人产生了情感，该怎么办？"

洛哲手上动作一顿，不可思议地瞪大眼睛："你是说，你的……"

蒋文远缓缓点了点头。洛哲放下手中的茶杯，思忖片刻，慢慢道："你最好设有周全的保险措施，如果超过你的控制能力，最好，别留他。"

5

这是一个美好的春日，阳光暖软，鸟语花香，远征计划的全体成员都受邀飞往大洋彼岸，和世界级的大师展开深入的交流和学术探讨。领导层要求贺岚重视这次研讨会，尽管贺岚不解，X组织的问题如此严重却要外出参加会议，但仍调请各组组长和部分组员外出，留下十多位年轻人维持大厦的正常运行。当然，这次外出的活动，是不包括洛一尘和杨鑫的。

公寓的电子墙上放映着《热血少年》电影，杨鑫倚在床边陪着洛一尘看。屏幕上青春校园里的男主角穿着球衣，在篮球场上尽情挥洒汗水。杨鑫看这个场面忍不住念叨："打个球把脚崴了，小洛组长，还是你能耐大啊。"

"这不已经好了吗，只不过得静养两天，我现在都能大跳了！"洛一尘不服气地辩解。杨鑫盯着洛一尘被纱布包裹得里三层外三层的脚踝，不禁感叹："怎么样，搭档本是同林鸟，大难临头各自飞。关键时刻，还得好兄弟照顾你吧？"

"你净说这个，要不是这次学习任务祁阳必须得去，还用你照顾我？"

"哼，你就埋汰我吧，等你饿了没人帮你拿饭的时候，看你怎么办。"杨鑫虽这样说，还是下楼替洛一尘买了晚饭。

回来的时候洛一尘脚上的纱布已经被他拆得七七八八了。脚伤恢复得很快，倒是又能跑又能跳的。洛一尘吃完饭，要杨鑫陪他去做机甲训练。作战组的成员在很长的时间里都要身穿机甲作战，这要求组员身穿机甲仍行动自如，才能保证机甲最大限度地发挥作用。小洛组长勤奋，这种练习至少每天一次。杨鑫自知拗不过他，看洛一尘脚伤好得差不多了，只好作陪。

训练似乎不尽如人意。在几个战法和部署上两人有些分歧，回公寓的路上，杨鑫借着给洛一尘买水的由头出去冷静冷静。等他调整好情绪回到公寓时，房间里黑着灯，洛一尘坐在床边，一双眼睛幽怨地瞪着他："不就吵两句嘴吗，你还拉电闸？灯都开不了啊，至于吗兄弟！"

"你别这么看着我……等等，拉电闸？这都是几百年前的小把戏了。再说我怎么拉电闸？我这种闲杂人等踏进总控室一步，岚哥知道了不得把我炖了。"

"那……"就着窗外透进来的月光，洛一尘和杨鑫四目相对，几乎在同时，两人意识到什么，登时脸色大变，拔腿奔向总控室。

实战组被调走，总控室没人，防御力量薄弱，这可是机器人入侵的好机会。

公寓和大厦之间有空中走廊连接，两人不敢耽搁，直接奔向总控室。"阿洛，总控室里的那些位要都是战斗型的，咱俩可就废了。"杨鑫道。

"扯淡，那边派一堆战斗型的来干吗？拆迁吗——你发求助了吗？"杨鑫向他扬了扬手腕间毫无反应的屏幕。"有信号屏蔽器。"洛一尘紧皱眉头，不言。"现在手里有什么能用的？"两人在身上摸索一番，好在刚刚完成训练，身上的机甲还没来得及换下。加上几支便携

204

的激光枪等等，还算够用。杨鑫左手向后背的背囊伸去，扯出一个保护气囊丢给洛一尘："老夏刚做的，实战的话，应该能挡一阵子。"

拐角处就是总控室。两人逐渐放慢脚步，总控室的门牌在月光下闪闪发光。自动防御系统随着电力的崩溃也消失得无影无踪，整个总控室暴露在蛰伏着危机的黑夜里。光洁的银色墙壁能映出总控室的些许情况。杨鑫和洛一尘稍稍探过头去，看了一眼，心登时凉了半截：只属于战斗性机器人的硕大机械手臂闯进他们两个人的眼中。

又是一片死一样的寂静。机器轮转的细碎咔嚓声灌满了两人的耳朵。空气弥漫着让人心悸的静默。

"这都从哪儿冒出来的？"杨鑫忍不住抬手擦掉额头的冷汗，眯着眼盯了一会儿，"不是常见的战斗性机器人，我没法确定他们的弱点。"杨鑫望向洛一尘，"阿洛，怎么办？"眼前的刘海在洛一尘头顶笼上一圈阴影，杨鑫看不清他的脸色。"既然这样，"洛一尘缓缓道，"咱们就自己亲自找出他们的弱点。"

洛一尘反手拉出背上的便携机枪。杨鑫紧随其后。机器人的温感系统非常灵敏，当洛一尘试图再向前进一步的时候，距离门口最近的机器人立刻将手臂对准洛一尘的方向，手臂变化成机枪，冰蓝色的火焰在冲出金属机枪口的一刹那变得猩红炽热。洛一尘一个空翻翻向门口，在腾空的瞬间对准机器人就是一枪。子弹在距离机器人一毫米的地方忽然爆炸，猩红的火焰点燃了机器人的手臂，紧接着一声轰鸣，机器人巨大的机械手臂就只剩下半个。

"把α屏障打开！保护操作台！""被这帮孙子打穿了！"洛一尘大吼："那就把他们引出来！"

洛一尘欺身上前，机器人对准洛一尘正要行动，杨鑫和洛一尘两人同时开火，两个较大型机器人被杨鑫的火力吸引，向杨鑫迅速逼近。最后一个机器人体形要小一些，明显要比另两个敏捷得多。洛一尘边打边退，那机器人猛地回闪，一只手臂已经化成正在蓄力的激光。洛一尘翻身闪到机器人身后，抬手砍向机器人的后脖根。这一招百试百灵，可眼前的机器人仿佛预先知道洛一尘的动作，侧身闪过洛一尘的手，枪口一个急转，直直地朝杨鑫冲过去。杨鑫还在跟另两个机器人苦苦周旋，无暇顾及身后的暗枪。洛一尘蹬上墙壁借力，右腿腾空，一个侧踢踢翻激光枪。打闪纫针的工夫，机器人的另一只手臂已经击向洛一尘的胸口。洛一尘赶紧向后闪身，堪堪躲开机器人的铁拳，拳头捶在墙面留下深深的凹陷。

洛一尘扯着嗓子大吼："看清了吗？往哪儿打！"

总控室的另一边，杨鑫一个闪身躲开正欲缠上来的钢绳，却没注意从后面击来的重锤。这一锤正击在杨鑫后心口，巨大的冲击力打得他眼前一黑，向前一个趔趄，正欲击出的子弹偏离了方向，划过机器人的头顶。机器人忽地响起异样的轰鸣，胸前猩红的灯一下子亮起，在胸口透出一片血色的浓雾。找到了！"头顶！打头顶！"杨鑫吼着，端起激光枪，双腿借力跳起，猛击机器人的头顶。

来不及反应，洛一尘右腿传来钻心的疼，一片天旋地转，洛一尘被眼前的机器人摁在地上，被一只手臂死死钳制住，另一只机械手臂已经变化成激光枪，剩下的那个机器人死死缠着杨鑫，他也分身乏术。胸口的压力越来越大，压得他喘不过气来。自己可能就停在二十三岁的尾巴了。激光枪蓄力的声音灌满他的耳朵，时而清晰时而模糊，他看见枪口的光团越来越大，圆形的枪口将爆发出巨大的力量，将他化为齑粉。父亲、母亲，还有祁阳。距离激光发射前的 0.01 秒，他忽然无比快乐地想，幸亏是自己被激光打穿，而不是祁阳。祁阳特怕疼。

预期的灼热并没有到来，洛一尘回过神来，杨鑫一脚踢开机器人的手臂，借力腾空，对准机器人头顶一个重击，机器人应声倒地，头盔的红灯不甘地闪烁了两下，终于熄灭。远处，另外两个机器人倒在地上，猩红的光早已熄灭。洛一尘费力地摘下头盔，燃烧过后难闻的焦味和令人作呕的血腥味迎面扑来。清冷的月光下，机器人的机甲外壳泛着银光，总控室里一片狼藉，整个世界都仿佛充斥着末日一样的死寂，只剩下洛一尘和杨鑫两个人重重地喘息。

洛一尘捏着耳廓的对讲机，轻轻地说了句什么。声音在杨鑫的耳机里响起："好样的，兄弟。"杨鑫摘下头盔，在他身边缓缓坐下，一只手握成拳，轻轻捶在洛一尘肩上。

右腿又添新伤，简单包扎了伤口，洛一尘在四面摸索着找信号屏蔽器。逐一毁掉之后，给贺岚发过信息，贺岚立刻下达命令全员撤回。处理好这些，洛一尘慢慢休息，顺便记录总控室的现状，方便技术组复原。但洛一尘心中忽地腾起一阵异样的感觉。不对，还是不对。总控室里为什么会出现作战机器人。这种嗜血冷酷的机器人虽然有力，但是笨重，在总控室这样狭隘的空间，施展不出作战机器人的优势。把总控室搅个天翻地覆并不是 X 组织的目的。

总控室的另一边，杨鑫不敢多做休息，小心翼翼地靠近这三个机器人，检查他们的体内结构，做好第一手数据测量。他拉着机器人松懈的手臂敲敲打打，大致检查了一遍。其中一个机器人质量却要比另两个轻一些，手臂连接的方式也和其他两个有所不同。杨鑫掏出工具，要尝试着拆卸机器人面部。卸下机器人身体装板的那一瞬间，杨鑫不可置信地惊叫出来："祁阳？"

机甲里的人四肢都受了伤，缩在笨重的机甲舱里不得动弹，整个人非常狼狈，但仍然冲两人勾勾嘴角。杨鑫不由得回头看向洛一尘，洛一尘面无血色。

"一定是伪装！人面伪装！声音伪装！一定是！"杨鑫揪着那人的领子，用仅存的力气吼道，"你到底是谁！"

被束缚在椅子上的人很平静："我是祁阳。"

"你怎么证明？"

祁阳缓缓道："我啊，我和洛一尘先生是邻居。从小就是。在军校的时候他总爱一个人待在角落里，他有好人缘，但他只会在深夜和我胡侃。他来到实战组后，他跟我说特别想吃军校食堂的水煮肉，我还特意托留在军校的同学帮他买来一份。"祁阳细眯着眼睛，仿佛在回忆一米温柔细碎的阳光。"他的志向是成为一个惩恶扬善的战士，自始至终都是——当然，他已经做到了。

"而我，我是 X 组织的人。自始至终都是。"

他说这话时，脸上甚至还挂着微笑。杨鑫不禁握紧了拳头："不对，你一定是监听到了什么，或者是黑进内部系统调取信息——你一定是把祁阳抓起来了！他在哪儿？"

"别问了。"一直沉默的洛一尘忽然开口。杨鑫闻言一愣："阿洛，这小子……""我说，别问了。"自始至终，他一直盯着那人的眼睛。"他是祁阳。"

当张峰和王鹤笛一众人急急火火赶到总控室，看到被五花大绑的祁阳和正揪着他衣领的杨鑫，惊得合不上嘴。张峰一边上去拉开杨鑫，一边嚷嚷着"鑫哥你傻了吧，你绑祁阳干吗？"杨鑫嘶吼："他是 X 组织的人。"一众人都愣在原地。张峰正欲给祁阳松绑，一听这话手悬在半空，抬眼看祁阳，祁阳一如往常向他微笑："峰哥好。"王鹤笛忍不住回头望向洛一尘，昔日里神采奕奕的少年，现在无助地坐在角落里，双目无神。王鹤笛一声叹息，推开张峰，轻轻给祁阳松了绑。"饶科、刘延，你们几个留下来等技术组和研究组的人，郝婷婷照顾好阿洛和鑫哥，等陆晓宇来。张峰，咱们把祁阳……把祁阳，送到'白屋'吧。"

人的恐惧都来自未知。现在洛一尘站在用于暂时监禁的"白屋"里，隔着玻璃，俯视着机甲舱里被死死固定住的祁阳，心底蔓延出深深的恐惧。转瞬间，这种恐惧又变换成深深的悲哀。他倒情愿祁阳为自己开脱几句。比如这都是 X 组织里的人威胁他，迫不得已才选择背叛，或者受人蒙骗，迷途而无法返航，或者是有人在他身上植入芯片，强行改变他的意志，最不济也得是受人金钱名利诱惑，总好过让洛一尘意识到，这二十余年交付后背的信任和默契都是白白错付。洛一尘不禁喟叹。真高明啊。这样的计划一旦实行就不易被察觉，因为洛一尘就是祁阳最完美的保护伞。洛一尘心中莫名腾起一阵庆幸，刚刚祁阳用激光枪对准我的胸口时，万幸我看不到他的眼睛。他不敢想那是一张怎样的面孔。

"他是祁阳。"刚刚的话语又在耳边响起。他一直反复咀嚼着方才他说的。洛一尘曾经自信地认为，无论祁阳变成什么样，他都会一眼认出他来。祁阳是谁？祁阳是他最知根知底的邻家伙伴，是最亲近的人，是他的好弟弟，是和他一起长大的竹马，是自从军校开始就合作默契的最佳搭档。可现在呢？他盯着安安静静躺在机舱里的人，依旧是那样熟悉的面孔。可他却迟疑了。

"我是 X 组织的人。从始至终都是。"

祁阳是谁。谁是祁阳。

他是祁阳。

他是谁。

他是谁。

洛一尘脑海中有千斤冰层，稍稍移动，就能把人压成碎片。

策反人工智能叛逃已经构成严重的犯罪，审讯已经交由警方处理。但针对此种高科技犯罪，仍需要远征组织的协助。夏启年和顾帆前去参与审讯活动。临去之前，夏启年路过作战组训练场，深深地望了一眼洛一尘。意料之中，洛一尘埋头，一言不发。

审讯毫无进展，祁阳并不辩解，对于警方列出的罪行也都供认不讳，等人进一步询问行动细节和深层行动，他却缄口不言。

国际法庭会决定他最终的归宿。

倒是贺岚，一听说他们两个受了伤，像是丢了魂。没人见过贺岚如此慌张，连夜往回赶，回来的第一件事就是去看洛一尘和杨鑫。鑫哥还在睡着。胸口的那一锤虽然力度大，好在有夏启年的气囊保护，极大地减少了伤害。陆晓宇忙了几个小时，算是把洛一尘和杨鑫这两个布娃娃给修补好了。杨鑫一直在睡，乍一看，气色比贺岚还要红润。倒是那几个留在大厦里巡视的孩子，还是没有救回来。贺岚在公墓里，朝他们的父母深深地鞠了一躬。从公墓往外走，贺岚忽然转头问随行的夏启年："今天是……15 号?"得到夏启年的肯定回答后，贺岚就把自己关在办公室里，捏着蒋文远的照片不说话。远征计划里的老人们都叹气。偏偏是这时候。

几年前的今天，蒋文远在巡城任务中遭到 X 组织的暗伏，倒在了城市里最阴暗的角落。

6

八年前。

蒋文远急急火火跑到病房的时候，贺岚用那只好手捧着苹果，咔嚓咔嚓啃得正香，气得蒋文远一巴掌拍在贺岚头顶："没心没肺的。你吃得挺香，把我吓够呛。"贺岚愣了一会儿，慢悠悠地把苹果举到蒋文远面前："要不，您也来一口？"蒋文远气乐了，一把拍开贺岚的爪子："谁吃你苹果，你留着解闷儿吧。你的手有事没事啊？平时的训练都能骨折，你真是……"贺岚看蒋文远紧张的样子，不由得发笑："您是不放心陆晓宇的手艺还是不放心现代骨骼修复技术啊，我真没事，歇一天就成。"蒋文远摇头："你还是多歇两天吧，明天的巡城我替你去。"贺岚还要再争辩，蒋文远一个眼神杀过去，贺岚自觉闭嘴，乖乖巧巧。

　　第二天杨鑫正往停机场走，听见后面有脚步声，以为是贺岚，"岚哥——哟，蒋老师！是您啊。您怎么来巡城了？"

　　"小岚的手不是伤了嘛，让他多休息一天。"

　　"做您的学生可太幸福啦，其实我也挺不错的，您看我能不能……"杨鑫做心驰神往状。张峰一把把杨鑫塞进飞行器里："蒋老师您见谅，这个货脑子不好使。"蒋文远看着两个小伙子打闹，自觉有趣，嘱咐了一句"注意安全"也钻进飞行器，检查设备。

　　感觉窗外有人，蒋文远放下侧面的玻璃，陆晓宇正站在飞行器外，问自己一个人巡城需不需要帮忙。蒋文远笑着："怎么，你还操心起我啦？张峰他们不是都在旁边呢嘛。"见陆晓宇不肯走，蒋文远伸出手胡噜一把陆晓宇的头，缓声道："你一个医疗组的别在我这儿捣乱啦，去看着小岚吧。"不等陆晓宇答话，蒋文远兀自关上窗户，摆弄手里的设备，不理陆晓宇了。孩子是长大了，知道关心老师了。

　　巡城进入倒计时，飞行器轰鸣，透过侧边的窗子，蒋文远看见两侧张峰、杨鑫、王鹤笛，看着他们热忱、充满朝气的脸庞，蒋文远感觉他胸腔的心跳像是二十岁一样有力。

于是蒋文远微笑，双手推动引擎发动。

出发。

巡城的任务不难，驾驶着飞行器从城市的上空掠过，精密的机械眼会飞速扫描城市中的每一个设备，在不侵犯隐私的前提下高速整合数据测算，从而保证整个城市的正常运转。

蒋文远带领着队伍飞行过一圈，下方的城市依旧保持着活力的光芒。接下来再分组巡视过各自负责的区域就算完成任务了。蒋文远要巡视的任务是城市的西南角。

低空慢慢飞行着。雾气越来越浓了。远处高楼闪烁的 LED 灯牌点亮了眼前的一小团雾气，相比之下，天边的残阳倒像是一小块咸蛋黄一样的存在了。蒋文远皱眉。这个城市很久没出现过这种浓雾了。没过多长时间，天边似乎闪过一道浅色的红光。但红光转瞬即逝，正当蒋文远怀疑是错觉的时候，又一道红光在天际弥漫开来。不知道是不是蒋文远的错觉，他感觉红光距离自己越来越近。巡城即将结束，蒋文远也只好默默记下这个现象，打算回去再做研究。正当他准备返航的时候，机舱里忽然响起尖锐的警报声。蒋文远赶紧查看定位，发现可疑物体距离自己不到五百米。蒋文远循着定位，最后找到一个小巷子。这个城区的基础设备还不成熟，四周是低矮的墙，发展程度仿佛还停留在上个世纪。

飞行器勉强能开进巷子里，行动不便，蒋文远只好穿戴好设备，自己亲自检查。四周不像是有智能电子设备的样子，但显示器上的目标就在这条巷子里。巷子的尽头是灰突突的墙。走到这里，蒋文远手中的电子屏幕唰的一下，陷入了黑暗。蒋文远觉得不对劲，想按动手腕间的通话，联系张峰、顾帆他们，天边的红光向他飞速逼近。蒋文远眯着眼细看，等到看清"红光"真面目后，心里登时凉了一半。

哪是什么红光，数以万计的微型作战机器人向他汹涌而来，遮天蔽日，同时带来的电波屏蔽效果摄取蒋文远心头最后一缕希望。

蒋文远暗叫不好，这些机器人明显是冲着自己来的。徐鹏嘴角的一丝微笑在他脑海里一闪而过。

原来就是这种代价。蒋文远反手抽出背上的激光枪，一阵阵激光发射，这种机器人的防御能力并不强，被击中的机器人应声落地，但很快，后面就会涌上来更多的机器人，这是一场持久战，机器人有足够多的数量，让蒋文远耗尽全身最后一丝精力，然后在机器人产生的巨大轰鸣声中神经错乱。机器人会集中聚拢，产生的巨大力量足以挤碎蒋文远身上的机甲。

越来越多的机器人被击落。脚下堆积着机器人的残骸，密密的一座小丘。蒋文远瞥了一眼，毫无生命力的阴冷气息带给他生理上的强烈不适。同时，机器人发出的轰鸣声刺激蒋文远的神经，机器人不断从空中掉落，但更多的机器人朝他一步步逼近，只等他耗尽武器的最后一刻，扑上去撕扯他的灵魂。

手中激光枪的能源告急的红灯响起，宣告蒋文远最后的死刑。空中的机器人像是得到了某种指令，近乎疯狂地朝他涌来。当第一个机器人率先接触到蒋文远的机甲，发出一声清脆的响声，随后满天机甲汹涌而来，不过二两玄铁，瞬间产生的巨大压力让蒋文远措手不及。浑身的血液仿佛凝固了，又仿佛正急速涌向头部，蒋文远只觉得眼前一片眩晕。不知过了多久，耳边忽然传来一阵爆裂声。应该是自己的左臂机甲已经碎裂。机器人像是牙尖嘴利的小兽，在疯狂撕咬他的血肉，瞬间传来的疼痛让蒋文远几乎昏迷。接着是右臂、右腿，当胸口也传来碎裂声的时候，蒋文远只剩下转动眼睛的勇气。

眼前的最后一丝光亮也被吞没。蒋文远轻轻合眼，最后的时间，他的脑海里只剩下两句话——

好在他们找不到 WY - 9022。好在今天不是小岚巡城。

中心医院的手术室门前，医疗组的陆晓宇冲过来，迎面撞见躺在担架上奄奄一息的蒋文远，像是被劈中了一样木在原地。几秒钟的木讷之后，他像疯了一样抢起拳头击向贺岚。贺岚并不躲，任凭陆晓宇的拳头往脸上招呼。守在周围的其他同事立马上前分开两人，平时伶牙俐齿的小伙子，现在嘴里含糊地呜咽着，巨大的悲痛冲散了他的语句，七零八落的，拼凑不出一句完整的话。

杨鑫接到的任务，是在现场处理后续事项，没接到医院的消息。那真是末日般的景象。目之所及尽是机器人躯壳的残骸。因被折断而裸露在外的金属线，隐隐闪烁着银光。空气中充斥着令人压抑的冷寂。各种气味混杂，像是聚成了有形的迷雾，在空中向他浮动。天上忽然下了阴靡的小雨。雨点落在金属残片上，发出一声声低沉的玄鸣。面对着本就没有生命的机器，杨鑫第一次想到了死亡。

而在蒋文远家里，WY - 9022 像是接收到了什么消息，发出轻微的嘤的响动，面前独一无二的精巧面容已经悄悄变化，形成的面孔竟与蒋文远的面孔别无二致。这一切都在黑暗中悄悄变化，无人知晓。这一晚，有什么危机已经在悄悄酝酿。

7

开会做战后分析。洛一尘以腿伤为由推托了，抱着膝盖在床上窝了一整天。杨鑫倒是去听了，回来后拍着胸脯跟洛一尘感叹，能从这种凶残的机器人手底下活着出来，咱哥儿俩不是能耐长了就是幸运值爆表了。洛一尘只是一笑，跟他东拉西扯岔开话题。倒真是运气，祁阳用激光枪抵住洛一尘的头，最后缓冲的那几秒，其实也算是放水了吧。如果换成其他武器，甚至是一击重拳，洛一尘都没有生还的可能。

卧底被揪出来了。大多数人都松了一口气。大约是因为被人监视的偷窥感瞬间一扫而空，世界又是阳光明媚、无限美好的了。

后来贺岚把李逸轩调到自己身边，亲自教他。所有人在恭喜李逸轩之余，也不大明白岚哥此番行为的用意。远征计划里的人众说纷纭，好听的难听的、好的坏的传闻都有。事实上这本是贺岚早就有的打算。

远征计划的行动，说不危险那是不可能的。但那丰厚的报酬和最顶尖的设备还是深深吸引着很多人才。远征计划每年都会吸纳新鲜血液。申请加入的条件越来越严苛，大浪淘沙般的筛选过后，那一年只有一位年轻人获得最后一轮考核的机会。

"各位老师好，我是李逸轩。"

当贺岚第一眼看到李逸轩时，纵使多年混迹战场练得处变不惊的本事，他还是情不自禁地微微合眼。坐在他身边的洛一尘听到他喃喃自语："我信命了。"

太像了，真是太像了。

那一声"蒋文远"就在贺岚喉咙里翻滚，差一点儿就冲出。"李……逸轩。"他记得年轻的少年向他微微躬身，白净面皮上挂着不卑不亢的微笑："贺先生。"

考核数据显示，李逸轩是个全能型人才，他对数字的敏感，对战略部署的感知天赋，对器械应用的学习能力，都不亚于专业领域的人才。贺岚有意培养他，就把他安排在实战组多加历练，时机成熟他会亲自把能力教给他，尽心尽力，就像蒋文远对待他一样。

总算是不辜负蒋先生的期望。

贺岚坐在办公室里，手里握着一本复古的纸质书，看得入神。罗成老师刚刚来过，听到卧底是祁阳时一下子木在原地。连抚养他长大的罗成都没想到，更何况是洛一尘呢。贺岚喟叹。接待罗老师的果盘还没有来得及撤下去。他想从果盘里拈一颗葡萄吃，一时手抖，把一颗樱桃带出了盘子。贺岚下意识伸手去捞，没捞到。掉出来的樱桃骨碌碌地滚到茶几的另一端。扫地机器人机械的声音立刻响起："水果掉落，清除，清除。"一边飞快地滑过来，把滚落在地的樱桃卷入机器内，很快就清理掉了。

贺岚默默地看着扫地机器人的动作，不语。他其实挺想吃掉那颗樱桃的。

当年蒋文远的话犹在耳边响起："科技真的这么好吗？"贺岚打开加密的抽屉，一只小盒子躺在空荡荡的抽屉里，打开来看，丝绒的盒子里安安静静地躺着一个银质的钥匙。钥匙上"WY"的字样依旧清晰，想起最近几次的叛乱，贺岚忽然有些明白蒋文远的意思了。

他抬手，解开串在钥匙上的银制细绳，轻轻戴在自己的脖子上。钥匙在灯下闪着银光，像是星星。

门外，夏启年俯下身，对着门前的扫描仪录入瞳孔。嘀的一声，办公室的门应声开启。贺岚没开灯，一个人站在落地窗前，凝视窗外沉默不语。难得晴朗的夜晚，贺岚的身影像粘贴在深蓝画布上的剪影，显得无比单薄。

"岚哥，"夏启年轻唤一声，贺岚猛地回神，"岚哥你怎么不开灯啊，总不是为了省电吧。"

“我……想些事。你有事吗？”

“啊，袭击阿洛和鑫哥的机器人全面信息已经检测完成了。网络刚修复，传大文件会有遗漏，我就来给您拷一份。”

“好，来吧。”

夏启年把 U 盘小心翼翼地接入文件转换器，一边跟贺岚闲聊着：“这 U 盘跟这个转换器我可是找了好久才找到的，给你拷这个文件真是费了大劲了。”数据录入需要一定时间。见贺岚没答话，夏启年了然，走到落地窗前，打开窗户，夜风轻轻拂动两人的头发、衣摆。贺岚没开灯，显示屏在黑暗中投出惨白的光线。

“岚哥，我多一句嘴：您得放下了。”夏启年伏在栏杆上，偏过头去，深深地望了一眼贺岚，“蒋先生的事，我也是听别人说的。但没有人怨你，也不是你的错。也许，只是个意外。日子还得过呢，你得向前看。”当年蒋先生出事的时候，夏启年还在国外参加会议，等回来的时候，迎来的只有巨大的变故，令他措手不及。

贺岚还是像平时那样，眼中没有一丝波澜。夏启年甚至怀疑贺岚没听见他的话。晚风顺着窗子吹进房间，轻轻掀动两个人的衣角。于是房间又陷入了安静。空气都凝固了，只剩下两人微弱的呼吸声。数据快传完了。夏启年稍坐片刻，自觉没趣，正准备起身离开，背后忽然传来一阵轻笑。夏启年回头，如水的夜色里，贺岚的脸被笼在黑暗中，太远了，夏启年看不清，可贺岚真真切切地笑了。夏启年不解其意。他是笑他自己太执拗，还是笑自己太不自量力，要干涉他的私事，或者是笑他自己，这么多年还是不肯放过自己。他突然想起，岚哥到底有多久没有笑过了。这些年岚哥的眉头总锁着，甚至扯一扯嘴角的表情都没有。当年蒋老师……还在的时候，他可是个活泼清澈的少年，每天脸上都带着笑，仿佛没有什么能让他发愁。可自打蒋老师出事，贺岚在接到消息的那一瞬间就变了。从那以后，脸上的笑容被贺岚死死藏着，吝啬得不肯让任何人看见。岚哥要是能放过他自己，也就没这么痛苦了。夏启年低头想。当年的青涩少年，现在也被人叫一声"岚哥"了。夏启年低头讪笑。一个大老爷们儿怎么这么多愁善感的。

"岚哥，我走了啊。"

几天后组长例会，洛一尘走进会议厅，连平时不露面的几个管理层也在。一一打过招呼，洛一尘走到自己的位置上坐好。身边没有安置椅子。管家机器人更新信息的能力让洛一尘惊讶。属于祁阳的信息被瞬间清除，别人说话聊天时，都小心翼翼地避开这个名字。洛一尘想起前两天几人闲聊，饶科那个小孩儿无意间提了一句"祁阳"，在一旁的张峰听到这个称呼立马瞪大了双眼，毫不留情地呵斥着，要把这个不知轻重的小孩儿赶出去。洛一尘赶紧上前，一巴掌拍上张峰的后背："你说人家孩子干吗？他又不是故意的。"洛一尘搂着张峰冲饶科一笑："没事儿啊，以后别提了就行。"饶科忙不迭点头，逃也似的出了会议厅。莫名其妙被拍了一巴掌的张峰冲洛一尘撇嘴："你这是什么脾气啊兄弟。我这不是担心你吗？"

当年家喻户晓的天才少年，如今也被人遗忘得干干净净。

小机器人卡卡抱着一个硕大的盒子跟着贺岚一起进入会议厅。贺岚沉默不语，卡卡几下拆除包装，一个圆滚滚的金属块出现在众人面前。卡卡小心翼翼地把它挪到会议桌的正中央，随后退出会议厅。贺岚在浮动窗口上敲打几下，金属块就从中间裂开，外壳旋转变形，随着一声低沉的"嗡——"，一个略显笨重的机器人悬浮在空中。在场的人面面相觑。

有只小虫飞过，在屏幕上投下了一团模糊的影子。洛一尘只觉得耳朵一热，一道红光擦着他的耳边呼啸而过。他看着那团黑影在瞬间化作一缕灰烬。

"你想用机器人去压制机器人?"张峰拍案而起,"这实在是太荒唐了!"

"可我们一直是这样做的。"贺岚依旧稳坐在会议桌的一端,"你不可能手执长矛去面对一个失控的暴力机器。"

"可我们从未尝试过完全的无人操作。这种机器一旦被叛逃机器同化,我们面临的打击就是致命的。我们的信息无法得到有效的保护。"

贺岚一只手掌摩挲着桌面:"那张先生,您有什么高见呢?"一语既出,原本骚动的会议室登时鸦雀无声。张峰纵使有千般不愿,也只能暂时压制下。

"好了,既然如此,这种机器人是否投入使用,举手表决。"说罢,贺岚率先举起一只手。在座的人面面相觑,谁都不敢贸然表态。出人意料的,平时谨慎行事的夏启年缓缓举起自己的手。顾帆不可思议地望向夏启年,一片寂静下,这两只手固执地坚持。慢慢地,又有几个人举起了手。最后。11∶15,超过半数,机器人投入使用,命名"玄铁"。

散会后,贺岚仰在椅子上想事。天际有强烈的红光,光源仿佛有太阳那么大,诡谲的红色浸没了半边天。红光还在继续蔓延,洪水猛兽一般,大有把整个天空淹没的架势。

可这只不过是一瞬间的事。贺岚再眨眼,红光就无影无踪了。李逸轩举着手机拍照发朋友圈,蜷在座位上修图修得不亦乐乎。贺岚凑过去,李逸轩的手机屏幕上是一片湛蓝的天空、几朵流动的云,还有远处繁华的城市。

一切都很正常。

李逸轩一龇牙，向贺岚晃晃手机："老师，您看我拍得不错吧。"贺岚面无表情："不错，人模狗样的。"李逸轩瘪嘴："行，我就当您是夸我呢。""少废话。去把门带上。"李逸轩傻呵呵地笑，立起身来关上办公室的门。贺岚继续望着窗外，李逸轩手指微微一动，门柄上的窃听器悄无声音地停止了工作。

　　"这帮老油条，都查到我头上了。"

8

　　洛哲听说了蒋文远的消息，像人间蒸发一样，拒绝与外界的一切联系，一应事宜照例丢给罗成。罗成放心不下，抽时间过去看了看洛哲。洛哲憔悴了不少，人瘦了一圈。"老蒋不愿意被人打扰，我就在家，我哪儿都不去。"弄得罗成也很伤感，老哥儿俩喝得酩酊大醉，桌上的第三个酒杯盛着满满的白酒。

　　蒋文远先生的葬礼很简单。后来罗成帮忙整理蒋文远的论文和研究成果，一一送到远征高层，出来时眼角也已经藏不住疲惫。

　　随罗成同来的夏启年见状，递了一杯水过去。"罗老师，您也节哀。"

　　罗成接过杯子，深吸一口气，叹道："唉，到了现在这个份儿上，也没什么哀不哀的了。"

　　"有什么能帮上您的，您尽管提。"

　　"我虽然没有直接参与管理，但知道一些你们的规定，老蒋的东西都是不能动的。但是……老蒋的 WY‑9022 一直都是他放不下的一块心病。"

　　"这没什么，实话跟您说，WY‑9022 机器人的各方面指标尚不稳定，调控工作我们也得费一番周折，留给您是最合适的，还得谢谢您协助我们工作。"

这段对话在罗成的脑海中留存很久，对于夏启年就不同了。当天晚上，夏启年就在睡梦中，被人抹去了这段记忆。

蒋文远的去世让人们把注意力都集中到这个才华横溢却默默无闻的科学家。蒋文远的所有研究成果公布于世的时候，引起了学术界的强烈反响。人们都扼腕叹息，网络上大赞蒋文远的文章层出不穷，而洛哲对此只是淡然一笑，连讽刺都不愿谈。

转眼又过一年。

蒋文远的事最终被判定是非人为因素导致。虽然有质疑的声音，但也被压制下来。由于证据不足，找不出直接负责人，大众的关注度很快被下一个新闻热点覆盖。人们总会学着遗忘，聊以纾解内心的痛苦。这一年似乎风平浪静。

洛哲宣布退居幕后，罗成也有意让贤，蒋文远的高徒贺岚接管远征计划也有一段时间了。罗成放心不下，正赶上招募新人，特意过来给贺岚压场。

罗成想去见见新招来的唯一一位天才少年。见到来人，罗成失声叫"蒋文远？"李逸轩似乎已经习惯了来人的表现，向罗成微微鞠躬："老师好，我是李逸轩。"贺岚赶紧解释："只是太像了，我刚看见他的时候我也不敢认。"罗成尴尬地挠挠头："唉，我唐突了，不好意思啊。"李逸轩连连摆手。大厦里跟罗成熟识的都聚在一起，罗成在孩子们面前没有架子，大家免不了说笑一番，屋子里充满快活的空气。罗成环视一周，忽然问："祁阳呢？"

"他发烧了，在晓宇那里打吊瓶呢。一会儿就能过来了。"

"啊，那我去看看他。"罗成说罢起身往外走，贺岚迎出来："罗老师，我陪着您去吧。"

罗成笑了："怎么，你还怕我把祁阳拐走不成？"贺岚连忙道："不是不是，大厦内部结构改动比较大，我怕您找不到。"罗成听罢，故作严肃："哦，那就是怕我老糊涂，不认路？"

贺岚挠挠头："嘻，我不也是好意嘛……"

罗成抬手胡噜一把贺岚的头顶："这孩子，傻实诚。"

另一边的病房里，柠檬片泡久了发苦，祁阳嗜甜，刚刚吃掉一块水果糖，冷不丁灌下一口柠檬水，苦得他的脸皱作一团。

"苦吗？"洛一尘把两块水果糖放在床头柜上，嘴上嘲笑他，"别哭啊，哥哥再给你块糖。"

祁阳抄起一个枕头扔过去："你就仗着我发烧手上没劲儿。从小就欺负我，欺负我没够啊。"

洛一尘刚接住眼前袭来的抱枕，没注意身后人的行动，一个爆栗正正好好敲在后脑勺上。洛一尘吃痛，以为是哪个哥们儿跟自己闹，反手就要甩过抱枕去："我看看是哪个敢——哟，师父。"祁阳笑得乖巧："罗老师好。"罗成得逞似的笑："让你欺负我们小祁阳。"

"您怎么来了。"洛一尘让过椅子来给罗成。"你岚哥出息啦，我来看看他。临时起意，就没跟你说。"罗成转过头来看向祁阳："怎么，听说我们祁阳生病了？发烧了？你肯定是熬夜熬的，多注意休息啊。"

"好嘞，我以后肯定早睡早起。"

洛一尘在一边跳脚："怎么罗老师说话你就听，我说话你就不听，我不是也嘱咐过你要早点儿睡嘛。"

祁阳反驳："你那是为了我嘛，你是怕我熬夜的时候吃你屯的冰棒。"

罗成看着小孩儿斗嘴，觉得好玩儿。又坐了一会儿，方起身离去，临走前还不忘嘱咐祁阳："过了午夜再睡，对人体会有损伤的。一定要在午夜前睡觉啊。"

午夜刚过，祁阳仍醒着，窗户大开着，夜晚微风，轻轻掀动祁阳的刘海。祁阳望着窗外城市闪烁着的灯火，不语。几分钟后，窗外停下一个飞行器，一个身穿长风衣的男人翻过窗户，稳稳地落地。祁阳神色如一，微微点头算是打过招呼。

"准备好接受任务了吗？"长风衣男人问。

"现在，我还有拒绝的权利吗？"

长风衣男人歪歪头："怎么，舍不得了？"

祁阳歪过头看着床头柜上的两颗水果糖，无声地笑："没什么舍不得的。谁让您把小时候的我从孤儿院里救出来呢。都是我应该的。"

长风衣男人戏谑道："好孩子。"把手里的东西往祁阳床上一抛："我会告诉你该怎么做。"

祁阳看着男人自如地穿过红外防护栏，驾驶着飞行器，飞向无边的黑夜深处。摊开手掌，微型监听装置泛着绯色的光圈，并排躺在手心上的，还有男人一起掷过来的精巧糖块。祁阳扯了扯嘴角，把监听器别在耳后，监听器蓝光一闪，就与肤色融为一体。祁阳手掌一翻，精巧糖块掉落在垃圾桶里，垃圾桶轻轻颤动，糖块被清理，无影无踪。祁阳缩回被子里，闭上眼睛。

这是一个宁静的夜晚。

第二天，当洛一尘一众人推开祁阳的病房门，轻声道第一声"早安"时，远隔万里 X 组织总部的接收平台上，他们说的每一句话，都被清晰地窃听下来。

9

"听说贺岚跟管理层拍桌子了，说什么用人不疑疑人不用的。""怎么回事啊？""这咱怎么打听啊。都是大人物，我……"

夏启年推门进来，房间里瞬间安静了下来。

关于"银星"仍是毫无进展。有一天夏启年路过玩具店，看着橱窗里各式各样的玩具模型，忽然灵光一现。如果制作一个可以容纳并成功表达芯片的不同种类的模型，不就能解读芯片了吗？

一想到这里，夏启年立刻拟出方案给贺岚发过去，紧接着就带着研究组的成员一起，夜以继日地赶制模型。为了确保充分表达芯片信息，将遗漏的信息控制到最小，模型涉及的范围必须很广。组员困得不行，甚至很多时候，等待打印模型的时间，直接歪在办公室的沙发上，抓紧时间补觉。夏启年顶着两个熊猫黑眼圈给组员画饼："咱们就快成功了。"杨鑫找夏启年拿资料时看着这一众"国家一级保护动物"不语，转过天来，每个组员的工作台上都多了一个熊猫抱枕。

现实往往伴随着失望而来。很多种模型都无法表达，到最后，只剩最后一种模型。只可惜这种模型填充芯片不成问题，但无法驱动模型运作。组里几人尝试了近乎上百种能源物质，都无法驱动模型行动。研究组气氛有些消沉。仿佛是冥冥当中自有天意，一天中午吃饭时，李逸轩无意中提了一句什么能源物质，让夏启年如醍醐灌顶。尝试了这么多种模型，但能源物质的种类非常有限。应该再多试试能源物质的。

他们请实战组的人帮他们排查所有发生过叛乱的地点，最后还

224

是李逸轩帮忙锁定了一家废弃工厂。

"没事，小帆，你放心地去，哥哥保护你的安全。"李逸轩向顾帆眨眼。

"你是谁哥哥啊你。"顾帆杀过一记白眼，没有理会李逸轩。

"别着急呀，你先看看这个。"李逸轩神神秘秘地从包里掏出一包圆滚滚的东西，"知道这是什么吗？高科技！刚刚罗老师给岚哥的，我先偷着拿几个出来给你。"

"这是……"

"这个东西叫'黑蝠'，真神了。如果有人要掏出武器，你就拿着这个狠狠扔过去，据说这里面包裹着的微粒会直接吸附在他的武器上，同时还会深深侵入被击中人的皮肤，当然，没有拿武器时，微粒就不会对人有任何伤害。"

"真的假的，有这么神？"顾帆拿着这个小圆球抛上抛下。

"不光这个，如果真的有人准备袭击你，且微粒成功入侵人体，我会接到你的定位，这样我就能赶过来啦。"李逸轩得意地甩头，"喏，Science。"

顾帆对这个圆咕隆咚的小东西的功效仍有所质疑，总感觉这个满嘴跑火车的李逸轩在故意夸大它的功效。直到没过多长时间后，贺岚叫过夏启年和顾帆，除了交代和核实行动的环节，还把这个小东西递给夏启年，所讲述的功效和李逸轩说的别无二致，顾帆才真正放下心来。

计划如期进行。这家废弃工厂里曾经多次发生机器人叛乱，如果有可能的话，他们会在现场搜索到一些能源物质存在的痕迹。

工厂很大，来的人手不够，想来想去，还是决定分头行动。顾帆跟夏启年走，走过一个拐角，顾帆说着要去一个房间里看看，转眼就不见踪影。夏启年只好向前，没走几步，一个巨大的金属门挡住了夏启年的去路。夏启年看着门上复杂的密码按键，不由得皱眉。

正在他苦思冥想时，身后传来窸窸窣窣的响动，夏启年脊背一僵，右手已经按在左手小臂的袖珍手枪上。"谁。"

"别费劲了，启年哥。你解不开的。"少年的声音从身后传来。一听到熟悉的少年音，夏启年渐渐放松下来，转过身，双手不动声色地挪到腰间，叉腰，佯怒："顾帆，你……吓得我血都凉了。"

顾帆倚在门边，双手抱在胸前，冲启年哥眉开眼笑："您就这点儿小胆儿啊。"

"特殊情况，特殊情况。"

顾帆走近，轻轻摸着门框："这道门被严格保护过，我没办法用常规手段获取密码。"

"一个废弃工厂，用得着吗？"

"也许是上一个主人设置的，废弃之后就留在这里。"

"进去看看？"

"密码……"

正当夏启年想沮丧地离开时，顾帆蹦出一句话："密码，我可能找到了。"

"嗯？"

顾帆指指他刚才走进的那间屋子："房间里乱七八糟的，一个已经坏掉的保险箱里存着这个密码本。"

夏启年气得想打人："那你吓唬我！"

"我这人……说话慢。"

这里有两道门。打开最外面一层金属的，还有里面的一层栅栏一样的东西。一层层打开后，里面的仓库依旧空空如也。但房间里留有很明显的搬动器物的痕迹。正当两人要往外走，外面忽然响起一阵机器的响动。吓得两个人一下子退到角落里，顾帆手疾眼快地放下内层的金属栅栏，不敢出声。

仓库里的巡视机器人仍旧在运行。刚刚没被发现，也许是自己运气好。但不知道这种机器人的攻击强度如何，两人不敢贸贸然动手。

"小帆，你都知道什么？"夏启年故作严肃地低声询问。

"我？我什么都不知道。"顾帆想起杨鑫对自己说的话，笑得非常坦然。

"最好别对你启年哥隐瞒些什么。咱俩可是搭档。"

"别这么说，搭档其实也不是那么……"

夏启年笑容一下子僵在脸上："你这是什么意思？"

"没什么。总之我什么都不知道。"顾帆坦言。

夏启年脑子里灵光一现，于是压低声音，声线中是不容置疑的坚定："小帆，去开门。"

顾帆闻言不可置信地转过头，瞪大眼睛："哥，你疯了吧？他们……"

"顾帆，这一次你听启年哥的。如果他们一直存在在这里，他们身上很可能就留有能源物质的痕迹，甚至他们就是依靠咱们需要的能源物质实现行动。"夏启年紧锁眉头，心里像被蚂蚁噬咬似的焦躁无比。这种情况下，冷静是能救命的。他不得不强迫自己耐下心来，尽力说服顾帆。"差一点点就能找到能源物质了。我有百分之九十的把握，这是我们距离希望最近的一次。你现在放他们走，咱们之前的所有努力可都前功尽弃。"

"那剩下的百分之十呢？"顾帆声音不由得拔高了几度。夏启年心里一惊，赶快看向机器人，门外的巡视机器人没什么反应。顾帆捏紧拳头，说话的声音都开始发颤。为了能让声音保持平静，他尽可能咬着舌尖："哥，我不能拿你的命赌。咱们队走的人太多了，我不能再豁出你的命，就为了去找一个什么破能源物质。"

"小帆！我不算什么，你也不算什么，现在连岚哥都不算什么。门外那两个机器人才是最重要的。拿到他们身上的能源物质，你知道这意味着什么！"顾帆不说话，低着头一言不发。夏启年捏了捏拳头，他知道，顾帆犹豫了。

夏启年轻声唤顾帆："小帆，我数三个数，你去开门。"

相信启年哥，相信启年哥。当时小顾脑子里只剩下这一个念头。

顾帆小心翼翼地挪向门口。说不害怕是假的，顾帆条件反射似的想去看夏启年，夏启年是他溺水时紧紧抓住的木板。可就这匆忙的一瞥，他看到夏启年的右手忽然向身后的"装解囊"探去，顾帆瞳孔猛地一缩。电光火石间，顾帆好像明白了什么。为什么那天从足球场回来的时候，杨鑫要提醒自己"小心"；为什么夏启年带着自己径直走向三楼；为什么自己那么容易就发现了这个密码本……

原本按在钥匙上的右手悄悄摸向腰间，在夏启年抬眼的一刹那，顾帆一把抽出黑蝠，毫不犹豫地向夏启年狠狠掷去。黑蝠在空中呼啸着旋转，直撞向夏启年胸膛。巨大的冲击力下，尖锐的爆鸣声瞬间溢满整个房间。

白烟立即弥漫开来，阻挡视线。顾帆强忍着肺部因吸入烟尘颗粒而带来的刺痛，一旋身退到角落里，抬手抽出背包里的长刃，一双手紧紧握住。他死死盯着白烟里夏启年的动向。只要夏启年有任何动作，顾帆都能前进一步，顶上他的心窝。

可是当烟雾退去，顾帆看见的是一个安然无恙的夏启年。黑蝠的爆炸弄得他满身烟尘，狼狈不堪，可除了那个极其惊愕的表情，夏启年确实是毫发无伤。顾帆愣在原地，说不出一句话。顺着夏启年颤抖的瞳孔，他看见了将利刃对准夏启年心窝的自己。

望着愣在那里不知所措的顾帆，夏启年苦笑，顺着自己的动作，把刚刚准备给小帆的保护气囊拿在手里，向顾帆扬了扬。巨大的无力感汹涌而来，顾帆手指脱力，白刃落地，当啷一声响，在空旷的房间里回荡。晚了，一切都晚了。他脸色惨白，一双手抖得厉害，全然不似平时训练有素的从容冷静："哥，我……"

他想说他错了，想说他太草率了，想说"其实我是信任你的"。年幼时候被人抛弃的恐惧又一次弥漫上心头。他甚至想哭着说"启年哥你别丢下我"。可在尚未落下的白色粉末中，顾帆的辩驳显得更加苍白无力。

紧接着，门外响起一阵急匆匆的脚步声，李逸轩带着实战组的人冲过来，扯着嗓子喊："顾帆你没事吧！"咯啦一声，黑洞洞的枪口齐齐指向夏启年。

顾帆绝望地闭上眼睛。

"怎么，他们也是你叫来的？"夏启年扫视围栏外的实战组，又看了看顾帆，目光平静，"要抓我还用这么大阵仗吗？"夏启年将身上仅有的一把激光枪和保护气囊解下，弯下腰轻轻放在地上，然后直起腰，双手慢慢举过肩膀。"我就在这儿，你们来抓就是了。"

李逸轩犹豫着，最后还是端着枪慢慢靠近，一脚踹开围栏，随行的人也跟着李逸轩，一步一步接近夏启年。正当李逸轩要把夏启年戴上电子手铐时，一边的顾帆忽然扑过来，一把扯住李逸轩的衣角，他脸上满是泪水，此时正不顾一切地大吼："启年哥不是卧底！

不是！""是我判断错了！""你们别抓他！他不是 X 组织的人！"身后饶科和郝婷婷立刻上前，把顾帆架起来，顾帆就转过头向夏启年大喊："启年哥！你解释啊！你说你不是卧底！你不是啊！"

夏启年没有看顾帆，他正冲李逸轩微笑："逸轩啊，我就是 X 组织的人，你把我带进'白屋'吧。"

顾帆一下子跌坐在地上。年幼时期阴暗的回忆涌上脑海，恐惧像浓雾一样再一次笼罩在顾帆心头。他看着夏启年的双手被巨大的手铐束缚住，李逸轩押着慢慢向外走去。这是他时隔十几年后，再一次感受到巨大的无力感。他像鸵鸟一样把头深深地低下，身体蜷成一团，房间里的静默让他感到无边无际的绝望。

是夏启年打破了这死一样的安静。"小帆啊，"听到熟悉的名字，顾帆赶紧抬头，充满希望地望着夏启年，而他对上的，是一对冰冷的瞳孔，"小帆啊，你真行。"

10

幸福的家庭有千篇一律的幸福，不幸的家庭有千种万种的悲哀。

二十年前。七岁的顾帆瑟缩在小床的一角。窗外的阳光很温暖，可他还是感觉恐惧。

父母的关系很糟糕。母亲总是猜忌和抱怨，父亲负担着家庭的所有开销，疲倦到极点，自然对母亲没完没了的猜忌感到不满。母亲自认伟大，却对父亲的付出嗤之以鼻。两人气急，吵起架来便没完没了。父亲渐渐迷恋酒精的麻痹，母亲整日叹气，对着顾帆，话语里满是对他父亲的埋怨。之前的小顾帆还会在一旁伸出小手拉扯父母的衣角："你们不要吵架啦。"可时间长了，他发现自己的努力根本无济于事，总是提心吊胆的小顾帆也渐渐麻木，每当父母吵架，他就躲在房间的角落里，就像鸵鸟一样，缩在小床的一角，享受着逃避带给他的短暂的安慰。

身边是他的小机器人——这是他的歌唱比赛一等奖的奖品，父母从没过问过。他总是哆哆嗦嗦地攥着那个小机器人的机械手。用右手攥久了，机器手上就染上了自己的体温，这时候左手再握上去，就能感觉到来自人类的温度。仿佛真的有人牵起他的手。

孩子永远是家庭矛盾的牺牲品。

顾帆看着父母在他面前反目，小小年纪却也学会把心锁好，不让别人看见。七岁的小孩儿已经懂些事理，又什么都不明白，只会一个人闷在房间里胡思乱想。离婚，结婚，陌生，魂灵，争吵，伤口。

在那样混沌的日子里，夏启年是他唯一的光。

第一次见，夏启年十五岁。说来夏启年也是苦命的孩儿。父母早亡，夏启年争气，考上重点高中后就开始勤工俭学。顾帆的父母冷战，一吵架就把顾帆丢给夏启年。

"小帆啊。"夏启年总这样叫顾帆。顾帆不习惯这个称呼，别别扭扭地答应，后来听习惯了，也就罢了。小顾帆独处惯了，生命中忽然多出来这么一个人，倒让他不习惯，对夏启年也不怎么亲近。更何况，每次父母吵架，总是由夏启年照顾他，久而久之，顾帆产生一种奇怪的错觉，总觉得是因为夏启年，父母才愈吵愈凶。两个小孩就这样僵持着。

直到后来，父母又是吵架。夏启年刚刚进屋，一个瓷碗在他脚边摔裂开。夏启年了然，先推开顾帆的房门，探过头去，顾帆依旧瑟缩在小床的一角，头深深地埋在臂弯里，鸵鸟一样不敢抬头。夏启年叹气，转身走到客厅，顾家父母完全无视夏启年的存在，剑拔弩张，不输气势。还是夏启年轻咳一声，顾家父母才转过头，瞪着夏启年。"叔叔阿姨，都先冷静冷静。原谅我多说一句，"夏启年不知怎样措辞更恰当些，只好把心里所想告诉顾父顾母，"你俩吵架，想过会给小帆带来多大的伤害吗？他比谁都懂事，可别因为您两个人吵架耽误了他的未来。说实在的，没有哪个孩子会希望看到父母决裂，你们这不是难为小帆吗？"

顾帆都听得到。这种渴望了很久的理解让他近乎崩溃。就是在所有人都忙着在你眼前撕咬打杀，从混乱中伸出一只手，不是要杀你，而是在你头顶举起一把坚硬的盾。这几句设身处地为他考虑的话让顾帆近乎崩溃，那种来源于长者的关怀和理解。那是天边的红日，遥远。像在海边看到的那种，能拨开层层雾霭的鲜红光亮，仿佛能驱散所有令他恐惧的事物。

顾帆的父亲大约是面上过不去，冷哼了一声，摔门离去，顾母依旧坐在沙发一角，黑着脸抹眼泪。有一瞬间，夏启年觉得再亮的阳光都照不亮这个家。但这一天对于顾帆来说却是意义非凡的一天。当夏启年讪笑着打开顾帆屋门，顾帆主动牵住他的手时，由顾帆单方面固守的坚冰终于瓦解。两个人陪伴着彼此，共同走过一段格外艰辛的旅程。

夏启年算是顾帆半个家长。小学的家长会几乎都是由夏启年去开。有一次顾帆的家长会，顾家父母仍然没有时间。夏启年学校要补课，赶不上顾帆的家长会，只好告诉顾帆在学校老老实实待着，等夏启年放学再去接他。结果夏启年的学校提前放学，夏启年骑上单车冲向小顾的学校。推进教室门一看，家长会刚刚散会，小顾一个人坐在教室最后一排的角落里，乖乖巧巧地看着书。夏启年悄悄走到小顾面前，戳戳他的小脸。顾帆抬头，见面前是夏启年，一下子愣住了。夏启年本以为顾帆会很开心，甚至会扑过来要抱抱，结果小顾帆愣了一两秒后，号啕大哭，话语都被呜咽的声音吞没，化成零散的音节："你不是说你不来了吗？"夏启年无可奈何地笑了，弯下腰抱起顾帆："我这不是来了吗？"顾帆不理他，伏在他肩头，哭得直打嗝，小复读机似的一遍遍地重复："你不是不来了吗……你不是不来了吗……"

后来夏启年升大学，课余时间都泡在实验室，他真的不再来小顾的家。

后来顾帆生过一场大病。药物的副作用导致记忆力也逐渐下降。夏启年这个人在顾帆的脑海中也渐渐模糊，像被打破的拼图，零零散散地丢在角落里，顾帆拼不全他。

直到多年后，顾帆被远征计划录用。前来报到的第一天，他走进一层大厅，人群中他一眼就看到了那个熟悉的身影。那个人看见自己，神色一下子亮了，眼睛眉毛都闪着光。

"小帆啊。"夏启年唤他。像是唤过很多遍一样熟悉的语调。

可不是唤过很多次吗？夏启年向他快步走来，像是走向过往相互扶持的动人光阴。顾帆想向他挥手，刚抬起的手却被他牢牢攥在手心里。

"启年哥。"他听见自己这样说。

从那天之后，顾帆再也没有握过小机器人的手。

11

顾帆的精神似乎受到了极大的刺激。整日里或是沉默，或是嘟囔着"启年哥不是卧底"，或者几乎听不清的低语。陆晓宇盯了顾帆一天一夜，顾帆总算是冷静下来，同时申请调离，在老远的地方保护动物。当年的黄金组合，如今又是形同陌路，令人唏嘘。更有人勾起对洛一尘的慨叹：同是天涯沦落人，还是洛一尘更识时务，没搭档就活不了？日子还得过。

洛一尘听过这种言论，只是一笑而过。当年在学校里辛苦训练，在祁阳和洛一尘一起度过的每一个一眼看不到黎明的深夜，都是小哥俩眼睛里无声的鼓励，支持他们俩走完籍籍无名，走上桂冠宝座，共享鲜花掌声。现在只剩他一人独自品尝苦果，而那些人，他们也没见过折磨得自己生不如死的时候，只不过自己是把痛苦和绝望藏在心里，一点一点消化掉罢了。面对顾帆，洛一尘也能从彼此的眼神中，读出熟悉的悲伤。只不过他的明显一点儿，自己的隐晦一点儿。

许久不熬夜了，困意舔舐洛一尘的眼睛。犯困的时候，吃点儿冰棒总能让他精神一振。没办法，"冷"这个感觉一直占据着人类神经的高地。多久以前，刀耕火种的时候，御寒不就是人们每天奔波的一大重要目的吗？

冰棒入口，淳郁的奶香沾满口舌，他想起似乎从前也有这么一个小孩，叼着冰棒，跟在他屁股后面，"阿洛哥哥""阿洛哥哥"地叫。

都是当年事了。当年事就应当被藏在回忆里。

处理好夏启年的事需要费一番周折。又一个卧底的出现搅得远征计划里人心惶惶。恐惧再一次涌上心头，人们都猜测着身边会不会隐藏着第三个卧底，在出任务的时候在背后给自己一枪。更有甚者已经递上辞职申请，新的成员一下子锐减。谁都不愿到这个人人自危的人间炼狱里工作。远征计划里一时青黄不接。而研究组一时

234

也找不出人来顶在组长这个位置上，研究组组长位置的空缺，领导队伍的缺位无疑是雪上加霜。罗成也像人间蒸发一样不见踪影。贺岚紧锁着眉头，一时也不知如何做才好。

贺岚坐在办公室里撑着头苦思冥想。脖子上的钥匙闪烁着光芒。钥匙是蒋文远送的，据说能给贺岚带来希望。贺岚苦笑，蒋老师啊，现在徒弟到了山穷水尽的地步了，您给我的希望在哪里啊？

门口嘀的一声响，贺岚抬头，见是李逸轩，就招呼他坐下。"所谓知人知面不知心哪，"贺岚喟叹，"说起来小夏跟我这么多年，还有祁阳。真是可怕。"贺岚说着伸出手，用力地拍了拍李逸轩，"李逸轩，你做得很好。"当他松开手的那一瞬间，贺岚按到了一块皮肤异样地向下凹陷，仿佛是一个规则的空洞。几乎在同时，一个冷冰冰的东西抵上了贺岚的心窝。贺岚垂眼向下扫了一眼，李逸轩的手指已经化成了银色枪管。"别动呀，老师。"

贺岚眼中泛起层层涟漪，但很快回归平静。"连你也是。"

李逸轩笑着："这是最后一次了。"

紧闭的房门，屋里谈话的声音，屋外人听不到。

"你以为蒋文远，他是怎么死的？一次简单的外出任务，怎么可能受重伤致死？"李逸轩步步紧逼，贺岚眼神停滞了一下，李逸轩没有给他辩驳的机会。

"你也觉得哪里不对，是吧？"

蒋文远的事，贺岚不是没有怀疑过。凭借蒋老师的天才才能和过硬的能力素养，他绝不可能受到那样大的创伤。在腹部，伤口……贺岚克制着不敢回忆。当时，强烈的冲击让贺岚失去理性思考的能力。只是每当他质疑蒋文远的伤势，他的心中即刻腾起一股沉重的罪恶感。

"洛哲不容他。"

记忆中忠厚长者的形象在他脑海中一闪而过。"洛哲？"

"当年那个小机器人被制造出来，小机器人是蒋文远最得意的孩子。就像被老木匠制造出来的匹诺曹一样，小机器人对蒋文远也产生了人类的情感。这种情感，说是深深的依赖也不为过。但洛哲，洛哲不容他。他要把机器人投入生产，但当时的小机器人并不完善，蒋文远不同意，洛哲就下了狠手，趁着蒋文远出任务，谋杀了他。"李逸轩道，"明白了吗？什么意外，不过是掩人耳目的卑鄙手段。"

"岚哥，"李逸轩微笑，"乖乖跟我走，看我给蒋文远报仇。"

机器人的学习能力超群。就比如这离间计。但李逸轩心中总有种莫名的情感。

是什么呢？也许是自己装作不经意间告诉夏启年，足球场会有线索，在不经意间告诉杨鑫，偶遇夏启年的"巧合"。

也许是下令杀掉洛一尘，当祁阳操控机械手臂用激光枪抵着洛一尘的头时，洛一尘没看见厚重头盔下，祁阳因竭力控制痛苦而扭曲的神情。

也许是遗憾吧，替远征计划的每一个人遗憾。

但就要结束了。当年那人把自己从蒋文远家带出来，告诉自己实情，向自己许诺一定会替蒋文远报仇。这就够了，而其他的，李逸轩都不在乎。

12

最后一次跟蒋文远出任务，是在八年前，一个晴朗的夏夜。

蒋文远要训练贺岚操纵直升机的能力。于是蒋文远稳稳地坐在副驾驶上，望着窗外离自己渐行渐远的万家灯火。

"放养驯鹿的女孩，口袋里总装着一捧希望——你记得那个童话吗？"蒋文远问他。

直升机下方的小镇笼罩在黑夜里，每一户人家都点起一盏橘色的小灯。贺岚驾驶着直升机向高空飞去。

答案就隐藏在沉沉的雾霭里。

贺岚感觉自己的裤兜一鼓，微偏过头探究地看着蒋文远。蒋文远没看他，直视着前方水一样的夜空。

"收好了，这是我送给你的希望。"

贺岚走下直升机，这是一把钥匙，过于繁复，古老而神秘的花纹，可这是真真切切的一把钥匙。仔细辨认后，隐约可见一个"WY"的花体英文。这是做什么用的？贺岚想问，但蒋文远已经走远了，贺岚无法，只好把这个钥匙收好。

第二天，贺岚训练的时候，手臂挥在机舱外壳上，骨折了。再后来的事，你们都知道了。

13

远征计划接连受创。现在面临着十几年来最大的重创。X组织安排在远征计划的最后一步棋，如今也显现出来。李逸轩消失了，卧底神不知鬼不觉地绑走了远征计划一把手，竟然还在远征计划的平台上公布了贺岚的定位，这种行径完全是挑衅，逼迫远征计划出手，仿佛X组织有能力判定乾坤。远征计划完全陷入被动。

洛一尘临危受命。临行前嘱托各组，发现眼前有一半都是近一年刚加入的新面孔，当年的好兄弟，现在也就剩下几个人了。满眼望去，甚至连他说得上话的人都很少。师父说得没错，打败一个人，得从心儿里下手，才能一击毙命。

离间计真是世上最恶毒又最有效的计谋。人性的弱点是猜忌。所以他们费尽心思，只为把他们之间建立起来的信任一点一点挑断。都是凡人，怎么经得起一次又一次人性最深处的考验。

洛一尘忽然明白了 X 组织的目的。逐个击溃。前几年的铺垫，不过是为了今日的一击毙命。

真高明啊。

实战 A 组全员出动，随之行动的还有成千上万的"玄铁"机器人。当洛一尘和杨鑫发现这种机器人在实战中的高效和强势时，两人几乎要抱头痛哭。这是穷途末路中唯一一个让人感到希望的消息。贺岚和夏启年的决定是正确的。

洛一尘站在操控台，坚定地按下按钮，作战进入倒计时。洛一尘在机甲舱里站好，机甲渐渐封闭，洛一尘也在心里倒数。研究组和数据组留在大厦进行远程操控，实战 A 组中王鹤笛带着队员保护后方，张峰和洛一尘一起，驾驶飞行器前往 X 组织腹地。杨鑫作为实战部署，在洛一尘右方离地飞行。这是一支即将征服时光的队伍，三个少年带领着他们眼中最后的希望，向着未知的未来，开启远征。

目标位置就在眼前。这是一个刚被废弃不久的仓库，可周围已经散发出破败的气息。在空中浮动的巨型机器人挡住了他的去路。玄铁机器人立刻冲上前去。金属交鸣的声音交错着响起，机器人作战不留余力，毫无情绪波动的机器，招招毙命。三人看准时机，从机器人交织的密网中闪身穿过，激光擦过金属飞行器，发出铮的一声玄鸣。

这样的进攻有三层，而玄铁以他强悍的战斗力，竟能护送洛一尘几人径直飞到距仓库不到五十米的地方。

　　仓库边仍有高能机器人把守。杨鑫适时退后，在上方指导战法。几人相互配合，说不上默契无间，但也一路打进内部。几人小心前行，眼前传来远征计划中数据组做好的实时定位。"二层侧面 A 间、C 间有埋伏，三层 M 间和 Z 间有埋伏。贺岚定位在三层 K 间，K 间里面情况不明，请小心行动。"

　　几人分组，分头行动。张峰带着实战 A 组的饶科、刘延两人，清除二层 AC 间的机器人伏击。刘延和饶科加入远征计划稍晚些，经验不足。"一会儿跟着我打。就像平时训练的那样。"两人点点头。

　　另一边，洛一尘和杨鑫潜身上了三楼。二人兵分两路，洛一尘去救贺岚，杨鑫带着人清除伏击。

　　洛一尘潜身靠近，K 间房门似乎没什么异样，洛一尘一脚踹开房门，刚刚前进两步，房顶潜伏着的李逸轩翻身欲击，洛一尘闪身躲过，看清眼前的人，洛一尘一下子愣在原地。眼前的李逸轩身上不着半片机甲，可挥出的拳头坚硬如铁，洛一尘连忙边防边撤。李逸轩出拳飞快，拳拳有力，当李逸轩的手指瞬间变化成激光枪，洛一尘心里已经了然。难怪当年的测试他会是全能型人才，机器人，程序一录入，他就拥有千百种本领。洛一尘翻身闪过激光枪，李逸轩紧追不舍，另一手已经变化成激光枪击向洛一尘。洛一尘来不及躲闪，扯过保护气囊，堪堪挡过这一击。洛一尘挥手又是一枪，额上已经渗出冷汗。李逸轩的技能绝不比他接触过的顶尖机器人要差。几轮下来，洛一尘已经筋疲力尽，李逸轩速度和力度丝毫不减，洛一尘渐渐招架不住。李逸轩仿佛已经知道自己的动作是什么，提前在自己出招前拦住自己的去路，让洛一尘手忙脚乱。最后，洛一尘堪堪躲过李逸轩的一击重拳，却没注意身后的钢鞭。钢鞭一下子捆住洛一尘的手脚，洛一尘倒地，用来通信的头盔被人摘下，远远地扔到房间角落里。洛一尘脸上沾满尘土，闭着眼重重地喘息。

李逸轩居高临下地俯视他："你没变过你的作战方法。而我这里，有你所有战法的分析。"李逸轩想了想，补充道，"祁阳发给我的。"

"这些机器人，真他娘的不好打。"满地是机器人的残骸。三个人刚刚经历一场硬仗，除了张峰手里还剩下一支激光枪，饶科和刘延手中已经没有可以使用的武器。张峰喘着气，轻叩刘延和饶科的头盔："行啦，王鹤笛应该快到了，我们就……小心！"张峰瞳孔紧缩，反手扯过背上的激光枪，冲刘延饶科身后猛地开枪。一个正欲开枪的战时机器人应声倒地。张峰端起枪的手还未放下，余光里，映满了刘延惊恐的神情。还没来得及说话，一声熟悉的激光枪响从背后传来。

来不及了。

后背灼伤的剧痛清晰地传来，张峰眼前一片涣散。后背痛，胸口也痛，被激光打穿了。机甲好重，腿支撑不住了，王鹤笛来了没，得救下刘延和饶科啊。张峰脑子一片空白，向前一个趔趄，整个人栽在刚闯进来的王鹤笛身上。

那个半小时前还在埋怨张峰聒噪的王鹤笛，那个正准备迎接张峰幼稚的炫耀的王鹤笛，现在却只接住一副无力的身躯和一个正在汩汩涌血的洞。王鹤笛的脸瞬间毫无血色。

"张、张峰？"

几声枪响，一声机器人倒地的巨响后，空荡荡的破旧仓库里，只剩一个男人悲恸地痛哭。

贺岚同样被捆着，靠在墙边，闭着眼睛一言不发。

"银星？"李逸轩两只手指捏着银星芯片的碎片，细细端详，"你管这个叫银星？"

"银星，是什么？"洛一尘问。

"哪有什么含义，就是个芯片而已。"李逸轩耸肩，"都怪你们想太多，查这个查那个，最后呢，把夏启年跟顾帆都给玩儿进去了。"

"夏启年不是……"贺岚惊诧道。

"当然不是，我安排的陷阱，你们一步一步走进去的。"

李逸轩的眼睛忽然缓缓向上翻，直到眼白充满整个眼眶，眨眼间，取而代之的是一对冰蓝色瞳孔。

"您好，"充满违和感的机械声响起，"我是 WY－9022。"

洛一尘盯着眼前的影子，不知道是该叫他李逸轩还是叫他的那一串拗口的代号。

"这些，都是你一手策划的？"沉默良久，洛一尘问。他心中隐约有一个答案，但他不敢确定。

李逸轩刚想回答，从门外走进一个人来，李逸轩看明来人，赶紧低头在一边站好。洛一尘抬头，那个记忆中一头小卷毛的熟悉身影出现在洛一尘的眼前。

"罗老师。"

很久不见，师父仍然是记忆中的模样。千番万番岁月流水过，倒是没在他眼眸中留下痕迹，现在罗老师仍旧和蔼地看着自己，就像十多年前那样。想起来，几年前在大厦里见面，两人装出来的陌生，让人觉得可笑。

洛一尘尽力撑起自己的身子，他觉得自己的眼神会变吧。他以

241

为自己会充满愤怒，一个少年人像被豢养的小兽一样任人戏弄。可他没有，经历了这几年的巨大变故，汹涌的疲惫涌上心头，这个曾经身经百战勇锐无前的少年，此时连抬起头的勇气都没有。

罗成细眯着眼睛："师父累了，玩不起了。你想知道什么，问吧，师父告诉你。我会关闭所有的程序，X 组织自此消失，不会存在。"

"什么？你告诉过我，要帮我惩处杀害蒋文远的凶手的！"李逸轩在一边急切道。

"WY－9022，"罗成身后的机器人发出一阵低吟，算作回应，"你知道蒋文远是怎么死的吗？"

"我害死的。"罗成说这话时漫不经心，仿佛是什么不值一提的事，但在场的所有人都呆若木鸡。"其实是我，我想量产你，蒋文远不同意。我利欲熏心，借着他巡城的时机，做了异能机器人，偷袭了他。"

"知道我为什么这样做吗？"罗成忽然笑了，"我妻子生病了。当时我经济周转不开，缺这一笔救命钱。蒋老师自己正直不阿，他的高尚品格救赎了我，我没能救活我的妻子。

"听上去很不可思议吧。堂堂一个委员会会长，怎么会连给妻子治病的钱都掏不出来？"

"委员会会长？"贺岚在一边惊道，"那个委员会会长，也是你？"

罗成点头："当年我也是个挺正直的人，表面光鲜，其实也只不过是应付场面应酬罢了。"罗成仿佛想起了什么，又道，"啊，阿洛，你的父亲，在我那里。他很聪明，已经察觉出了什么，我就把他囚禁起来了。就在我家，你能找得到。"

在一旁的李逸轩忽然发出一阵阵响动。智能处理器响了一遍又一遍，这种情感过于复杂，电子处理器完全捕捉不到。几秒钟后，李逸轩的处理程序得出一个直接的结论。

于是李逸轩一只手臂怪异地扭曲，伸长，金属的手指按在罗成脑后，稍稍用力，罗成就会当场毙命。

洛一尘手上的钢绳忽然松动，洛一尘惊愕，用力挣脱，一翻身抄起地上的激光枪，对准李逸轩就是一枪。李逸轩大惊，一翻身躲过一枪。贺岚身上的钢绳虽也松动，但仍不动声色。他看见罗成背在身后的手摁下解锁的按钮。

洛一尘仍纠缠不过，蹲在地上举枪，李逸轩横手把罗成挡在胸前。罗成忽然乐了："WY－9022，当初我帮你编改程序的时候，可没教过你阴人啊。"

李逸轩面无表情："开枪啊，洛一尘。"

年少时候的师徒两人的交谈再一次在洛一尘耳边响起："师父，我会比你强吗？"

"阿洛啊，你可比我强多了。"

"什么时候？"

罗成用手点了点胸口：

"现在。"

洛一尘在开枪的那一瞬间犹豫了，也不知道是什么缘故，年少时师父慈爱的面孔在他眼前挥之不去。他知道眼前的这个人杀掉了蒋老师，甚至面前的这一切，都是眼前的这个人一手造成的。可人性中的善不合时宜地涌上心头。他是我师父，脑海中和蔼的长者形象又一次在洛一尘眼前闪动。洛一尘迟迟按动不下。

贺岚看着项间的银制钥匙，忽然想起了那天他摸到李逸轩身上那个形状规则的孔洞。难道……来不及多想，在李逸轩开枪的那一瞬间，贺岚猛地跳起，扯下自己脖子上的钥匙，用力插进李逸轩肩上的孔洞里。

体内凹槽咬合的声音清晰地传入李逸轩的收听系统。在高科技的现代，最容易被人忽视却最有效的防御装置却是最落后的。李逸轩一下子停滞在原地，几秒的沉寂后，他体内发出一声轰鸣，随后轰然倒地。

可贺岚的反应再快，也没有洛一尘的枪快。随着李逸轩的解体，罗成的身躯沉沉地倒在地上。洛一尘愕然，手上的枪口还有余温。

"师父！"

那些动人心魄的流光汹涌而来，星河浩渺而滚烫，往事如烟，最后都凝聚成这把银质的钥匙，熠熠生辉。

这是站在时光尽头的故人，亲手交给贺岚的希望。每一处无不涌动着温柔细碎的光芒。可现在，再也没有温柔了。

就是这一刻，平凡而盛大。一地残红，无声地宣判着人性最后的脆弱。

14

"这一场战争创造了历史，人类开创了无上的新纪元。远征计划被载入史册，人类研究出了更严密的保障和纠错系统。专家学者表明：该系统可保证××年的领先地位。科技不断发展，人类必将克服一个个困难，走向光明的未来……"

精神康复中心，一个少年身穿病号服，仍衬得一张干干净净的面皮。因为工作习惯而永远挺直的腰杆。此时的他正坐在椅子上，

244

目不转睛地盯着机器里的爆米花。

恍惚从电视里听到自己的名字，他稍稍抬头，很快又低下头去，盯着快要做好的爆米花入神。

留名青史，被捧上神坛的辉煌功绩。现在他什么都不在乎。

他只在乎他的爆米花。

图书在版编目（CIP）数据

我等到了你／史怡然著. — 北京：中国文史出版
社，2020.1
（跨度小说文库）
ISBN 978 - 7 - 5205 - 1628 - 0

Ⅰ. ①我… Ⅱ. ①史… Ⅲ. ①中篇小说 - 小说集 - 中
国 - 当代②短篇小说 - 小说集 - 中国 - 当代 Ⅳ.
①I247.7

中国版本图书馆 CIP 数据核字（2019）第 261495 号

责任编辑：卢祥秋

出版发行：**中国文史出版社**
社　　址：北京市海淀区西八里庄 69 号院　邮编：100142
电　　话：010 - 81136606　81136602　81136603（发行部）
传　　真：010 - 81136655
印　　装：廊坊市海涛印刷有限公司
经　　销：全国新华书店
开　　本：720×1020　1/16
印　　张：16　　　　字数：196 千字
版　　次：2020 年 1 月第 1 版
印　　次：2020 年 1 月第 1 次印刷
定　　价：52.00 元